書寫
青春
16
得獎作品合集

序：航向未知

台積電文教基金會董事長　曾繁城

今年為青年學生文學獎第十六屆，主題為「與未來通信」。細思此主題，饒富深意與趣味。文字作為人類思想紀錄最悠遠的載體，具有跨越時空地域的性質，而書信則具有溝通與傾訴的功能及意涵。以文字記下內心之所思寄予未來時空，猶如瓶中信的航向未知，以此為題開啓了青春世代對於遼闊的想像。

即將進入成人階段的青年朋友心思細膩，對於身體的成長、家庭、學業及同儕所擁有獨特的觀察，是特權，亦是憂擾，更為靈思的泉源。這群受資訊洪流洗禮的新世代，對於人情世故之早熟及透澈，透過此屆精彩的文學作品，讀來感受既驚艷又感傷。所幸，他們仍能以文字作為抒發，藉書寫洗滌心靈，向未來寄予希望。

本屆徵件分別為小說一五八件、散文一三一件、新詩一七一件，網路徵文則有二八二件，共計逾七四〇件文字作品參與。散文組首獎〈重慶印象〉，表寫城市印象，實為自我與家庭關係的剖析覺察，隨著細密編織的文字敘述，窺看作者內心角落的脆弱，令人悸動；小說組首獎〈我見到你就好像我已經死了〉，猶如詩句般描寫意象，虛實交錯有種夢境的迷幻感，才氣縱橫；新詩組首獎〈書房〉則以平實的文字打造獨特的意識空間；除了徵文賽事外，透過聯合報副刊精心編撰的文學專刊，以三位已故詩人——余光中、洛夫及周夢蝶作為主題，邀請十四位文學獎歷屆得主對談，暢談創作之路，同時回首與三位前輩詩人文字相遇的故事。得助聯合報副刊的協助，青年學生文學獎作為文學平臺，無論是文字的紀錄亦或是賽事作品，每每展現了新一代文學青年旺盛、真實的生命力。

正如十六年來未曾缺席青年學生文學獎評審的小說家鍾文音在評審會上的觀察：「每個人都意識到文字的力量，並願意相信文字，認為文字是訴說這個世界最完美的展現方式。」我們期待更多的年輕人，用文字記錄生命，以書寫迎向未知。

目次

短篇小說獎

散文獎

新詩獎

文學專刊
台積電文學之星

特別收錄
文學遊藝場

第十六屆台積電青年學生文學獎

短篇小說組金榜

首獎
廖育湘〈我見到你就好像我已經死了〉
獎學金三十萬元，晶圓獎座一座

二獎
歐劭祺〈不會退的浪〉
獎學金十五萬元，獎牌一座

三獎
魏子綺〈聾〉
獎學金六萬元，獎牌一座

優勝獎
楊智淵〈我曾為總統上過菜〉
獎學金一萬元，獎牌一座

優勝獎

陳子珩〈妹妹的紅金魚〉

獎學金一萬元，獎牌一座

優勝獎

王有庠〈家事練習〉

獎學金一萬元，獎牌一座

優勝獎

朱可安〈深海〉

獎學金一萬元，獎牌一座

優勝獎

吳浩瑋（筆名吳彧）〈換〉

獎學金一萬元，獎牌一座

第十六屆台積電青年學生文學獎

散文組金榜

首獎

葉儀萱（筆名今暄）〈重慶印象〉

獎學金十五萬元，晶圓獎座一座

二獎

李樺（筆名藍希蘋）〈橡膠樹林〉

獎學金十萬元，獎牌一座

三獎

林子喬〈尋光〉

獎學金二萬九千元，獎牌一座

三獎

顧庭弘（筆名顧望）〈無染〉

獎學金二萬九千元，獎牌一座

優勝獎
曾亦修〈洞〉
獎學金八千元，獎牌一座

優勝獎
洪嫚均〈疤〉
獎學金八千元，獎牌一座

優勝獎
鄭捷匀〈盯梢地鼠〉
獎學金八千元，獎牌一座

優勝獎
呂翊熏〈理想的樣子〉
獎學金八千元，獎牌一座

第十六屆台積電青年學生文學獎

新詩組金榜

首獎
呂澄澤〈書房〉
獎學金十萬元，晶圓獎座一座

二獎
吳浩瑋（筆名吳彧）〈空調式戀愛〉
獎學金五萬元，獎牌一座

三獎
葉儀萱〈透依雷特神父〉
獎學金二萬元，獎牌一座

優勝獎
連思瑜〈我倆相對無言〉
獎學金六千元，獎牌一座

優勝獎
陳有志〈搬家〉
獎學金六千元，獎牌一座

優勝獎
葉芷妍〈醒〉
獎學金六千元，獎牌一座

優勝獎
周軒羽〈規律的三拍子〉
獎學金六千元，獎牌一座

優勝獎
歐劭祺〈情書〉
獎學金六千元，獎牌一座

短篇小說獎

短篇小說獎　首獎

我見到你就好像我已經死了

廖育湘

個人簡歷

2000 年生，非學校型態實驗教育一年級，喜讀快詩，川流不息的小說。聽數字搖和電影配樂寫作－長期睡眠，短暫醒神，專注於描述在他人作品與自身現實日夢等無數個世界徘徊擺盪的奇遇。曾獲高雄青年文學獎。

得獎感言

謝謝我的家人朋友，評審老師，所有不請自來的讀者們。謝謝你們注視與保佑這個作品。謝謝獎金，得到獎金就好像我活過來了。

〈我見到你就好像我已經死了〉描述的是往逝經驗堆疊之下的神祕難解，有如路過的倖存者在壞毀建築體的斷面懸崖獨自站立，安靜望著變幻異常的風景，彷彿在等待著什麼降落，讓他激動，思索，質疑和哀悼。像是未來已來，讓他能像回想昨日之夢那樣，去想。

企鵝走進海邊的咖啡館表演剛寫好的歌。

牠來過這兒，牠想。在一個雲形瘦削的秋季，沿著整排鬆了一口氣似的椰蔭到來，牠走著。或者說，牠把樂器從琴盒裡拿了出來。金屬鎖釦與琴頸上最粗的弦互不相干地響了一陣，一個惴慄的小節，牠站起身。或者說牠走著，清淡的風拂來時，那些陰影總是快了一拍晃動，光線盪到哪兒，黑暗便緊追而至，快了一拍，又半拍。而本身。本身總是知覺遲緩。鋒利的枝枒正顫抖著落下一束束乾枯的長葉，嘩地將沙灘掃向最近的波浪。

企鵝循著這些木乃伊般的植物遺骸來到這間冒著捲煙的草屋。那時，細小的房梁藤蔓糾結，牆面以結塊的泥土覆蓋，摻雜點點扎人的草棍。吧臺布置鯨骨和魚網，有個小活門不厭其煩地發出噪音，來往椰子水和辣油拌麵。屋後的小隔間鎮日熱得像桑拿室，因為這兒用來烘烤內裡填入濃稠芒果醬的圓形小餐包。「海芒果」，菜單這麼寫道。後來牠點了——點了什麼？牠早就忘記，或者不再去想。牠扶起琴身，擺好正確的和弦位置，揚起心底的節奏。第一個音，就要追不上第一盞燈光的響亮。

這個夜晚前所未有的寂靜。

安桀在那個晦暗濃郁的凌晨發現企鵝的迎面與反轉並非總是這麼地全憑好惡。牠懂得誰不問，誰不以為然，誰不曾投入些微心思去聆聽一首歌。他們並肩走著，安桀只見企鵝的側面，那是隱隱權衡的模樣。他們在天未亮的生鮮市場裡散步，經過成堆濕黏的塑膠籃子，用帆布蓋起的不鏽鋼桌，和神木切片一般的砧板。走道兩側的淺渠停止流動，腐敗的葉菜、牙籤、雞毛和魚眼睛卡在中途。

「怎麼說呢這鬼祟的流動就像恆河。」企鵝對安桀說。

「在這漫長、骯髒、混亂的時間之流——你在郵件裡寫。你知道一切你知道嗎，我見到你就好像我已經死了。」安桀說。他善於將一個比喻連到另一個比喻，進而構成獨自生存的契機：「比喻是受夠了一物是一物的僵硬直覺，而直覺這種東西關乎默契。」

「我倒認為比喻只是話術的一種。」企鵝說。

他們轉彎，淺溝裡忽然有了涓流。安桀瞪著那其來無自的動，手腕麻了起來，彷彿緊抓一手的沙礫。血液積滯隨後是流失感，他逐漸暈厥，視野模糊如水底；企鵝的話語彷彿氣泡瑣碎而微小，冰涼的潮水淡淡漩退……他發覺自己躺著，有如擱淺，一團毛茸茸的東西壓在他的左手上。

「海膽？」溫暖的黑色毛皮膨鬆地抖了起來，轉過兩隻無精打采的酒橙色眼珠，和耳朵像海平面盡頭的兩片風帆。他的老貓。安桀翻過身，從暖洋洋的肚腹下抽走了手，望見陰森的天空正蓄勢一場午後雷陣雨。

也許企鵝最後什麼也沒說。橡膠水管溢出的一小灘水，因為過重的濕氣無法順利蒸發——我在陽臺，他想。安桀爬了起來，先看見那株他三個月前開始栽種的香菜，然後是對面陽臺張著大嘴猶如看牙醫的洗衣機。巷口一名女子拐角而來，身上沒傘，踏著靴子急急走過。

他扶著矮牆站了一陣子，等待夢境殘留的積鬱緩慢消融，雨氣漸濃沾襟。直到巷子的柏油路面墜滿深色圓點，他才把貓趕進室內，關上落地窗。

安桀在電腦前坐下，螢幕微暗，仍顯示著他剛編輯過的文件。看來陽臺的午休只有極短的時間。他在寫一份劇本，寫到烏鴉飛了二十五公里來到一座新年夜的城市，氣喘吁吁但神祕兮兮地告訴主角某件事情。

「絕對沒有雪景。」他在編劇會議裡堅持場面的僵冷和無聊，「只是非常地冷。除了烏鴉，沒有其他東西從天而降。」然而這種堅持的作用和臺詞裡多餘的括號一樣，默默演繹就能略去。

但是劇本裡到處是括號。括號是何其迷人的表現形式，充滿背地裡的暗示——任何語言性的表達都可以被無聲地修飾，甚至直接成為無聲的表達……安桀無法描述他是怎麼在陽臺睡著的，簡直像從七樓摔下來不省人事，或他只是在替盆栽澆水，那葉片像被某個著魔的理髮師亂剪一氣的植物……但他的老貓。海膽就站在門邊。牠知道整件事情是怎麼發生的，但牠不會說。牠略過。千萬種可被敘述的時空關係似乎都可以理解為括號裡外。

安桀停止思索。雨越下越浩瀚，彷彿夾帶著隕石、火山灰、太空垃圾，令他無言和迷惑。

企鵝今日帶來的樂器是低音大提琴和一臺小小的木琴，只有十四個鍵，但全是黑鍵。牠用它寫了許多隨想曲，大多是現場表演時即興編排的。牠熱愛即興必將導致的無以為繼，牠認為創作——寫就，近乎一種對命運過度洞悉後的干涉，是幕後行兇，但也十分爽快並且滔滔不絕。咖啡座的觀眾不多，他們漫不經心地談話，將義式濃縮澆在冰淇淋上，完全不好奇這個鬱鬱寡歡的音樂家準備帶來什麼樣的演奏。連企鵝自己也不好奇。無論如何，但願好過那些彈著弦沒調緊的吉他、翻唱流行歌曲的少年少女。

企鵝在傍晚抵達，拎著琴盒踏進咖啡店的門口，要了一份菜單。上面早已沒了「海芒果」，取而代之的是某種名為「阿芙加朵」的甜點。牠朝著店後的小房間走去，卻直接來到了海灘。貝殼碎片卡在漂流木的筋骨裡，夕陽一副懶得再說的表情浸入汪洋尺寸的浴缸。三十公尺外，海的指尖風平浪靜，一如那天牠隨著伊本游向擱淺的殺人鯨的完美天氣：高溫，燦爛，迷幻。

伊本游得比牠快一些。先前，她在餐桌的對面攤開一張有著橢圓形碳跡的炎熱餅皮，將Tabasco醬抹勻。「我幾乎可以用Tabasco來點眼藥。」她說。

「你會失明。」企鵝用刀子吃著什麼。牠不記得。

「也是。」伊本俐落地添入其他配料，捲起餅皮。

「你剛剛來的時候有看到海上的礁岩嗎？形狀接近這個咬痕……」她咬了一口捲餅，「礁岩的背面擱淺了一隻殺人鯨。」她停下，觀察企鵝的反應。企鵝不動聲色。「你不想靠近點看看嗎？」

「那是我的天敵。」企鵝說。

「牠死了。」

「你怎麼知道？」

「因為我還沒失明。」

他們在晴朗的下午四點游向那塊適合三人派對的礁岩，但那石頭彷彿無根似的，不斷往外海漂遠。他們稍停下來休息，仰躺在水面遙望無雲的寂空。

「這樣的水溫不會出現殺人鯨。牠們會和被開水燙傷一樣熟透死掉。」企鵝說。

「是喔。」伊本說。「之前有個人告訴我，殺人鯨才不會莫名其妙地殺人，但是他會。」

「聽起來情深義重。」企鵝說，「這不過是一個比喻。殺人鯨。或者我們叫牠黑白鯨。」

「很好。」

他們繼續游泳，不時擊出一些水花，下潛到深處再逆俯衝而出。一陣大風帶來玻璃般的大浪，伊本嗆了一口，咳得要脫臼。「上岸咳吧，」企鵝說。伊本爬上礁岩較緩的一側，又咳，「這絕對沒有比吞下一匙芥末還糟。」她使勁揉著眼睛，轉頭查看言外的屍體。

「沒有殺人鯨。只是一隻很小的鯊魚。」她對游近的企鵝描述，「背鰭折了。」

企鵝停住。然後再度撥水而行。伊本躺下，後仰頸子，看見那間冒煙的草屋顛倒過來。沙灘上有個人在海浪舔拭的區域堆沙堡，戴著長長的灰藍色頭巾……那沙堡持續塌陷著。

「我想牠是在漲潮的時候來的，但來不及在退潮時儘快離開。」企鵝站在伊本的旁邊，低頭檢視半腐的鯊魚，牠右邊的眼珠掉進岩石的夾縫，螃蟹在骨骼間遊走。

「聽說殺了嬰孩會一輩子聽見哭聲。」伊本說。「你想鯊魚會哭嗎？」

「我不知道。你會哭嗎？」伊本沒懂，但企鵝也不再提。

「前不久有個劇作家寫信給我，說他常常在沒有下雨的時候，一個人騎車到這裡，沿著海岸線散步一場電影的時間，然後到北側的咖啡屋，從那扇難以打開的毛玻璃木框窗看出去——整個海灘就變得有些舊，有些綠，有些枉然。他這樣寫。」

「這兒沒有咖啡屋。」伊本反駁。

一隻烏鴉不知何時停在了鯊魚的鰓裂上，默默啄著剩餘的肉屑。牠像個氣候難民，毛縫塞滿鹽巴和某種綠色植物的細碎葉片，彷彿是從遙遠的天地間直飛此處的溫暖和落寞……「他很年輕，所以為那片風景感到憔悴。無風的白天，他會夢遊，他說自己走在鯨魚身體裡：從氣孔鑽進去，經過顱腔頂部，沿著血管下到舌頭，踩著舌頭像踩過一片廣場，直直往心臟而去。他說鯨魚的哭聲要在他們的身體裡面才聽得到，但整個夢非常非常地臭，他得清醒過來才能開始憂傷。」

企鵝移開對屍體和烏鴉的注視，轉向伊本。「我想鯊魚也是這樣封閉的音箱。」

伊本睡著了。她的頭髮一根根黏在耳朵上，嘴角的橘紅色醬汁奇怪地沒被海水沖刷乾淨。企鵝眺望了一陣岸邊，遠方的沙堡已被完全抹平，椰樹晃動的暫留殘影是藥劑的粉紅色。牠覺得自己就要中暑。

企鵝從背脊的羽毛下悄悄地拿出一把刀，瞄準伊本拉長的脖子。

刀子握起來非常平靜。

安桀帶著他的貓在附近的河堤散步。他戴上耳機，找出那年在渡輪船頭等待海豚出現時安排的歌單。貓偶爾停下，看著河面靜靜划過的橡皮艇。

他想著那個在新年夜到來的烏鴉，忽然覺得六星期以來的虛構充滿欺騙和預言。他欺騙巧合與意志沒有關聯，隨即預言了巧合的發生全憑意志。他的語言術或許只是調染真實的一種幻術——安桀想起企鵝關於即興演出的愉快體驗，牠坦言那些零碎而連動的音節富有手感。

安桀的貓停了下來。

或許牠在郵件最末寫下「夢中見」也只是一種隨興而至、一種信筆。「確實夢見」，聽起來多麼詭異，事情非常懸疑。他很難不去假設每場夢遊都是對自我內在的速寫。那油膩、斑斕、腥臭而輕盈的黑暗腔室。

播放清單轉到了第五首歌，就是在那首歌的第十七至十九小節，他看見一個女子也爬上了船頭，帶著兩瓶啤酒。

「喂，你在聽什麼？」她問，在旁邊坐了下來。

安桀沒說話。他看著她的手腕，數著用皮革、貝殼、色澤沉穩的珠子編織而成的手鍊，一條，兩條，三……「十四條。」她打斷他，「全是我在沙灘上撿到的，撿了好幾個月。」

安桀拿下耳機。耳機線和他的頭巾纏在一塊。

「你在看什麼？」她又問。

「如果你很專注很專注地在聽音樂，其實眼睛是失焦的狀態。」安桀說。

女子不置可否。

「我在看海豚。」

她垂下穿著草編涼鞋的雙腳。來路不明的游牧民族。

「那些是嗎？」她忽然抬手一指，安桀順著望去，但那不過幾隻鯊魚露出水面的三角鰭。

「那是鯊魚。海豚會跳出來，追著船跑。」

「那得等海豚心情不錯。」她放下手，打開啤酒。

「好天氣比較容易見得著。」安桀說。

「好天氣也可以心情惡劣。」

他們不再說話，直到一個怪異的黑點在甲板上蹦跳不止，吸引了安桀的注意。

「過來啊，海膽。」女子伸出手臂，他才認出那是隻小貓。但貓沒有靠近。牠停在原地，垂著眼皮，尾巴弱弱地拂著腳跟。

「我的貓。牠渾身是刺。」

黑貓消失無蹤。安桀轉回去看著海面，太陽略微浮出，光束打在皺浪上有著奶油剛融化的顏色。

「你不如試著找找殺人鯨。」女子建議，望著安桀。

「殺人鯨不會出現在這附近。太熱了。」他說。

「企鵝就會。」她堅持。

安桀瞄了她一眼，聳聳肩，沒有再問。但願疑惑總能隨機地被解決。這導致他後來寫下一段企鵝在熾熱的太陽底下流浪的故事。故事的結尾，企鵝走進那片他常去兜風的海灣，在一間草率搭建的餐酒館喝了現剖椰子水以及一顆滾燙的芒果麵包。

企鵝徒步橫越的雪原安靜而嚴寒，牠披上風衣，在下坡路段把琴盒當作雪橇使用。牠按著安桀郵寄給牠的地址而行，就在兩天前抵達一棟焦黑的房子，在那附近用裝著刀子的皮箱換來一把低音大提琴。「把刀擦乾淨。告訴對方它很利，可以切生魚片。」安桀寫道。過程非常順利。琴弓握起來非常平靜。企鵝等不及要彈奏它，形塑一種粗啞而優雅的聲響，能夠恐嚇音癡。雪愈下愈猛，綿密地堆疊而至，幾乎把企鵝的背塗白。

表演結束後，牠鞠了躬，回到角落，細心地收好提琴，搧涼摩擦了將近九十分鐘的琴弦，才把蓋子蓋上。

牠走向吧臺，也要了一份「阿芙加朵」，拿到那扇毛玻璃窗戶旁的座位。企鵝望向黑暗的窗外，除了店內溢出的光線流淌在屋側的沙地，什麼也看不見。一隻肥大的寄居蟹尖銳地跋涉過眼前。

企鵝等著白色的冰淇淋與深褐色的濃縮咖啡慢慢地降溫和融解，絲毫未嘗。牠想起安桀在凌晨的生鮮市場描述著即將面臨的一日：餵貓，澆水，開會。詛咒和想念。企鵝說：「我無時無刻不在詛咒與想念。」

「你詛咒什麼？」牠記得安桀這麼問。

「詛咒生死一線，虛實一瞬，從今而後，繼往開來。」

牠記得安桀笑了一下，然後說：「我單純多了，我詛咒那些想要讓烏鴉穿上酒保西裝的人。」

「認為企鵝天生穿西裝的一樣該死。」牠說。有時牠回到那間刺眼的放映室，一臺火車反覆駛過牆壁，牠會詛咒外面的永夜。「那你想念什麼？」

安桀思索了一下。「嗯，無夢的睡眠……每個沒有看見海豚的失望早晨。」

後來他提到了一些複雜無比的事情，像是手鍊的材質，還有燒焦的房子。他說話的神情旁若無人。

直到企鵝把咖啡倒入冰淇淋。杯裡到處是細小的漩渦。

「……就好像我已經死了。」他們默念和覺察，他們靠近，然後走遠。

企鵝拿起湯匙，湯匙反射著臉孔。他們並不知道。但在這裡，我們對死亡的感應是如此强烈……或許企鵝應該告訴安桀，死神是兩個戴著企鵝面具的傢伙，腋下夾著衝浪板，腳踏協力自行車，在椰子樹下吹著口哨揚長而去——而非牠這樣演奏如默劇、行禮似永別的作曲家。

企鵝放下湯匙，走回門口掛著的菜單，尋找一種 Tabasco 調味的捲餅。潮汐正隱隱退卻，浪花敲擊空氣，屋外的暗海彷若有銀光閃閃。

名家推薦——

很難得有這樣的作品，這已經是小說家的小說了，絕對的鶴立雞群。作者對文學的比喻、文字的調度，與意象的轉換能力都很強，行雲流水宛如行家。——黃錦樹

這是位天才型的作者，能夠在轉換的意象、比喻間，探討很多事物的層次，並且挖進內裡。他推動意象的能力並不依靠理解，是一篇詩的小說。——鍾文音

這篇有一種奇妙的迷幻感，動物與人的界線是模糊的。很多像詩的句子，以及非常閃爍的片段，作者完全沒有要寫實的意思。他在寫某種意境，有許多去中心的敘事，軸線散逸，但仍然是在處理死亡、失去的主題，有點像隨興的安魂曲。——柯裕棻

短篇小說獎　二獎

不會退的浪

歐劭祺

個人簡歷

2003 年生，高雄中學一年級，雙魚座 A 型，聽說這種人最會耍心機。曾獲全球華文學生文學獎、馭墨三城文學獎、高雄市青年文學獎。很會拿佳作跟優選。小說創作初心者。

得獎感言

謝謝評審，謝謝第一讀者。題名引用蘇打綠〈你在煩惱什麼〉的歌詞（搭配這首歌享用這篇作品，會有不一樣的味道）。希望還能更好。

牽著妹妹的手，我們走在一片無人的沙灘。

沿著海水與白沙的界線，我們背對著明月，漫無目的地走著。右方是緊鄰山壁的馬路，零星呼嘯而過的亮光和它們的喧譁是這裡唯一的動靜。妹妹不曾恐懼地往回望，也不曾被粗魯的喇叭聲給驚動，只是低著頭。月亮過了天頂，向山壁後方躲去，她的倒影卻不曾離去。突然一陣沁涼爬搔沾滿細沙的腳踝，妹妹的注意力瞬間被吸引了過去。漲潮了，一陣浪突然湧上打碎了月亮的倒影，海面的浮躁感渲染著我們。

「姊姊，為什麼海水變多了？」她問。

還沒走到海岸線的一半，妹妹的腳步緩了。

「姊姊，為什麼媽媽要一直待在房間？」她問，「妹妹要抱抱啦。」

「媽媽身體不舒服，我不是跟妳說過了嗎？」我稍有一絲不耐煩，她立刻就會察覺。於是她把頭撇了過去，嘟著嘴。「媽媽她……她應該很快就會好起來了。」

「真的嗎？」她抬頭看向我，雖然睜大的雙眼炯炯有神，但是兩抹濃厚的黑眼圈顯得有些疲倦。下一刻她又轉了回去，「哼！姊姊每次都這樣說！」

「這次是真的。」我很清楚，自己上次也是這樣講的。

「那……姊姊可以說那個故事嗎？」又是那個故事啊，我心想。

「好啊，妳就這麼喜歡那個故事？」她只是繼續望著我，手握得更緊了些。

「那是我五歲的時候。」毫不猶豫，我說起她最愛的床邊故事。

「妹妹也五歲了喔！」她插話時，對前方比了一個大大的五。

「是，是。我五歲的時候，只有跟媽媽住在一起。那是距離現在的家很遠很遠的一個地方……」

「到處都是田！」一邊喊著這句話，她張開汙漬與傷痕遍布的手，自在地旋轉。

「那裡到處都是田，」我再次牽起她的手，撫摸著掌心不自然的隆起，「那時媽媽很健康，經常帶著我到農田裡拔菜、玩耍。那裡的陽光是最暖和的陽光；那裡的小溪，是最清澈冰涼的小溪；那裡的……」

「那裡是姊姊的天堂……」她語調中的活潑，不知怎麼地褪去。但她還是恢復了笑容，「沒有了嗎？沒有了嗎？沒有了嗎？再講啦，拜託！拜託拜託拜託拜託……」

「沒有就是沒有！」

「叭——」我們都停了下來。喇叭聲不論多大，這片死寂，無法打碎。

她沒有哭，早就習慣了比我的斥責更加憤怒的聲音。我沒有要跟她道歉，拉了她的手後，我們又繼續往前。這是個沒有結局的故事，她也不是第一次問起後續發展。或許不該小看她對於現實的承受能力。

「姊姊，」就在我準備告訴她剩下的劇情時，她又發問了。「為什麼妹妹八點就要睡覺？」

「早睡早起是好習慣啊。」同樣的理由，而她的問題一定是「為什麼姊姊都不用？」之類的。

「為什麼……為什麼……為什麼……」那兩雙眉翼突然糾結在一起，「爸爸都可以很晚睡呢？」

「因為……他都很晚回家。」除了吃驚，這個問題像是梗塞在我的氣管，呼吸急促了起來。

「妹妹喜歡那個地方。」她的印象很深刻，即使她那時候才三、四歲。我故意疑惑地看向她，順便裝作自己很鎮定。「就是姊姊都會抱妹妹過去的那個地方啊！只要可以跟派拉還有姊姊在一起，很黑、很小都沒關係。」她以為我不知道她說的「那個地方」是哪裡，雖然我比她多待在那裡很長一段時間。「只要姊姊不要用軟軟的東西弄妹妹的耳朵，妹妹還可以跟派拉聊天。」

「沙——沙——」幾道浪還在怒吼。我假裝被粼粼波光吸引，轉向大海。

「派拉在哪裡？」幸好她還在想念她唯一的朋友，沒有注意到我。「而且，在那裡，聽不到派拉說話，但是有『咚！咚！咚！』和『鏘！鏘！鏘！』。妹妹不喜歡『咚！咚！咚！』和『鏘！鏘！鏘！』。」她還在等我的答覆，不能讓她等太久。

「那只是外面在做工程而已，因為這樣才要給妳戴耳塞啊。」等到終於可以正常說話，我笑著回答她。

「妹妹想要上學。」她有點撒嬌地說。

上學啊，那是多久之前？我這麼想，也猜想她為什麼突然這麼說。她從沒有上過學，也從來沒問我上學是什麼樣子。她究竟在想什麼？

「上學是很累的喔。每天都要很早很早起床，然後要去學校。有時一大早就有考試，從第一節課開始，考試、上課、考試、上課……到了下午，回家又要為明天做準備，這樣妳就沒有時間陪派拉玩囉！」

「嗯……嗯……」她的右手抓著破碎衣襬綻露如麻繩粗糙的絲線，搓揉著。「沒有關係。」小小聲地，她這麼說。「派拉不會怪妹妹的！」那不是源於一種單純對未知事物的渴望，那是一種莫名堅定的冀望。

「為什麼想上學？」

「姊姊很聰明，姊姊什麼都知道。姊姊有上過學，所以上學可以讓妹妹跟姊姊一樣聰明！」

突然她大步大步向前跨，抬頭挺胸，緊抓著我的手用力地來回擺動。

「跟我一樣厲害？」她沒有說話，只是繼續向前邁進。

「嗯！」

她放開我的手，跑向前去。起先很用力地踩踏在柔軟的沙地上，踉蹌之後，跌進沙中。我衝向前要扶她，只是她又恢復站姿，著急地拍了拍左手臂上沾附的沙粒後，都還來不及抓住她，又跑了起來。一段距離後她停了下來，雙腳緊貼著蹲下，手好像在翻找著什麼。當我趕到妹妹身旁，她用右手食指溫柔地撥開一小圈深色濕潤的沙，正中央是一枚傾斜擱淺在濕沙中的小瓶蓋，開口朝上。仔細一看，發覺裡頭是一隻寄居蟹，應該是猛烈的潮汐將牠倒著衝入沙中。她小心翼翼地用拇指和食指像用鑷子拾起閃爍的裸鑽一般，將小生命救了過來。寄居蟹飛奔而去，翻過食指寬的壕溝後隱沒在瑩白的浪緣中。

她一直在觀察周遭，她一直都知道。

「妹妹要上學。」她站了起來，更加肯定地說。

「為什麼妳想要跟姊姊一樣厲害呢？」

「妹妹不喜歡『咚！咚！咚！』和『鏘！鏘！鏘！』，只要妹妹跟姊姊一樣聰明，『咚！咚！咚！』和『鏘！鏘！鏘！』就會被妹妹趕走了！」

「是因為妳不喜歡那個聲音嗎？還是，我們……姊姊帶妳去遠一點的地方，等到每天的工程結束，我們再……」

「不要！我不要！我——不——要——」漲紅的雙頰顯得噙著淚的雙眸中蔓延的血絲更加清晰，交織著她的憤怒與悲傷，那怒視流露著沉重的不信任。

「沙——沙——」還沒沖碎的，只剩我們之間僅僅兩步，卻很遙遠的距離。

「我不要，這樣『咚！咚！咚！』和『鏘！鏘！鏘！』就不會被趕走了……」話未竟，她便低下頭，淚珠比海波更加耀眼。

「趕走了工程又怎麼樣？」我忍不住崩壞的耐性，又一次破口大罵。

「這樣媽媽就不會再哭了！」她也咆哮，啜泣聲在字裡行間渲染開來。

「工程」是在妹妹兩歲時開始的。一開始，為了不讓她受到驚嚇，我會跟她一起躲在大衣櫃裡。裡面的衣服是女人的服飾，但沒有一件是媽媽的。坐在凌亂堆起的衣物中，我替妹妹戴上耳塞，叫她抱著派拉，躲在煽情的內衣褲與瀰漫濃郁香水味的洋裝旁邊。這些是那頭禽獸從外面帶回來的「戰利品」。在我們離開衣櫃後，牠會病態地沐浴在「戰利品」的香氣中，用臉頰磨蹭胸罩，舔舐蕾絲內褲，然後假裝一本正經把「戰利品」收進衣櫃裡。即使牠享受快感時的神情令人作嘔，我們還是得在這唯一的庇護所裡瑟縮。靠著另一側的木板，凝視一片漆黑，我總是假裝自己什麼也沒聽到。妹妹說得沒錯，只要「工程」一開始，媽媽便會「對不起！對不起！」地哀號，哭喊聲在「咚！咚！咚！」和「鏘！鏘！鏘！」之間清晰地令人背脊發麻。所以我讓妹妹提早睡覺，畢竟「工程」總是很「準時」。

但是，她其實一直在觀察周遭，她其實一直都知道。

「對不起。」我試著走向她，但她也很快地往後退。

「是不是，是不是因為妹妹不乖，媽媽才會……」

「不是，妳沒有做錯什麼，」我趁機抱住她，右手環抱在她異常纖細的腰間，左手手指在她分岔油膩的髮絲間溫柔地來回爬梳。將頭髮撥向左肩，脊椎骨如連綿的山丘在後頸竄起，我親吻了第一座山峰，紊亂的呼吸像是岩漿在山巒下不安地鼓動。「媽媽會很高興喔，如果妹妹願意幫她。」

「真的嗎？」字與字之間夾雜著喘氣聲。

「當然啊，媽媽最愛妹妹了。妹妹要聽姊姊講上學的事嗎？」鼓起勇氣才終於能展露笑容，抓著她顫抖的肩膀，我堅定地說。

「嗯。」她點了點頭。

「姊姊雖然已經十八歲了，但是沒有讀過國中跟高中。」我們再次，牽著手朝著遠方前進。

「國中跟高中是什麼？」又是那充滿好奇心的眼神。

「就是讀完幼稚園後，再讀完小學，就會到國中還有高中上課啊。姊姊啊，其實很想去讀國高中呢，但是連小學都還沒畢業就沒有再上過學了。」

「為什麼？為什麼？為什麼？」

為什麼？是啊，我怎麼不去呢？我有多渴望正常人的生活，和朋友穿著制服在街上放聲聊天、在畢業典禮上和大家擁抱、互相祝福前程，還有學習更多來改善自己環境的拮据。沒有上學還是可以學習，在學校的回收場總是有很多資源。要是那個床邊故事沒有後續，要是那個夜晚，我逃離那頭禽獸骯髒的魔爪……我的手握得愈來愈緊，愈來愈緊。

「噢！」她用力抽走她的手，小小的手掌被握得通紅浮腫，但是掌心的疤痕卻還是如此明顯。

「不可以！」那起伏的疤痕彷彿在眼前逐漸放大，直到視野完全模糊。一聲熟悉的呼喊在耳畔響起，那是媽媽的聲音。我曾經想殺掉妹妹。我從垃圾桶裡拿出一塊啤酒瓶碎片，看著還在哭泣的妹妹，抓起她的手，在她的手上留下一道血流如注的怨恨。還是嬰兒的她開始嘶吼與痛哭，就在我對準脖子高舉沾滿鮮血的紅棕色利刃時，媽媽抓住了我。她那時已經走不出家門很久了。手上的碎片被俐落地拍落在地，除了錯愕與悔恨，我已失去任何情感。「保護她。就算她不是我們所期待的生命，妳還是要保護她，因為她是妳的責任。」

「姊姊太大力了啦！」她生氣的呼喊擊碎了腦海中的場景。

「對不起，姊姊剛剛想事情想著想著就……」

「沙——沙——」我們都轉頭看向大海，那逐漸寧靜下來的大海。

「姊姊——」才向前走了一小段，她又耐不住性子。「我們為什麼不回家？」今晚的「工程」比以往更激烈，媽媽最後的那個眼神，還是在叮嚀那句話。

「因為姊姊要保護妳啊。」這是媽媽給我唯一的任務。

「啊！忘了派拉還在家。好無聊喔！希望她不會被『咚！咚！咚！』和『鏘！鏘！鏘！』嚇到了。」

「派拉也舊了，很多縫線都脱落了，我們到了有布偶的地方，再買一隻給妳！」

「沒關係，派拉跟媽媽還在等妹妹跟姊姊回家。我們什麼時候才能回家？」

「等浪退了吧。」

「姊姊，浪要怎麼樣才會退？」

「如果海看起來好像睡著了，那就代表浪退了啊。」

「姊姊！妳看妳看！海睡著了！」她指著海的方向，用力扯我的衣襬。「浪退了！姊姊看嘛！」

明明月亮已經在身後隱沒，我卻還是懷疑，黎明是否會到來。蔚藍的大海在一片朦朧中熟熟睡去，妹妹笑臉盈盈地眺望著遠方的地平線。

但是，還有一道不會退的浪。

名家推薦——

這篇採用限制觀點，寫兩姊妹相依爲命，都沒念書，長期受到暴力淫虐，恐懼之下互相取暖；但不確定到底發生什麼事，我們以爲知道他要寫什麼，其實我們不知道，這是他成功的地方，如果什麼都寫反而可能變成陳腔濫調。——黃錦樹

這篇的長處在於不直接寫暴力、痛苦，用外頭激烈的工程或是其他事物來暗示，刻意地不清楚，用譬喻帶過。——鍾文音

短篇小說獎　三獎

聾

魏子綺

個人簡歷

2001 年生，彰化精誠中學三年級，將入學交大外文系。
曾獲第 33 及 34 屆武漢國際楚才作文一等獎、第 11 屆聯合杯全國總決賽特別賽事組優選。
喜歡海和雪，即便只在夢縈時分見過。寡言但多思多想，目前仍在尋找子期。

得獎感言

瞬間所有詞語壅塞了我的邏輯，只剩下感動；原本我寵慣了、只敢攥在懷裡的稿子在放手之後，竟能凌風而起。感謝聯合報，也謝謝評審願意垂憐我滿紙荒唐，謝謝鋼琴，謝謝陳怡君老師總是溫柔地對待我和我的稿子們，您真的是仙女。我還想繼續做一瓣失重的蒲絮如雪，優雅地在凜空中伸展、結晶、成體，拋開預設的終點才能飛得更遠。

一、低穩而緩慢 (Largo)

疲倦的身影蹣跚著沒入長廊的盡頭，我用雙手吃力地提著手裡的書包，本本大小參差的琴譜推擠開變形的拉鍊，隨著走動互相摩擦切磋，漸次磨去了現實和虛無的稜線；我拐進角落的琴房抬腳勉強地踢上門板，砰，從此踢開諸種世界的紛紛，像是潘朵拉闔上了盒子，把自己和希望關在不見天日的角落裡發霉避世。

「早安，女士，能在這樣愉快的早晨裡遇見妳，我深感榮幸。」

修長的身形愜意地坐在木椅上，看上去已經候著我好些時辰，桌上擱著一只酒瓶，上頭標籤的字樣業已被記憶褪去；他起身為我揭開琴蓋，隨手拿起一本琴譜放在琴架上，翻至附上標籤貼的那頁姹紫嫣紅，用優雅且充滿貴族教養的微笑轉身向我提出要求，「那麼，我是否有榮幸聽妳演奏一曲？」

「我倒想拒絕。」

我揮了揮手示意他站到一邊去，伸手從鋼琴上摸了幾個書夾以固定媲美字典厚度的書頁，開始基本練習的暖指音階共二十四個，這才深吸了口氣開始今天的作業，眼前的琴譜簡直比卡珊德拉的預言還精準，十根手指在每個反覆圈點的音符上完美地出錯；餘光中我瞥見他輕蹙起柳眉，雙手交疊在腿上，手中的鉛筆有點焦躁地輕輕敲擊著另一手的指節，但我亦深諳他絕不會打斷我，至少過去從來沒有過。

「謝謝妳的演奏。」他的微笑有點勉强，「但親愛的女士，請容許我也為妳演奏一次。」

我識相地起身，讓出這個我本不該染指的位置；只見他纖長的十指在黑白鍵中穿梭，像是翩翩羽蝶撲翅而舞，精緻翅翼上的鱗粉在陽光下熠熠燐燐，成對地在煦煦春光中相互交錯著嬉戲，最後憩於一朵純白的百合花瓣上優雅地闔上雙翅。

「B段部分應該要更為輕柔，像是母親雙手輕撫孩子的雙頰那樣。」

「但是，」我有些不滿地反駁他毫無惡意的言詞，「昨天你才說過强勢的節奏能夠更完美地展現演奏者的情緒。」

他一時之間有些語塞，彷彿他才是那個做錯事的小孩，過了半晌才唯唯諾諾地說：「當初我便是興致所至才留下了這首曲子，既是即興那如何能要求一致的演奏表現呢？」

「但你總不能每次示範的都不一樣吧？這樣一來我根本無所適從……」

「你就是性子太好才總是被學生欺負，」門突然被推開，一名男子狼狽地搖曳著一頭銀白色的蓬草進來，大口喘著粗聲粗氣地說道，「妳根本就沒有好好練習；我說過多少遍了，妳必須用盡全力不停地向前奔跑，才能夠勉强使自己留在原地！」

心虛所致，我收起伶牙俐齒，小聲嘀咕著不滿，「你遲到了。」

「敢情您剛從鮑克斯泰伍德的音樂會徒步趕回來，風塵僕僕呢。」

「快滾。」

巴赫沒好氣地趕走了一旁慵懶翹著腳、嘴上掛著玩味笑容的蕭邦，暴躁地撓了撓腦袋；蕭邦早慣了對方的脾氣，起身拿走他帶來的酒瓶便識趣地離開了，臨走前還不忘他的紳士氣度和良好教養，體面地向我與這位脾氣乖張的前輩道別。

「恕我先告辭了，白蘭地我也帶走了，希望未來能有機會與二位共酌；先生，下次還煩請帶上您那只金酒杯吧。」

「你有那閒情逸致的話，不如把這臺琴當掉換臺正常點的，黑白鍵都反過來了。」

我在心底暗笑他的迂腐，憶起上回他原本信誓旦旦地要為我親自示範技巧，最後愣愣看著陌生的鍵盤知難而退卻拉不下臉來的彆扭表情，嘴角便失守端莊的淑女氣質，微妙的表情變化恰巧被他逮個正著。

預料之中，他又瞥見我桌上只有白菜和蘿蔔，戲謔諷世的童謠立即在耳邊響起，巴赫踩著那雙不合腳的長筒靴悻悻然離去，沒好氣地甩上門板，彷彿夾死一隻老鼠般發出尖銳的聲響刺進耳膜；我伸手捏了捏耳朵，有點耳鳴。

二、悲傷如訴的 (Elegiaco)

翻開樂理課本，成串的斜體英文令人暈眩，如方才那位嚴師以及他拘謹的高領套裝一轍地令人窒息，整齊有序的白色荷葉排領像是被靜止住的雪白浪花擱淺在時光中，褶與褶之間夾擠著反覆溺斃的我；我積極地想在淩亂的音符中尋找邏輯，卻只得喪氣地在調性轉換之間迷失，每一次回過神來都相隔了一個世紀的喟嘆，五條細線無章纏繞再勒住我的咽喉，但我找不到貝多芬的處世風格（即使我自認與他同病相憐），無聲的求救和嗚咽漸次堆砌出我整張考卷上不規則的深紅色圓圈，像是染了什麼凶險的惡疾，猙獰的紅點零星地在皮膚上蔓延，以潛行的蛇之姿態，是肆虐的黑色瘟疫。

或許我需要大病一場並且死去，才能捨棄這副疲倦又虛弱的軀殼；但諷刺的是，不論是看淡生死的道者或是一心尋終的自戕者都和我一樣，再無畏死亡也捨棄不了生物的本能，痛覺在絲絲神經上反覆迸發抽搐，以強迫軀體象徵性地劇烈扭動掙扎，即便錮於其中的靈魂早已毅然向死亡倒戈。

三、**奔放、幻想（Fantastico）**

琴房內的窗戶沒有可遮擋的簾子（或者說也根本不需要，因為從這裡看出去只有一堵安分的牆，卻也因為如此而格外容易令人分心），午後熾烈的陽光像逢年過節的親戚般毫不客氣地闖進來，把整個空間曬得鬧哄哄的；泛黃微皺的書頁上隱約有種燒焦的味道，我親眼看見自己放了一把火燒掉成堆的書冊，像秦始皇一樣驚懼著文明把古賢者推進深坑中埋葬，從婀娜婀娜的煙影之間詭譎地找到了焚香般的歸屬感，以及耽溺於鴉片癖癮的快感，閉上雙眼後在放大的感官梢節上開出朵朵豔紅繁花翳入天聽，張開雙臂做擁吻太陽的伊卡洛斯。

「親愛的，外面有一小坪花園，裡頭種滿了各色的三色堇，妳一定要去看看。」不記得聊到了什麼話題，貝多芬精神好些的時候曾這麼神采奕奕地對我說；但是隔天清晨我在所謂的花園內卻沒看到任何植物，只有一片荒蕪的泥沙地，塵块彌封住原本生意的色彩，倒有幾分荒涼的美感。我入神地看著，難得的休假日便這樣被我揮霍罄了，沒有焦點的眼神瞟向遠方，陰天。

他撒了謊，並且狡猾地以我不忍苛責的方式——這已經不是第一次了。

四、清淡如牧歌 (Pastorale)

那天我吹了一下午的海風，果然著涼了。我慵懶趴在琴房裡的書桌上，木製桌面被不同主人的美工刀不甚工整地刻著一個個毫無關連的單詞片語，或許只有當下執刀的雕刻家才明白字面後真正的意義；我的頭很痛、可能比宙斯被斧頭劈開頭顱還痛，數萬隻蟲在頭殼裡蠶食我的腦子，狼吞虎嚥地咀嚼著殘餘的記憶滋滋作響，有點耳鳴。

「親愛的，是藥三分毒，」他憔悴地躺在病榻上，雙眼勉強擠出一絲縫隙以確認我的方位，再用僅剩的力氣握住我的雙手，緩慢卻殷切地說著，「別吃藥，除非妳認定自己是需要同情的患者。」

我靜靜站在窗臺前，在嬌小的掌中低頭認真地細數著，然後一把丟出窗外，鳥兒似乎很喜歡這種味道奇澀而不得不裹數層糖衣的藥片，低著頭專注地啄食著，尖喙在瓷磚上發出規律的咚咚聲。

五、深思 (Pensiero)

「這道題又錯了！之前不是練習過很多次了嗎？」

恍神之間我聽見了巴赫每日教導我時例行的憤怒之言，像是雙手用力壓在鍵盤上奏出的不和諧音程淪為嘈雜的分貝讓人耳鳴，agitato，以及布蘭登堡協奏曲上被强行加上的速度註解，廢話一堆。

「在 BPM 值的概念普及運用之前，人們大都以心跳頻率作為樂曲速度的對照標準。」

怎麼能測得準呢？若是真放了感情演奏的話，心跳不應該隨樂曲的升降跌宕嗎？我舉起書桌前的杯子喝盡裡頭僅存的一點水，原本懶洋洋趴伏在我腳邊的柴郡貓被啜飲的聲音給驚醒，一溜煙地跳出窗戶，躍起的靈活姿態在失焦的底片與雲堆霧層的快照之間逐漸顯影。

「別怕，」我拿著空杯子向窗外的貓兒輕聲安撫道，「裡面沒有氰化氫，只是白開水而已。」

「貓總是容易受驚嚇，」李斯特不知道什麼時候走了進來，用一貫溫雅的氣質慢條斯理地走進房，「稍微一點動作就能嚇著牠們，連尾巴都觸摸不著。」

「先生您好。」氣氛有點尷尬，我僵硬地轉過身來向他行禮，「不好意思，我沒注意到您已經到了。」

「無妨。」

他微笑著攤開手邀請我在鋼琴前坐下，而我用雙手將琴譜遞過；他接過我手中的樂譜，輕輕拉住我的右手，在手背上落下一吻，過程中我只是膽怯而拘謹地端坐著；他貌似一位風雅溫厚的紳士，受過完善的貴族教育而奉禮節為圭臬，也正因如此，再不易察的蔑視與不敬之舉（當然包括眼神）都逃不過他的道德譴責，像是一隻高倨梢頭的鳶凝眄著獵物，若受冒犯下一刹便會疾速俯衝、狠狠咬住脆弱的脖頸——即使他對女性、至少對我，總顯得寬容許多。

我雙手觸在冰冷的琴鍵上打顫，暖暖的陽光灑在我身上，過分的溫差反而引起一股奇異的戰慄感從尾脊處悄悄爬上來，像是一隻全身長滿細毛的八腳長腿蜘蛛；我知道自己的十指非但僵硬得像初次習琴的學徒，還冷到失去知覺，大腦急切傳送出的指令被一次次的失誤打斷得支離破碎，音符和節拍一言不合扭打了起來，鞭笞著我的鼓膜，失去平衡的和弦讓患了絕對音律的雙耳放聲尖叫，耳鳴。

恍然之間旋律戛然而止，我才意識到我的手懸在半空中，以一種擱淺的瀕死者神貌橫躺在凝滯的空氣中，很冷；我回頭看，窗扉還是敞開的，他的臉逆著光看不清情緒，拖在地上的剪影卻溫柔地笑了。他啓唇而言，帶著迷人的異國口音，聲音很輕，我卻真切地聽見那雙細長眼眸彎起、上下眼皮瞇住的聲音。

「親愛的，現在妳可以驕傲地稱呼自己為最不受李斯特喜愛的學生了。」

只有我懂——這是一種至高無上的讚美與榮耀。明顯與教養相悖而失態地，我撲向他懷裡，以一種張開蠟翼的義無反顧縱身跌進萬頃碧波、那片無盡無聲的深海裡，優雅地，甚至沒有驚濺起太多水花，乖巧地，甚至沒有掙扎。人溺水而死的話眼睛會閉上嗎？

「就算往前一直跑，也沒辦法跑多遠。」

他的聲音比玻璃藝品還脆，貓跑過來打翻了桌上的花瓶，裡頭早枯了的殘莖斜躺在木桌上，花瓣快快散落在桌面上，隱約還可以聽見細微的嗚咽聲，像是幼貓撒嬌討饒時的媚態，或是溺水者載沉載浮之間反覆嗆水時模糊的呼救聲。

當時應該是深夜，因為無光。

六、詼謔 (Scherzando)

我雙腳踩在柔軟的白沙上，如釋重負地呆佇在原地，海風腥騷的味道聞起來像鐵鏽，我聽不見浪花拍打岸邊的聲響（這昭示了這瞬間並非幻覺），風翻起一層層海浪如雪，綻開的浪花湧了上來，像是做工細緻的皏白裙襬；我看見自己笑得爛漫、手提著裙角站在浪濤中面朝著一方，兩眼細長如柳，朵朵陽光灑落於蔚藍之上，波光粼粼；理應美好的一幀在眨眼之間卻像被調至最低彩度——抽去光芒的世界，那是巴赫眼裡的神蹟——哈利路亞，我聽見他滄桑的聲音喊著，雙手激動地攥緊指揮棒，用力得指尖泛白；或許他與我還是挺像的，寧願在海市蜃樓中安詳死去，乖順地服下裹著糖衣的劇毒謊言，騙得過自己便足矣。

「鼓掌吧，朋友！喜劇結束了。」

貝多芬的聲音氣若游絲，在呼嘯的海風之中慢慢褪去了響度和音色，那是他在死亡前保留的最後尊嚴；我聽見他微弱的心跳，diminuendo，如果是這樣平緩規律的速度，我似乎便能夠稍微調回失衡的節拍。

只有我懂——溺水而死的話眼睛是不會閉上的，因為最後我看見了那塊莊嚴的蓋屍布，跟我今晚的表演禮服一樣，也是白色的。我奢望他們依我所願奏起安魂曲，如此一來我或許還能借花獻佛，把自己的死亡獻給貝多芬、蕭邦和我——啊，但是唱詩班裡從不允許女性參與——我怎麼會忘了這麼重要的事。看！那名男孩還在一旁哭泣呢，當年的唱詩班竟然因為喉結這種小事就把未來的音樂之父給踢了出去；我從花園裡摘了幾朵三色堇想討他開心，奈何他朝我伸直雙臂亦無法觸及的距離平行走去，瘦小的背影好像提著什麼重物，一跛一跛地淡出我的視線。

作者已死，傑作誕生。

牧師高聲宣讀，手裡捧著沉甸甸的書本，宏亮的聲響在教堂裡迴盪重疊，音程在次次回音和複沓之中失真走調；果然還是沒能調準是吧，我親愛的朋友？

名家推薦——

〈聾〉以人的形象來寫一些樂曲，以及作曲家蕭邦、巴哈等人的性格。主角把自己每天練習的心情、音樂給他的感覺，和音樂家的故事，結合成一篇幻想小說，很有趣的嘗試。

——柯裕棻

〈聾〉寫一個練琴的學生，召喚作曲家與他對話。這篇需要調動的背景知識比較複雜，作者對於細微情緒的描寫，氣氛的掌握都相當精準。

——黃崇凱

短篇小說獎　優勝獎

我曾為總統上過菜

楊智淵

個人簡歷

2001 年出生於臺北市，大同高中三年級，即將邁入大學生涯。

國中開始嘗試寫作，讀書之餘偷空書寫，曾獲臺北市青少年學生文學獎佳作。

熱愛文學，尤喜歡小說，期許未來自己也能如推崇的作家一樣寫出優秀的作品。

打開書桌前檯燈，鵝黃色光影撲亮他削瘦的臉頰，壯實的手臂探入陰影，從書包中抽出一張作文紙，少年青稚的臉孔陷入沉思，回想導師交代全班的題目：題材為生命經驗或生命中的重要經歷，題目自訂。下課後導師特別叮囑他認真寫，揮舞的雙手帶著熱情令他著實不適應。

他把目光放遠思考著，夜晚的寧靜令所有思想都震耳欲聾，眼角餘光瞥見書櫃上放著新添購的筆記型電腦，下意識地皺起眉頭。那是最近用多餘的生活預算買的，他的確需要一臺做報告用的電腦，不用每次再去圖書館登記借用，但無論如何總有股異樣感梗在心底。

他握緊手中的筆，直到手心發疼，雖然廉價但耐用的原子筆在他攤開手掌後，映照在房間裡唯一的光源中，沒來由的他盯著光滑的筆殼猛瞧，試圖尋找什麼怪異，但一如往常什麼都沒發生，只提醒他應該著手開始進行他的作業，他按著紙開始書寫：

「母親聲稱我不該再去學校，因爲我的學習史從開始就是災難。我的初等教育開始於千禧年，充滿恐慌與不安的一年，世界末日與千禧蟲問題透過流言蜚語成了街口大媽也交頭接耳的恐怖——雖然他們大多宣稱千禧蟲是一種來自中國或美國跨海而來的蝗蟲之類。

她稱不上虔誠的教徒，但也被四周惶惶不安的氣氛弄得神經兮兮，經營著小餐廳時仍不時張望，好似每一個上門的客人都有可能是預言裡的恐怖大王，與這樣糟糕的一年相襯的是同樣糟透的成績，小學生涯的第一次成績評定就落得差點全數未通過，國文一枝獨秀，除了父親還在時陪著讀各種書籍之外，就是幫著餐廳打下手時奠定的基礎。

她老是嚷嚷著我一點都沒繼承到父親的聰明基因，但總會補一句什麼都沒繼承最好，有次實在按捺不住反駁：『我認為糟糕的成績是因為放學後都在幫忙餐廳，沒時間複習。』母親破口大罵一個多鐘頭，從我的懶惰數落到父親的天性涼薄，但最後同意每天放學後能去圖書館自習一段時間再回去。

六年的小學生活，我的成績始終在不及格邊緣徘徊，即便放學後待在圖書館，我仍然習慣隨意抽本書來看而非複習，這大概是佐證母親批評的證據——我總是與她反抗，且為反抗而反抗。

升上國中後，我卻愈發努力讀書，起因於母親鑒於我糟糕的成績，認為我讀完高職就來為她打下手繼承餐廳，從那時起我打定主意決定考大學。事實上我的基礎極其糟糕，得幸虧當時的導師耐心教導。升上高中後，我的成績勉強能填上大學，我原本預期大學學費借助學習貸款跟半工半讀……」

他停下筆，原因是樓下傳來一陣破裂聲跟咒罵嚷嚷，少年伸展僵硬的肩胛，發出響亮的劈啪聲，他凝視光線下緊實的手臂肌肉，還有些以往被燙傷的痕跡，但大體上顯得充滿生命力。這是沉默而結實，真正屬於他的過去所造就的東西，他這般想著。

「……今年三月，總統在我們家餐廳用餐，母親厭惡當前執政黨，藉口臥病，由我負責接待，總統與他的秘書在護衛下用餐。當時沒有什麼其他客人，總統招我坐在秘書側邊座位，用餐中途同我聊天，問了些有關我的未來藍圖跟現在生活的問題，我盡力回答。緊張感令我不敢抬頭直視，只敢不時偷瞄幾眼總統與他的秘書。總統與電視上無甚差別，但親眼所見還是第一次，秘書是位中年男子，國字臉顯得英氣，雖然從未在電視上見過，我卻總覺得十分面熟。

兩人用餐完畢後結帳離開，便有幾家媒體湧入店內採訪，內容大致是總統剛與我聊了些什麼——而後我才知道，他們將我塑造爲生活貧困卻仍用功上進的單親有爲青年。

那之後，餐廳知名度打響，家計改善不少，且不斷有人匿名捐款，指名用於大學學費，目前已不成問題，我的理想似乎已經可以實現。」

他放下筆，向後躺倒在床上。在收到捐款時，他錯愕卻開心地簡直飛起，但是在當下的狂喜之後，整個世界倏忽陌生起來，他曾經思考過為了目標需要付出多少代價，甚至一再重複地告訴自己：唯有歷經苦難的磨練，才能通向不凡。但從來卻也沒有想過若成功是如此輕飄飄的容易，他的一切理想都建立在虛幻的基底，來自一場毫無道理幸運的美夢，生命彷彿根基於虛假的輕盈中。

他決定先睡去，把問題抛給明天的自己。

「這篇作文幫老師修改一下可以嗎？說實話，有些不重要的東西可以不要寫，你應該把焦點放在重要的事情上，比如說：你曾接待過總統，這是文章裡發生最重要的事，就應該做為整篇作文的核心下去寫，像是沒什麼意義的生平概要能省略就該盡量省略。」

「如果可以的話盡快改好，我再給你一張稿紙，寫完之後我會作為佳作幫你交給校長，下次朝會以本校楷模的身分上臺朗誦。有什麼需要幫助的都盡可能跟老師說，老師一定會幫忙你。」

他拿著一張全新的稿紙，離開導師辦公室，辦公室裡冷氣開得極強，踏出門外仍殘留皮膚表面，有如驅趕不走的蠅蟲，他想，才發現臂膀上的肌肉繃得死緊。

回教室的路上，沿路遇到的人群竊竊私語著，細碎的聲音不時夾雜笑聲，內容他大概也都明白，大致上跟報紙上吹捧的光偉正的形象有關，與現實中的他相去太遠。

為總統上過菜後，他偶爾也會想過，人的形象究竟是依託什麼存在，他在任何媒體管道見過總統面容不下百次，依頻率來講還遠較不熟的朋友多許多，然而在真正接觸本人後卻無比陌生。似乎當你以特定形象被廣泛認知，個人形象就被獨立於本人之外，對於大衆而言，被創造出的形象取代原有的個人形象，做為一個群體的概念存在，人們並不在乎真實的過往人格與構成，而是鑑於他們所認知的概念接觸。那他所遭受的狀況就能夠解釋，他們從未認識他，從此也將所有認知投射於他們自己所創造的形象。所有稱讚批評實際上與他無關，只是在同他形象之上的幽靈溝通，而他僅不過是個不朽概念的回聲筒。

教室裡如沸騰的鍋爐，悶熱壓縮著躁動的情緒，他走回座位，座位附近的聊天團體都下意識放低音量，偶爾對上眼也迅速避開視線。他悶悶地閉上眼趴睡，感覺著身體裡每一絲水分在蒸籠般熱浪下滲出體表，蒸騰、昇華，只在體表留下一抹難聞的氣息與黏膩的觸感。鐘聲敲響過幾次，任課老師也換了幾輪，始終沒有人嘗試叫醒熟睡的他，猶如那個位子上不存在著任何人。

他醒來時天色已黑，教室昏暗無人，操場上報隊打籃球的吆喝聲穿過整個寂靜的校園，各科老師辦公室還有兩三間是亮著的，學期考剛過，沒有學生願意留下自習，走廊渾黑一片。他踩著有些發麻踉蹌的腳步，打開教室燈光，陡然接觸光線眼睛有些刺痛，饑餓感不是那麼嚴重，他用手機查詢新聞那天的報導，攤平作文紙開始抄寫：

「時間是日頭炎熱的午後，我顧著餐廳一邊唸書，我的夢想是考上一間好大學，然而我的大部分時間要協助臥病在床的母親維持生計，因此得更加運用零碎的時間。

總統是接地氣的步行過來，點了幾盤菜與一碗魯肉飯，總價格在一百元以內，由此可看出總統的生活方式尤其節儉。在用餐的過程中，總統和善地招我同他聊天，向我問了些青少年政策的問題，在得知我的家庭狀況後，總統堅定地向我承諾，他會盡可能推動貧困青少年家庭的幫助，務必要讓所有孩童都不須背負過重的壓力讀書學習。

用餐完畢後，即便外頭正炎熱，總統還是心繫政務，不畏熱浪帶著笑容面對，在這是寶貴的經驗中，我學習到了很多，也激勵了我的決心。

『我曾爲總統上過菜，這將做爲我向夢想前進的動力』……」

我有這麼說過嗎？他仔細回想，發現並不能確定，如果所有人都認為這句話由他所說，那勢必只能是他曾說過。與廣泛的認知相比，他的記憶太過曖昧不清。

「……從我還很小的時候，母親就獨自一人撫養我長大，眉角皺紋裡夾藏著數不盡的辛酸，在我稍微懂事時，我就盡可能地幫助母親，只求能爲她分擔一點辛苦。母親總說她很對不起我，沒辦法給我跟其他孩子一樣的教育資源，從那時起，我就下定決心要考上大學。

後來母親積勞成疾，我開始接手餐廳營業，時常忙到接近凌晨，還不能休息，更別說要寫作業讀書。但我並沒有因此被擊敗，面對困難，我選擇更加努力，試圖活出屬於我的精彩，我相信世界上只有努力不會欺騙自己，現在，我正朝著我的夢想邁進，作爲國家下一代的主人翁，我期許自己能成爲對社會有用的人。」

收拾東西離開教室，穿過操場時他看向講臺，講臺上掛著的國父遺像年復一年在那裡，無論底下學生以什麼態度或嘻笑或怒罵，畫像依舊永恆的注視臺下，在群體的記憶中成為不朽，他實際上存在那裡嗎？還聽著看著，宛如俯瞰眾生的幽靈，是否還記得生前所有的成功？又或者在軀殼下葬後就與之分離，獨立於過去的記憶構成之外。

他沒有得到答案。

一個中年女子，頭髮是染劑染出的深黑，帶有些年紀仍顯白皙的面容，眼角游著對魚尾紋，嘴角勾著歡喜的彎度，手上拿著麥克筆，抵著手繭的姿勢似乎有些生疏及不便——這是他的母親。

「回來啦，過來幫我寫字。」頭也沒回就彷彿已經確定是誰，女人手上還琢磨著麥克筆的握筆方式，他脫下鞋子往前，才發現是張長幅紅布條。

「內容就這樣寫：『本餐廳曾接待過總統，現推出平價總統套餐，每日限量』。」

「你不是最討厭的就是他嗎？不會覺得彆扭？」手上沒有停止寫字，這是自小養成的習慣，做事與嘴上分開，他問。

「仔細想想倒也還好，那個總統做的不少事對我們老百姓都很好，也就沒那麼討厭了。」

「倒不如說還得感謝他，最近生意好上不少，你真的要不要考慮別去考什麼大學了，畢業後就來接手，把餐廳經營出名號來，你以後娶老婆也不愁沒房子沒錢。」

「我再考慮看看。」他乾笑著回應，瞥見牆角報紙包著的碎玻璃，外層剛巧是他受採訪時所拍的照像。「晚點垃圾車來我拿出去扔，還有什麼要一起丟的嗎？」

女人擺了擺手，他離開客廳上二樓，回到自己房間。他把房間裡所有燈光打開，如同尺蠖蟲般弓在床鋪上，傾聽神經發出不堪負荷的哀號，終於繃斷似的，癱倒在床邊，手摸索進書包內抽出作文紙，一個字一個字逐一唸誦。

他在一種莫大的成就感下驅使站起，對著書桌上鏡子露出笑容，鏡子裡的面容無比陌生，他開始重新觀察他的五官：挺立的鼻尖，同母親極其相似；嘴唇充斥著健康的紅潤，勾起笑容的弧度；最引人注目的是深邃的瞳孔，對著鏡面炯炯有神；兩耳耳垂略長，整體大小適中，他兩手抬起撫摸著臉部皮膚，膚質不算粗糙，並沒有什麼青春痘，削瘦的臉孔看上去頗為堅毅。

這就是我。他輕聲說，然後離開了房間。

隔天任由導師手拉著，他們走進校史室，每次朝會時朗誦的學生司儀已經在那裡，原本無聊擺弄著髮絲趕緊換上甜美的笑容，導師走向前，將手稿交給她說：「這邊這位同學是下次朝會時，要上臺朗誦的學生，還請麻煩妳訓練他一下演講技巧。」

「我等會要開導師會議，就不留下來了，你們好好練習，不要讓哪個老師來找我投訴。」

等到導師離開後，司儀稿子也看得差不多，便喊他靠近過來。

「因為不了解你的朗讀技巧怎樣，也來不及從頭開始全部教一遍，你先朗誦一次，我聽有哪些不足的地方再針對性處理。說起來這篇稿子還缺一個標題，你有想好的標題嗎？」

「『我曾為總統上過菜』。」

「聽起來還可以，那就先從這一句開始，堅定一點，大聲的唸出來。」

「我曾為總統上過菜。」

「大聲！再堅定相信自己，用喊的。」

「我曾為總統上過菜。」

「太小聲了，你當你是在說悄悄話嗎？」

他竭盡全力，撕扯著喉嚨音帶，握緊拳頭，彷彿完全狂熱的堅信著並吶喊：

「『我曾為總統上過菜！』」

短篇小說獎　優勝獎

妹妹的紅金魚

陳子珩

個人簡歷

2000 年生，高雄女中三年級。出生於二十世紀末，剛撕下身為雄女人的標籤。一頭魚缸裡的鯨魚，喜愛文字與書香；即將展開尋找海洋的旅途，方向不定，目標未知，唯一肯定的是會不斷走下去。

曾獲得全球華文學生文學獎小說組第一名。

妹妹搬去臺北後不久，家裡的紅金魚死了。

子宣的膽子不大，即使戴著塑膠手套去抓死魚，碰到時依然忍不住發出細微的尖叫——和活魚不同，褪色的軀體躺在掌中，像塊生著鱗片、失去彈性的膠凍。好好埋葬的計畫突然不重要了，她反射性地甩手，金魚呈拋物線進了垃圾袋。

爸爸把剩下的魚裝進水盆裡，將魚缸裡的水全部倒掉。妹妹走之前叮囑過，養魚注重水質，要是髒了就得換，她覺得死過魚的水挺髒的。

「爸。」

她往浴室大喊，爸爸正在那裡清洗魚缸。「小雅的魚死了，怎麼辦？」

水聲沒有停。爸爸探出頭掃了她一眼，又縮回瓷白的浴室裡，「趁她連假回來前，再買一隻放進去啊。」

「她會發現吧。」這種小伎倆，她不覺得對妹妹有用。

「不然要怎麼辦？」聲音再次傳了過來，為了壓過水聲，他幾乎是用吼叫的在說話，「發現就發現，魚又不是她負責照顧的。」

爸爸似乎還低聲埋怨了幾句，斷斷續續的她沒聽清。子宣沒再回話，伸著手指逗盆裡的金魚。她覺得活魚要比死魚可親多了，被他們啄幾下指尖也不算什麼。那些魚起先還對她感興趣，後來發現不是食物，便不再搭理入侵者，自顧自游開了。

確實沒什麼好擔心的。一來子宣本就是代勞而已，二來她也知道，子雅並不會責怪她。妹妹從來不說什麼。她的失望只存在於眼睛裡，沉默而憂傷。

她其實不明白，妹妹為什麼突然想養魚。

家裡有個大魚缸，但也只是閒置著，從她有記憶起就沒裝過任何東西。小時候她們會把海洋生物模型丟進去，說是要讓它看起來有魚缸的樣子，結果挨了一頓罵。子宣向來聽話，後來就沒打過魚缸的主意，但妹妹還是常常把臉貼在玻璃上，盯著空蕩蕩的容器，一臉若有所思。

她可能喜歡魚吧，又或者想以冰涼的表面緩解夏日炎熱。這些也僅止於猜想，子宣和妹妹一起生活了這麼久，從來就沒搞懂她在想什麼過；不如說，到目前為止，她還沒見過能理解子雅的人。

也因為如此，當子雅突然拖了袋魚回家時，她只是向爸媽打了電話報備，就開始幫忙清洗魚缸和其他養魚用具。她早就放棄猜測妹妹的思維了，反正自己也想養些小動物，子雅的舉動正合她意。

金魚得熟悉新的水溫，她負責拎著塑膠袋，讓魚隔著層薄膜泡在缸裡。子雅起先靠著玻璃壁往裡頭張望，一會兒卻又走開了，到客廳去拉上落地窗簾。陽光透過紗簾上的淺青色織線，以全然不同的清冷色調散在地板上。

大概是光線顏色產生的錯覺，當妹妹走回她身旁時，子宣覺得整個室內都涼快了起來。

「小雅，為什麼要養魚？」

她把魚倒進去時順口問了一句。金魚有三隻白的一隻紅的，她們兩個好奇的貼著魚缸看，好像回到了小時候，還會一起往魚缸裡扔玩具的年紀。

妹妹沒有立刻回應，只是蹲下身子，以仰視角度盯著魚缸看。隔了一陣子，她才低聲說道，「因為很有趣。」

「我也覺得。」

妹妹所謂的有趣，肯定不是指照顧小魚、看它們吞吃飼料的那種有趣。但對方不打算多說，她也沒興趣深究。

於是她們都沒再說話，各自看著優游的金魚發呆。

魚缸裡只剩三隻白金魚了。她敲敲魚缸，把飼料均勻灑進去，才發現自己餵了四隻魚的量。

比起不聲不響換一隻新的魚進去，子宣覺得事先告知妹妹會好一點。在那之前得先弄清楚魚的死因，她憑著印象上網搜尋，把金魚會得的病症大致對照過了，卻沒有一項符合。她記得魚缸裡的那抹橘紅，前一天都還好好的，隔天早晨就已經浮在水面上，像是突然被抽走生命一樣。

妳的魚死了，單純失去生命死掉了。她想像自己和妹妹這般告解，覺得有些不應該，但仍舊對著電腦螢幕笑出聲來。

她暫且放棄搜尋，走到客廳去看魚；三隻金魚都還神采奕奕，朝著玻璃吐氣泡，發出啵啵啵啵的清脆響聲。媽媽早上傳了訊息要她記得關心妹妹，於是她撥電話給子雅，腦袋裡想著死掉的魚。

「喂？」另一端很快接了起來。

「是我。」

她沒料到子雅會立刻接通，呆了一瞬才記起要說的話。「最近好嗎？」

對面「嗯」了一聲。說話聲不大，但聽著還算清楚，「家裡呢？」

「都好。」不知道魚算不算家裡的一部分。

基本的互報平安結束，接下來便是尷尬的沉默。她不知道媽媽傳這訊息時到底怎麼想的，她們還住在一起時就已經沒什麼話好講了，此刻也只是靜靜的等待——等對方想出新的話題，或是哪個人掛掉電話。

「小雅，我問妳一件事情。」盯著沒入水草中的金魚，她忽然沒頭沒腦的開口，連自己也吃了一驚。

「嗯？」同樣的音節，不過她聽起來感興趣多了。

「三年前妳說養魚很有趣，指的是什麼？」

大概是受紅金魚影響，這才勾起回憶吧。子宣聽見妹妹在電話另一頭呼吸，以及背景不甚規律的響聲，就像金魚吐著氣泡。「我忘了。」

或許紅金魚是無法呼吸才死的。渾渾噩噩地待在水裡，某天半夜醒來，才發現自己根本不會用鰓呼吸。

「我知道妳記得。」她堅持。

「……好吧。」

就像當年的對話一樣，子雅安靜了好一會兒，才接著說下去。「客廳的紗簾拉上之後，陽光晒進來，會變成像水的顏色。一間像魚缸的房子裡養了一魚缸的魚，我覺得這點很有趣。」

「喔。」子宣老實的回答，「跟我想的不一樣。」

「我知道。」也許是錯覺，她聽見妹妹嘆了一口氣。「那，掛電話了？」

「等等，還有一個問題。」

這次子雅沒有回應，只是安靜等待著。她不曉得子雅會不會好奇自己的多話，就像自己好奇她的快樂一樣。

「為什麼妳那邊聽起來有魚在吐氣泡？」她問，「有個吣吣啵啵的聲音。」

妹妹好像愣了一下子，接著笑了起來。子宣太久沒聽她笑出聲了，以至於當聲響進入耳中，竟難以從背景雜音中分辨出來。

「不是氣泡。」妹妹說。「姊，臺北在下雨。」

子宣沒去過臺北。

她是個高三考生，臺北對她而言，只是單純的名詞而已。地理課讀過臺北盆地的氣候，背誦過白紙黑字的繁華，臺北在她腦中始終是平面的，下很多的雨，吹規律的東北季風。

高一時，住臺北的表姊拜訪他們家，帶來老字號名產的鳳梨酥；她在餐前偷嘗了一塊，卻沒吃出和本地糕餅的差別。

晚飯時大家聊天，說著說著，話題就轉到她們兩個身上。

「臺北的教育資源比較多，子宣有考慮去北部念書嗎？」表姊顯得很專業的樣子，朝她露出推銷員般的笑容，「一個人不敢的話，子雅可以一起啊。很快就要考高中了，如果有這個打算，先把戶籍遷一遷也好。」

爸媽沒說話，只是輪流盯著她們瞧，顯然想聽聽當事人的意見。她莫名感到不安，搶在所有人之前發話，「我不去。只是高中而已，沒什麼差別。」

「也是。」表姊也沒多勸說什麼，微笑著把話題轉開了。子宣鬆了一口氣；不知為何，她隱約覺得爸媽也是。

子雅依舊保持緘默，只是咀嚼速度明顯降低了。

「怎麼了？」察覺到異樣，她碰碰對方的左手臂，悄聲詢問。

妹妹沒有看向她，低聲而含糊地說了句，「我想去。」

「什麼？」

她不覺提高音量，引得其他人全盯著她們瞧。妹妹終於抬起頭，清晰地複述了一遍，「我想去。」

那是她第一次見到子雅如此。她雖然古怪，卻也是大家口中的乖孩子，張著情緒深沉的眼睛，循著常人走過的路前進。子宣凝視著她的側臉，發現妹妹雖然神色鎮定，嘴唇卻抿得發白；那句宣告似乎已經耗盡了所有勇氣，再隨便一擊都能把她打回原形，變成安安靜靜縮著吃飯的女孩。

妹妹沒出過遠門，臺北於她同樣只是平面印象。但子雅的眼神異常迫切，好像討論的不是升學問題，而是一條伸手可及的救命索。

她突然後悔飯前吃了鳳梨酥。糕點在胃裡沉甸甸的，扯得心臟也直往下墜。

她沒想過金魚有這麼多種死法。網路上的病徵描述太過詳盡，有些還附上清晰照片，盯久了便滿眼疼痛。

她覺得難以忍受，撥電話給子雅，這次響了五聲才被接起來。大概從未如此頻繁的通話，對方顯得有點困惑，「有什麼事嗎？」

「沒，心血來潮而已。」她按了擴音鍵，聽見對面窸窸窣窣的背景音。「臺北又下雨？」

「嗯，這裡很多雨，空氣很溼。」妹妹報出一段像是地理課本的念白，頓了一下又小聲補充，「感覺盆地都要變成魚池了。」

「這魚池也太大了吧。」

還真是有她個人風格的形容。她想像高樓大廈全淹沒在水裡，隨著光線折射，瘦長影像便如水草般搖曳。

「嗯。像古臺北湖。」子雅現在肯定抿著脣哼笑，子宣能聽見她喉頭發出的細碎聲響。她打趣似的提議，「這樣不只金魚，連大鯨魚都能養吧？搞不好會有一隻迷路游進來。」

「不行，這樣它太可憐了，連同伴都沒有。」

與她的戲謔不同，子雅考慮了好一陣子才回答；她沒想到對方這麼認真，一下子答不上話，便不知所措的停頓著。

妹妹總是如此，那些脫離常軌無關現實的事情，她依舊會因為同樣荒誕的理由投注全副心神。子宣是知道的，但當妹妹把這一面攤在她眼前，她依舊無法應對，並為此倉皇失措。

「小雅，我開玩笑的啦。」

她的嗓子有些乾澀，幾乎聽不見自己的聲音。氣泡般的雨聲仍滴答地響，她聽見妹妹在電話另一端輕輕吐氣，「嗯，我知道。」

知道什麼?知道她的不理解，或這是打發時間的玩笑?既然知道，爲何要把那些沒有人在意的事物，擺在面前給她看?

子雅知道她，可是她並不明白子雅。這會讓妹妹難過嗎?

子宣閉上眼睛。溼氣從電話滲漏過來，房間裡的空氣綿重得難以呼吸。

半年前，子雅去搭北上高鐵的早晨，她們一起餵魚。

「為什麼要去臺北?」

趁爸媽不在時她低聲質問，但妹妹只是倒了半瓶蓋魚飼料，擺到她面前，「四隻魚，一天餵這樣的量。」

「妳沒回答我的問題。」子宣有些生氣。她還沒弄懂妹妹北上的理由，明明子雅比她更不在意教育資源。

嘆了口氣，子雅放下那個瓶蓋，伸手進魚缸裡逗金魚玩。四隻魚全擠了過來，她放任它們啄自己的手指，目光轉到子宣身上，「我只是想去遠方。」

「不要跟我玩文字遊戲。」

子雅沒再說話，只是盯著她瞧，眼眸深沉而憂傷。她莫名產生了罪惡感，想要解釋，可妹妹的注意力已經回到魚缸上了。其他三隻早已游開，只剩下紅金魚還繞著她指尖轉。

子宣把瓶蓋裡的飼料灑進缸裡，金魚就圍了過來。子雅把手移開，好讓紅金魚專心去吃飯。

「我想去的那裡，不會有一層層魚缸，只有整片遼闊的海洋。」

很久以後，子雅才小聲說道，聲音細得像是喃喃自語，「海中除了魚，還有很多鯨魚啊海豚之類的，就算無法用鰓呼吸，也不會覺得孤單。」

她不知道怎麼接話，只好保持沉默，盯著金魚們瞧。那隻紅金魚湊在白魚的邊上啄飼料吃，顯得相當乖順，色調卻還是格格不入。如果一隻鯨魚被關進魚缸裡，是不是儘管努力壓縮過自己，在一群金魚之中也是異類？

那是子雅會思考的問題，終究與她無關。子宣偷偷把眼神挪往妹妹的方向，發現淺青色陽光在她肩上流動，如同清澈的波浪；她貼在魚缸壁上，眼睛只盯著紅金魚瞧，玻璃反射出她迷惘無助的眼神。

她想，要是她們家不是個魚缸，也許妹妹就不用離開了。

她終於告訴妹妹紅金魚的事了。

算不上什麼慎重的告解，只是在電話裡閒話家常般隨口提起；狀似漫不經心，她卻藏不住語氣裡的坐立難安。

妹妹倒沒什麼大反應，聽完也只是「喔」了一聲，沒多說什麼。她心裡愧疚，便又繼續追問，

「爸説會幫妳重買一隻魚，怎麼樣？買紅色的好不好？」

「還是白色吧。」子雅停頓了一下，接著細聲説道，「不然會像這隻魚一樣，太孤單而死掉的。」

本來心裡就有點疙瘩，子宣忍不住開口抗議，「它又不是孤單死的。」

「不然是為什麼？」

「……不知道。」

妹妹正好說中關鍵之處，她一時啞口無言。「但一定有生理因素吧？只因為太孤單就死掉，聽起來好像虛構故事。」

「這很真實。」妹妹堅持道。她說話的方式讓子宣想起一起餵魚的那天，她盯著魚缸出神，説要去遠方的模樣。「魚缸裡的魚缸、孤單致死的金魚，還有遠方的海。對我而言，它們跟妳説的生理因素同等重要。」

「我還是不明白。」她説，忽然覺得有些悲傷，「而且妳知道我不明白。」

「對。」妹妹同意。

「那為什麼要告訴我這些？」

她沒答腔。子宣忽然發現，今天電話裡並沒有氣泡似的雨聲；她的呼吸沒了雜音干擾，一下子被放大數倍，聽在耳中顯得格外費力。

「我不知道。」

子雅終於低聲回答，語速相當急迫，好像不趕快說完，就會忘記自己要說什麼一樣。「只是單純想說吧。雖然會被否定，但是說出口之後就覺得，是啊，我本來就是這樣。」

「不被理解沒關係，至少我想要記得自己的樣子。」

如果鯨魚被養在魚缸裡，逐漸質疑自己的與眾不同，它會學著「忘記」用肺呼吸嗎？她還是不明白。她從來就是一隻金魚，不用費力游上水面便能活得很好。

子宣不知該如何回應。她們之間維持了短暫的沉默，只有妹妹短促的呼吸聲。「我要掛電話了。」她說。

「小雅。」子宣喊住了她。電話暫時沒有掛斷，但子雅也沒多說什麼，就像上次一樣，等待著她開口。

「妳在臺北找到那片海了嗎？」她問。妹妹輕輕吸了口氣，嗓音帶著點驚訝，「目前沒有。妳記得我說的話？」

「對啊。還不明白，但我有記住。」

子宣微笑了起來。「掛電話了喔。妳那邊是晴天？」

「嗯，難得不潮溼。」

這次她聽得清晰，妹妹的笑聲其實非常明亮。

「能夠順暢的呼吸，感覺真好。」

短篇小說獎　優勝獎

家事練習

王有庠

個人簡歷

2001 年生，興大附中二年級。來自臺中市，氣溫和人一樣美好的都市。時常在路上或行走中暫停下來，低頭記下每個人性碰撞的時刻，總不肯輕易放過。

我坐在床的一角，挑出我的衣服，從已經累積兩三週的衣服堆中。抽出一件枕頭套，再看著衣服堆崩盤，滾落。

睡到中午，我任憑自己的呼吸漸慢，接著下巴往鎖骨的方向抵，後頸拉到最緊，看到身上還是制服，才想到自己前晚又忘記洗澡，維持這姿勢數秒後，把頭重重陷入枕頭，一鼓作起氣地起身，縱使皮膚之間充滿黏膩、燥熱，但口中的氣味令我不禁作嘔，起身才是最好的生存法則。

家中每個房間的門前都掛了布簾，絲狀的，紫色黃色地傾瀉到地上，紫色是廉價香水的瓶身，黃色是最後按上的蓋子。庸俗到格格不入。母親怎能輕易讓它入侵她的完美生活？而我一直覺得絲狀門簾是很蠢的設計，意義何在？若做遮擋用途，若隱若現的絲狀視覺豈不更加引人遐想？將家裡那一臺電風扇搬進搬出時又會糾結在一塊。

轉動。清脆的金屬碰撞聲，在大門響起，塑膠袋的摩擦，鑰匙掉在地上，撿起來，脫鞋，用側身撞開大門。母親已經不只一次這樣迎接我的早晨，我只看到兩大袋的植栽，沙響沙響，配上黑色小貓圖案上衣和亮片牛仔短褲，多麼完美的婦女形象就這樣現身。

「我去花市被貓抓的，你看——」

母親露出亮白凸瘦指節上的一道細長紅紋。淨白的手腕露出，被植栽的重量勒出痕跡，五十歲初頭的臉仍能擠出少女苦惱的笑，家中放滿香氛和插花，在傢具店找到的小東西也能讓她炫耀好一陣子。可愛總比實用重要，母親至少在這方面是不節省的。

「好痛喔，臭貓咪。欸對了你的襯衫記得燙，不然你之後要穿的時候又皺得亂七八糟。」

「喔。我等等要去買中餐，妳要吃什麼？」

「不用啦，我下水餃給你吃啊，要幾顆？十五夠不夠？還有餛飩湯，不夠再說。母親說罷便轉入和廚房相接的陽臺整理植栽。

我也不多說什麼，母親總有應對方法。小小的智慧很能對應每個日常瑣事，只是有時需要我的稱讚來安撫她的失敗菜餚，只有她自己能笑得岔氣，最後我們一起笑她做出來的驚世巨作。我總覺得，她是造成我生活自理能力下降的元兇，輕輕地拂過我的生活，每件事便順利地運行。

除了他。我第一次見到他，完全是意外。

那是窗外風急雨驟的日子，雷電的網紋摻雜夜的濃黑，像墨水中的黃色攪拌棒，前後攪動風和雨，出現後再度沒於黑暗。我在床上，穩定而濕潤的呼吸突然中止，像突然衝破冰冷海水上岸呼吸。雙手抵著床墊，穩住後抹了抹臉，轉身下床，雙腳碰觸地板，瞬間帶走熱量，遍尋不著拖鞋，只好踮起腳尖，走過絲狀門簾粗糙的撫摸。家中看不見光，只有牆角的夜燈溫潤地亮。

轉身，發覺我的男用拖鞋停在母親的房門。停在門簾下，房門未關，稍微投入的光剛好照在母親的香水櫃，香奈兒和迪奧在反光。反光偶爾被遮擋而閃爍，房內粗暴的打呼聲以及流動的黑暗使我猶豫，絲狀的黑暗滲出，無數隻黑色小手拉我進入。

進入後感到難耐的濕熱，一時不習慣黑暗和高溫的我近乎窒息，雙眼適應黑暗後，我逐漸看清眼前的景象。

「怎麼有兩個人在床上？」

滿地衣物、半滿的公杯。紫色大床上一邊睡著母親，一旁有隻沈睡的巨獸，我是童話中拯救公主的劍士，不敢妄動，每個腳步輕輕地點在地上，再推進一點，「母親怎麼睡得著？這又是……為何……」，再推進一點，「有股酒味，嘔……」，再推進……

後來母親如何坦誠這人的存在我已覺得不重要，只有母親定期的出遊提醒我，他還活著。

「今天陪叔叔去釣魚，你自己解決晚餐喔。」甫走出陽臺的母親順手抽了張一千元放在桌上，推給我，「再幫我折個衣服，不然最近真累，分攤一下吧。」

母親嘴角漾著笑，消失在門後。

我坐在床的一角，陽臺和更衣室只隔一面窗戶，總能在房間內看見外頭的風雨或飄搖的衣物，風一來，衣物便順從一致的方向。至於為何要放床，是母親的主意。

「不然有客人來怎麼辦，不能每次都叫人家打地鋪吧？」那時母親眼裡帶著光，興奮地看新床搬進更衣室。不過，家裡也只有兩張床，兩個主人，還是三個？

我抽出一件深藍背心，折好後放到我的那疊，我一疊，母親一疊。抽出一件凱蒂貓睡衣，折好後放到母親那疊，我一疊，母親一疊。抽出一件黑色衣物，透明黑紗繞在紅色薄紗上，中心綁上粉色蝴蝶結，好似非得去拆開，去探索。天知道裡面包裹什麼樣態什麼部位的肉體，我也端倪一陣後研究出那是一件內衣。我輕輕拂過小蝴蝶結，而後不自覺拉了一下。那穿在身上呢？有那麼輕易脫下？畢竟，她先成為女人，才是母親。折好後放到第三疊，我一疊，母親一疊，它一疊。

在床的一角，衣服仍是成堆，但窗外夏天的風已經開始吹送，衣架上所有衣物都擺向一邊，其中一件禮服也不例外，背後裁到腰際的開口俐落的很。細小但精緻的亮片覆在上面。我起身，緩慢地轉下床鋪，飛快步向陽臺，旋過轉角，推開紗門，粗魯地將它扯下來。黑色緞子，像抹了肥皂水般滑手，扯不下來便連著防滑衣架扔到地上，再推開紗門，猛地摜向門框，「砰！」在無聲的背景中迴盪。

又是假日早晨，接近中午。老式臺語歌强力播送著，這不太對勁，一股淡淡的恐懼在我心中產生。

我偷偷挨在母親房門旁，只見她的側臉早已紅的紅，白的白，冶豔得不得了。刷上睫毛膏，「大聲叫，不願甲你來分開……」母親的高頻歌聲隨著睫毛長度越來越大，撲上腮紅，塗滿一個完美的唇形，她對鏡中的一切似乎非常滿意，便繼續高歌。

「這款的苦楚，誰人來體諒……」不知是否是我的錯覺，母親的臉頰比前幾秒剛上腮紅時更加地嫣紅。

她起身了，靠攏化妝時坐著的鐵製折疊椅，按掉收音機，轉頭。

「我有煮湯，你要喝的話自己去盛，還有牛排在冰箱，記得煎來吃。」

「牛排不是很貴嗎？妳不要又亂花，我每次——」

「所以媽媽要去賺錢啊，我在朋友那邊找到新的班了，你自己待在家不要亂跑。」

又來了，我從小聽到大，一貫的說辭。

我記得小時候，我剛能搆到餐桌邊緣，便吵著母親煮菜，在那之前，她從沒下廚過。那一次，一桌的菜，魚菜肉湯無一項不齊，雖然第二道還未上，第一道菜已涼，我非得等到母親和我一起開動，直到看見母親滿頭汗端著最後一道，通紅的臉。

「好吃嗎？」母親對著吃了第一口，愈嚼愈慢的我。

「……」

「沒關係，我自己吃吃看……味道有點淡……」

「不好吃。媽媽妳煮得好難吃，真的好難吃！」

「媽媽再學……對不起媽媽不太會……」

「不要！太難吃了啦！」

那次，只有母親一個人在桌邊把菜吃完，圍著圍裙，凱蒂貓的臉上泛著油漬。

直到母親穿著那件黑色亮片禮服出現在我眼前，我才回神。外面加了件皮革小外套，遮住後背的猖狂。但我仍一眼看出是哪件衣服，亮片蔓延到鎖骨前便停止，黑與白一目瞭然。誇張的首飾全藏在包包裡，我也知道，那不是給我的，是給「客人」看的，包含那位「叔叔」。練出的好歌喉也不屬於我，屬於那些多金的耳朵。好酒量更不是我該領略，而是香菸、麥克風、菸灰缸的福氣。不過，她的酒量我也見識過。

整天一個人的生活，我可以什麼也不做。但我知道母親連續好幾天早上外出，而家事可不能沒人打理，幾週分量的雜務和充飽電的手機，夠我消磨一天的恐懼。

不過，像驚悚片的不變定理，最深最黑暗的恐懼總要一段鋪陳。

當我被電話鈴聲吵醒時，赫然發現我還在床上，睡在一床的衣物上，像隻躍入花叢的小兔，或是跳樓的自殺者。全然浸在墨黑的深淵，迫人的鈴聲擾動濕熱的空氣。起身後，眼皮之間幾乎黏得睜不開，我去應了那通來自樓下警衛室的電話：喂？二十四樓之五嗎？你媽媽又在樓下了，麻煩你把她帶上去，對，對，對，謝謝。

我站在電梯前，看著顯示的樓層越來越高，越來越逼近，像追殺的官兵般壓境。走向警衛室的路上，我走得很慢，想著……想著什麼？我自己也不清楚，只待我看到躺在警衛室前地上的，一隻黑鱗巨獸，我才忘卻剛才荒唐的想法。呈現胎兒狀，長髮四散，紅色高跟鞋散落在旁，像祈禱的擲筊。那簡直是一團怪物，腹部上下起伏，這股酒味……嘔……我還是不能習慣。我蹲下身推了推她，不行，用力地搖，滑落下的肩帶前後搖晃。

「媽……」我企圖想搖醒母親。

「……」

「媽！……」

「靠夭啊！幹恁……」且醒且醉，聲音像氣球消般委頓，躍上了峰頂，再垂直落下。

母親又回應我一串聽不清楚的粗口。

只好狠下心了。猛地將她拉起，像撕掉殘破的膠帶，她如溺水的人掛在我的肩上，剛壓上來時，亮片擦紅我的雙臂，夾雜幾句國罵。拎著鮮紅高跟鞋，她整身的鱗片嘩啦嘩啦地抖落我的精力，她冷不防，倏地，向一旁傾斜——我再也承受不住那突然的重量，雙膝一跪，在磨石子的路上。承認我的無能為力，承認生命的重量不是永遠都可以支撐，承認我雙膝汩汩的紅血正在求饒，求我的眼淚滴到傷口上，好讓我忘記更痛的。

「我昨天夢到我跟叔叔去釣魚，我們睡在河邊的大石頭上，睡著了，著涼了，也一起感冒。」我只記得有天母親帶著未消的酒氣，和我分享。

其實我對那個人沒什麼感覺，這是我的最大寬容。自從母親時常和他出遊後家中時常又多了水果、海鮮，或是新衣服，母親早上的歌聲似乎更大了些，妝更加紅豔，鈴響時便發狂似地找手機，我可能也樂見她這樣吧。

每個中午、下午我總想著，深夜時怎麼和她應對，只是今天一大早便出門，根本沒機會得知母親今天的行程，這使我焦慮。好幾次晚上七八點我還在外面，就已接到她充滿酒意的叮嚀，我不敢設想深夜的安寧。

直到——「要回家了嗎？」螢幕上的訊息跳出來，八點半訊息還是文字，而非模糊的照片或聽不清楚的錄音訊息，大抵還是清醒的。

我不禁舒坦了些，安穩的睡眠是幸福的。而當我平躺在床上，等待母親回家，但，這些想法，無法解釋為何門外的門鈴持續地、大聲地……近乎失去控制地——喧！譁！

解開大門的兩道鎖後，我看見叔叔肩上負著她，傾瀉到叔叔肩膀、臉以及手臂的濕髮，使人想到家中的門簾。總能遮住腥臭的，偶爾透露閃光，例如眼皮半闔、髮絲黏在臉上，但還是能看得一清二楚的，母親的瞳孔。我假裝沒看到，和叔叔道謝，他說：「我把她抬進去吧，真是受不了你媽媽，很漂亮是沒錯，但這酒品和個性……喔！真折騰人喔！」

我聽到他將她摔上床的聲音，以及幾句咒罵就開了房門，一打開，我就在門外，他尷尬又故作憨厚地笑，他似乎很瞭解母親的酒都擺在哪，但不多交談且閃避我的目光。隨意拿了公杯和威士忌，房門再度闔上。

「乾啦！恁娘咧……沒用的男人……」

「好啦……這樣會吵到小孩子啦……喔！妳真的是……喝啦喝啦……」這句話也大聲到像是要我故意聽到。我選擇回到房間。

「你三小啦……幹！喝啦，來我敬你一杯，來唱歌啦！大聲叫……不願甲你……」破啞的嗓子顯得這首歌的真意被體現了。

他真的愛她嗎？叔叔在母親苦苦哀求他別離開時倒是走得很堅決。留我在房間聽震耳的大門關起。母親開房門了，轉動，碰撞，母親又到她的酒櫃前尋找還沒打破的酒杯，「沒用的男人……」「幹……」打開冰箱，這時只有辣能刺激到她，滿屋子的泡菜味和威士忌臭。

我打開房門，轉開我百般不願的鎖。

「妳夠了沒？不要再喝了好不好？妳這樣——」又來了，我一貫的說辭，但她這次不給我機會講完，通常我講完便甩門進房的。

「你管我！我你老母欸，不然你來跟我乾……」她把酒杯用力地扣在桌上，酒杯裡的威士忌順勢潑了出來。

「媽……不要再去了好不好……」

「不然你要……要我怎樣……」

「我……不要妳去那裡……」

「可是……我，我……不知道怎麼辦了，真的，不知道怎麼辦了喔……兒子，我要賺錢啊……你告訴我我要怎麼辦……」母親的淚一滴一滴落在衣服上，滿臉的殘妝淚痕，糊掉的唇彩斑駁地印在唇上。

我也不知道怎麼辦。

我坐在客廳沙發上看著她對著我掉淚，我環視她買的小物品、電視旁的小相框，裝著母親節我們一起拍的拍立得，「妳去洗澡吧，早點睡。」

「嗯。」她又笑了，淚珠流過凹下的法令紋。

母親洗完澡，頭上包著浴巾，我試著和她對到眼，她卻避開。我深深陷入沙發，閉上眼睛，試想沒有酒的母親可能更加悲慘，當大家背叛她時，酒總是忠實。

「這個……枕頭給你，我加枕頭套了，同事說這個很舒服我就買了，來，給你。」這是她目前能做的最大解釋，我只看著她走回門簾的後方，再度閉上眼睛。

我墊著它，調整姿勢，想著能否像枕在河邊的石頭上一樣舒服。

短篇小說獎　優勝獎

深海

朱可安

個人簡歷

2001 年生，北一女中三年級。因為喜歡生物所以選擇了三類組，但又因喜歡寫文章而常被質疑該在一類組，結果最後考上臺大機械，簡直就像集點一樣全晃了一圈的奇怪人類。

海豚秀散場後的劇場空無一人，空氣中漂浮著潮濕和腥氣。通過水底的柵欄，動物明星回到夥伴當中。水面隨著從沒關緊的大門鑽進的氣流輕輕搖晃。

在登上劇場舞臺的樓梯左側有著一個泛著人工的藍光的房間，鑲在牆壁一側的巨大水槽裡漂浮著兩隻翻車魚，除此之外只有白色的水泥牆和坐在地上的女孩。

女孩穿著潔白的襯衫和淺棕色格子裙短裙，無所謂地坐在地上，水槽中透出的光影重疊在她的臉上，像是她也在水底，也在那游泳池一樣空無一物的水槽裡輕輕搖晃。

小學時女孩曾差點在游泳池裡溺水，水不停灌進口鼻，直到池邊的父親將她一把撈起。坐在岸邊的時候女孩不停哭泣，感覺著體內那些藍色的水漸漸退去。在那時，也許自己身體裡什麼重要的東西就那樣溶在水裡了也說不定，女孩想著。接下來的好一段時間，女孩變得非常怕水。

直到一次上課前，女孩在班上無法克制地流下眼淚。

女孩不喜歡在其他人面前哭泣，並不想裝可憐，在她眼中，那些在身邊地衛生紙給她、撫摸著她的後背的人，眼裡都隱約閃著怕麻煩似的神色，大概只是履行作為一個人格無憾的人所必需的義務罷了。因此她一直注意著在人前不要表現出太大的情緒起伏，但唯獨這一次卻沒有辦法抑制從不知名的地方湧出的淚水。

奇怪的是，在那之後女孩便不再恐懼游泳了。不但不怕水，甚至還在那一天之內迅速地掌握到了自由式的要領。手臂能確實地受到向前推進的感觸讓女孩感到新奇的愉悅，她第一次在水中完全放鬆、感覺周遭的水團正溫柔地將自己抬起。剛剛流過的淚水在充滿氯氣的水中好像完全消失了，肩膀輕鬆了許多，誇張的說就像是換了一個新的身體一般。

但是舊的我又去了哪裡呢？女孩不禁感到害怕。那個因為溺水的經歷而害怕下水的我去了哪裡呢？

也許我們都必須拋下些什麼才能前進。女孩想。

學會下潛後，她經常一個人沉入池底，看著遠處同伴們嬉戲的動作，聲音和影像都變得非常非常慢，那讓她感到一種模糊的安全感，好像她終於又再度握有了她曾失去的那些。

從水槽的這一側可以隱約看見在水面之上的空間，從那裡會投下食料，有時也有飼育人員會下來清掃。現在那裡什麼人也沒有，水面晃動一次又一次折射下不同的圖紋，而女孩和翻車魚們一起看著那樣的光景。

女孩漂浮在夏日的海面上。她抱著充飽氣的塑膠泳圈，卻看不見同伴的身影。陽光很大，但灑在身上時卻沒有灼熱的感覺。海水從四肢之間鑽過，水流的觸感清涼而真實。沙灘離自己越來越遠，女孩並未感到驚慌。平靜的海面上什麼也沒有，只有陽光灑落時不時閃爍著的波光刺痛雙眼。

不知為何，當女孩閉上眼睛時，浮現的經常是萬里無雲的夏季午後。天空很藍、幾片白雲在遙遠的地方緩慢移動。就像是廉價的舞臺劇布幕一樣。女孩想。我們都生活在廉價的舞臺劇布幕裡。

海水是真的、陽光是真的、風也是真的，可不知什麼時候吹來的詭譎的風，卻會把我們全都捲到陰暗的背面。

女孩裸身躺在床上，看著眼前的男孩扯開白色襯衫的鈕扣、踢掉奶油色棉長褲。乾淨而令人感覺良好的搭配。女孩想。自己穿舊的黑色T恤和牛仔褲寒酸地蜷在房間角落的椅子上。

「真的可以嗎？」男孩凝視女孩的眼睛，那裡面沒有光。

「嗯。」

男孩小心翼翼地環抱住女孩的腰，彷彿她是一件易碎的玻璃工藝品。開始時男孩的所有動作仍是緩慢的、遲疑的，好像在恐懼著什麼的動法。女孩什麼也沒想，無意識地隨著對方的動作加快抓緊他的腰，只有感受到自己長長的指甲陷入肉裡的觸感時稍微皺了皺眉頭。

夏日的海面上，女孩離海岸越來越遠。

完事之後男孩依舊是一副靦腆的樣子，即使是在交合之後。微妙的疏離感仍稀薄的漂浮在兩人之間，男孩有點僵硬地撫摸著女孩的頭髮。

兩人在大學的課堂上第一次見面。

女孩無法理解自己究竟有什麼吸引到男孩，沒有打扮的力氣，也不是在課堂中的活躍份子。對於這個人並不討厭、也沒有什麼特別的感覺，只是怎樣都好。

男孩不管何時總是穿著看上去乾淨而有教養的衣服，也許是住在家裡，有溫柔的母親照顧，他本人也跟衣著一般——乾乾淨淨、認真、有禮貌，但不知為什麼也留下一絲軟弱的印象。

男孩開始尋找機會和她說上話、向她身邊的人打聽關於她的情報。

女孩有點恍惚地眺望著男孩在四周為她打轉的模樣、看著他逐漸向自己靠近，最後兩人變成情侶一樣的關係好像是順其自然的，周圍的人們也理所當然的接受。但女孩感覺自己只是坐著小小的木舟順水而下，兩岸的風景朝後飛快逝去，直到岸邊的人將小舟攔下。

女孩知道自己是有問題的。

好像習慣性地在說謊，久了之後漸漸連自己都分不清從哪裡開始是真實了。腦中的字句就像字幕一般輕輕漂浮著，像寫小說一樣，是準備好了要被輸出的文字，壓得扁扁的、邊角整整齊齊、散發著一點油墨的氣味。

在每一個動作、每一句話之間都有強烈的違和感，關節和大腦搔癢著，自己大概是做壞的機關玩具那樣的存在，誰也看不出異狀，可在看不到也摸不著的地方有什麼正痛著，而女孩唯一知道的只有自己拿那痛一點辦法也沒有。

男孩保持著撫摸女孩頭髮的姿勢睡著了，手摟著她的後頸，一頭柔順的黑髮貼著她的胸膛，透過那微微的起伏，女孩確認自己的生命也正運轉著，安靜的、蜷縮著。

男孩仍睡著，無害的臉龐彷彿下一秒就會浮出笑容。

女孩將男孩的頭安放到枕頭上，輕手輕腳地爬下床、套上衣物。自己就像那衣物一樣寒酸而疲倦。不管是對於誰來說。

「活著就是適應。」生物老師在講解演化的時候這麼說。

活著就是適應。女孩在心裡默念，然後輕輕帶上房門。

自己的存在也許在某個地方有著細小的破洞也說不定。在努力想要和誰成為朋友的時候、在努力想要愛上誰的時候、燦爛美好的時刻與失去動力的時刻、烏雲與陽光交替的縫隙。體內那些重要的東西就在擠壓之間一點一點溜出體外、散失在虛無之外。

女孩躺在床上，看著天花板上細微的裂痕。黑暗中彷彿一尾產卵後的魚，空虛而蒼白。

以前的記憶只剩下意義不明的斷片：踏在返家路途上的自己、誰的手若無其事地擱在自己的大腿上、袖子太長的外套。

回頭看卻什麼也沒有，只留下疏於保養的肌膚、又長又不整齊的指甲、疲勞的心靈。自己究竟是怎麼變成這樣破破爛爛地，怎樣也想不起來了。

可能是一年前和前男友分手，或是小時候被同班的男孩子騷擾，或者是被父親貶低的口吻痛罵。女孩想要試著找到一個時間點、找出一個原因，可越深入思考卻漸漸開始覺得自己大概本來就是這樣的一個人也說不定。

我是一個致命的缺乏核心的人。女孩想。

雖然總是像個蚌殼一樣將情緒關在體內，但就算誰打算要把那殼撬開，裡面也是空無一物的。一開始曾擁有的那些早就因長期的姿勢不良而失去了。人的靈魂大概是會因為不斷的細微的耗損而漸漸歪斜的東西吧。

女孩有時會夢見荒原。

自己站在那荒原的正中央，遠方好像有一些樹的陰影，但那似乎永遠都維持著相片角落的汙點一樣的大小，怎麼走也無法接近。蒼白的低草時不時掃過她的腳踝，刺刺癢癢的，沒有氣味的風鑽過所有縫隙、從她的身體經過，帶著她腦中氣泡一樣細碎的記憶流向遠方。

手中還殘留著緊握什麼的觸感，女孩無言地凝視風離去的方向。

風將那些必須說出口的言語一同捎上，帶向遠方。

想死和不想活是相當不一樣的兩件事情。

在間歇的憂鬱時刻降落時，女孩總是會想到死亡。

她喜歡想像死後的自己在幾秒內消失在完全黑暗的空間裡，靈魂和軀體一再分裂成細小的顆粒、最後變成無意識的煙塵，然後慢慢消散。要是在漫長的生命終結後仍有有死後的世界，那人生不就沒有盡頭了嗎？光是想到自己在死後仍要以某種形式（靈魂或意識）存在的可能性，女孩就覺得非常難受，好像體內的什麼吸滿了水在不停地向外推擠一樣，而自己就要被那什麼撕裂了。

在離開男孩之後，女孩感覺自己體內空蕩蕩的感覺好像比平常更添加了幾分，而他整潔的衣著和平穩的睡臉不知為何一直在腦中無法消散。

女孩依然站在一段距離之外眺望著，只是轉眼間稀薄的霧氣突然聚攏到了眼前，鑽進她身體的所有角落，漸漸讓她無法繼續呼吸。

在所有沉默與幽暗的時光之中，女孩第一次查覺到了孤單的涼意，女孩並不覺得自己的化妝技巧特別高超，也就只是拿廉價化妝品隨意塗抹，但不可思議的是，大部分的人——包含相處多年的好友——都無法在第一次見到她化妝的模樣時認出她，甚至女孩自己有時也無法在相片裡找到妝後的自己。

也許是自己也習慣了這副寒酸的模樣吧。

化妝後女孩總覺得特別累，胃裡的什麼越來越沉重，尤其是外表實際上完全是另外一個人了，便好像被什麼逼迫著不得不用另外一種方式說話，但那偽裝的一切就像沉重的船錨，要拖著她往無盡的深淵沉沒一樣。所以沒過幾天，又會像軟體動物一樣、溫溫吞吞地縮回自己的舒適圈，無法維持那副光亮的模樣。

女孩用指甲剪慢條斯理地修剪指甲，從滿桌的廣告傳單和垃圾信件中抽出一張、隨意地將指甲屑掃成一堆。雖然拿著指甲油的透明小罐子猶豫了一會兒，但終究嘆了一口氣然後放下。

梳妝臺前堆滿了各式各樣的瓶瓶罐罐，絕大多數都是透過網購購入、品質低落的便宜貨，那些花花綠綠的包裝總是散發著混濁的味道。

擦上粉底、遮蓋黑眼圈、畫一點眼影，要是停下手的動作可能就會失去走出門的動力了。女孩希望男孩能夠認出她，希望自己體內真的有些閃閃發光的東西，能夠指引他找到自己。

希望這次的自己是不一樣的。

女孩給男孩發了訊息。與其說是約定，不如說是單方面的告知。某日下午在隔壁市的海洋公園。

女孩猶豫了許久才發了訊息，不等對方回覆就把手機關機、扔到背包的深處。

女孩搭上搖搖晃晃的列車，在不怎麼舒適的座椅上閉起眼睛。

短暫的睡眠中她做了一個異常清晰的夢。夢裡她握著誰的手一起走向荒原邊緣的小小黑點，沒有風，一切都像靜靜飄落的塵埃一般沉睡著。

去海洋公園的路線仍清晰地留在記憶中，只有看過什麼、做了什麼的記憶完全剝落，不管怎麼樣都只能回想起空無一人的劇場還有泛著藍光的翻車魚的水槽。

父親和母親不知到了哪裡，記憶裡只有女孩一個人。

女孩坐在水槽旁的地板上，兩隻翻車魚浮在水中一動也不動，像是夏日午後懸在高空的雲，女孩坐著，眺望著那光景。

誰的腳步聲從背後靠近。

女孩輕輕閉上眼睛。

短篇小說獎　優勝獎

換

吳浩瑋

個人簡歷

筆名吳彧，2001 年生，東山高中三年級。摩羯座。
喜歡卡式磁帶，藝術跟文學。
在 Instagram 上以粉刷「午夜一色房間」為職。
曾獲新北市文學青春組散文首獎、全球華文學生文學獎小說三獎及散文佳作、東華奇萊文學獎高中組散文首獎。

男友說她的指甲太長了。

她當然知道這點，但日子一幀幀地過，恍若漫長的底片練習，如今是全職婦女的她像是沉入了某種深不可見的地方，進行一場重複性的逃離，而她希望能在這場逃離中紀錄一些感官上的變化——她考慮過頭髮，但頭髮的變化極小極小，讓人難以感知。她也想過寫日誌或網誌，但當她發現自己透過文字記錄下來的，無非是每一天都在反覆上演的戲碼，毫無鑑別度可言。唯有指甲，像是生命的維度擱置在自己的指尖，她想起小時候老師指派的植物記錄作業，她選擇了苜蓿芽，日日看著它們抽長，蓬勃，才從沒頭沒尾的生活裡找到一點時序。指甲同理，看著指甲的發芽直到被削下時的凋殘，袖珍的生命週期讓她安心。

這樣的安心，理所當然源自於成為全職婦女後，心態上渴求著變化的缺陷。年紀僅滿廿歲的她，放棄了大學學業，也只是因為和男友的一次擦槍走火，不幸中的大幸是，男友並不像社會版新聞那樣棄離她而去，雙方家庭也和和睦睦，大家都期盼著她能把小孩生出來。對人生方向感到迷茫的她，甚至為此欣慰，自己終於有一條明白敞亮的道路：共組家庭。這四個字聽起來甜滋滋的。不過，有的時候，她也詬病這一生活，尤其是當有人開始稱她為「婦女」的時候，明明自己花季未落，還有逛街買漂亮衣服的本錢，卻因為腹中乍現的生命體給畫上了一道痕跡。而男友，縱使他們已經登記結婚，卻似乎因為沒有舉辦婚禮的緣故，讓她無法用老公稱呼那讓自己懷孕的男人，在她心目中，那個男人固然對自己不離棄，本質卻還是個貪歡的孩子，之所以讓她剪指甲，也只是出於床事上，指甲太長讓她緊緊抓著他的背部時，她會在他的肩胛骨上留下痛痕。

她常覺得自己是個漂流到家庭或愛情（如果那稱得上的話）的荒島上，無家可歸的人。這房間正是那座荒島，扣著她每天單調的生活。房間是落在男友家的孤島，他們也曾說著要搬出去住，但所有人都對此投反對票，怕是哪天出了太糟糕的狀況，導致一切失序。但老實說，她認為這都無所謂，或許是那尚帶有孩子氣的靈魂所致，她覺得，自己腹中唐突的生命已經使一切變調了，哪能更糟的呢？在天神明真像大家所說的這麼壞心眼嗎？至於，唯一讓她想待在男友家的原因是，房間的規格實在很令人滿意，因為岳父工作的緣故，男友家恰好時常作為接待一些外賓，自然有多餘且品質好的空間——裝潢是米黃色的，傢俱也都是同樣柔和的色調，有淡薄的斯蒂克利風格，化妝臺尤其讓她滿意，大片的鏡面映出她悉數該有或不該有的輪廓，房間的最大的特點是採光好，透著紗窗看出去，能見到進行曲式鋪直的街市和行道樹，如永遠不會變遷的水族造景，維繫著長年的水質，沒有優養化的問題，卻太平凡以至於空泛，像贗品。

確定成為孕婦的兩個月內，她的作息忽然都賦予了時間意義：起床是七點。早飯是八點。家事是九點。做飯是十一點。午飯是十二點。午睡是一點。健康操是三點。採購是四點。吃飯是六點。散步是七點。睡覺是九點。她常常想，究竟是時間支配著她，她正在假裝自己被時間支配著。

比如，現在是早上七點半，目送男友去上學後，她靜靜地坐在客廳，木質餐桌上，日光演繹著抽象的偶劇，沒多想，她拿出手機。網路世界也是少數她擁有主控權的地方，手機桌布是她和男友的合照，上面兩人看起來關係親密，這是他們在發現腹中生命前拍的，看起來青澀得陌生，卻可愛非常。隨後，她點開社交軟體，欣賞他人的生活在如今業已是一種例行公事，現在接近夏天，柔軟的長灘，陽光，晴天，海風，甜蜜浪漫，假期，強烈的夏日風格儼然是蔚藍色的哀傷，她此刻才驚嘆，原來自己連蜜月都沒有度過。稍稍感到落寞後，她回避性地打開另外一款應用程式，那是她朋友推薦給她的，豢養水族的遊戲。畫面是巨大的水族箱，而她在裡面扮演著管理員，掌握著數十個迷你世界，世界裡藏有色彩繽紛的魚群，每天打開這個遊戲，她都會設重置，清空所有安排妥當的空間，彷彿在清空昨日，並再一次地把七十多種魚以及各類珊瑚礁和擺設，依照著今天的心情重新裝潢，梳理細節的過程很有趣，分配飼料時，她刻意混雜著不同花色的飼料，低價的、高價的、凡庸的、節慶的，看看雜亂的魚種搶食無章飼料的感覺，總讓她忽然產生還能力爭上游的錯覺。

提到飼料，她的早餐也無異於男友母親給她的人用飼料。她曾提出想要自己做早餐，順道學習如何烹調，但男友母親卻釋出善意，說是自己比較有經驗，想做點營養的給她和她的孩子吃，堅持地擔起了三餐的責任。她感到些許荒謬，畢竟雖然說是孩子，但也才在她肚子裡待兩個月，看上去也只有微微隆起，何況做個早餐也沒什麼，她甚至為此買了熱壓機，想做點烤鮪魚三明治，卻被男友母親以「不能讓孕婦碰到來路不明的奇怪廚具」為由退貨了。她曾一時腦熱想跟男友抱怨，但念在男友一家人的溫柔，即時收手。男友母親為她端上了一晚地瓜粥和鯖魚罐頭，日復一日的組合，也只能欣然接受了，畢竟嚐起來還不賴。吃完，和男友母親寒暄幾句並整理好晚盤後，來到了做家事的九點。她進房，以此為原點，開始一天漫長的整理。外頭的陽光如胎兒骨骼那樣瑣碎而柔軟，沐浴在其中，她打開了音樂軟體，幾位華語歌手或獨立樂團的赤裸歌聲流溢而出，房間豐盈了起來，就好像把氧氣抽換成了更輕更舒服的其他氣體。

儘管她很想幫忙一起打理全家，但受限於她的孕婦身分，男方父母只允許她整理他們的房位或是晾衣服，她習慣從細碎的工作開始，好比說餵食芬，芬是一隻金絲雀，牠像是得了自閉症，不太愛叫。芬是男友因應她爸媽「養寵物增添好心情」的配套措施帶回來的，她知道的，男友父母應該更想要一隻狗或是貓，而不是一隻嬌貴又難接觸的金絲雀。她小心翼翼地更換著鳥籠裡的飼料，芬在此時為那看似入侵者的她的手發出細長尖銳的聲音，芬似乎很怕她，但無可奈何。她看著芬想，要怪就怪命運吧。誰叫你的主人是我呢？

接下來，她又做了一些零瑣繁複的工作：把床鋪平、掃地以及拖地、縫好幾件男友穿破的衣服、替擱在窗臺的藤蔓植物澆水、整理書桌、盡可能換一些擺設的位子（這是她最喜歡做的事情）、輕輕撥動香氛棒……把自己當作累壞了的人，收幾封不重要的短訊，去便利商店領包裹。並等到十一點，跟男友母親一起做飯並吃飯的時間。

今日是昨日的拓印，時間接近一點，午睡時間。她認為午睡沒什麼必要，她總難以入睡。這個習慣讓她想起了小時候——忘了是哪一天，她開始要求換房間。跟所有同齡的孩子一樣，她開始對「跟父母睡」這件事情感到強烈陌生，她覺得自己是父母雙人床上不合時宜的異物，應該要有屬於自己的空間才對（至少班上的大家都是這麼說的）。可是，這個要求過了一年，才被父親受理。並不是出自於父親對女兒獨立的關心，而是那一年開始，父親常常帶人回家，女人，母親之外的女人。父親的工作讓他的時間分配很有彈性，白天時間多半在家，而每當她放學回家時，父親總讓她在「自己的房間」午睡，但她睡不著，隔壁太吵了，父親和陌生女子時而歡鬧時而情慾的話語，都隔著孱弱的一面牆，傳到了她耳中。明明換了房間，她卻感覺自己還是受到某種大人世界的詭譎控制。

好不容易睡著，她難得做了一個冗長的夢境。她夢見自己曾經學琴，如今她在黑白琴鍵上無盡奔跑，腳下是不停切換的節律，但她發現，不斷向前跑著的自己只能發出單調的音色，無盡的上升音階形同深淵。醒來以後，她整頓好面容，就出發去上課了。上課，絕不是大學的課程，而是報名每日班的健康操。她離開住所，來到了另一個位於公寓的房間，很典型的瑜伽房，四周是玻璃，反射裡藏有反射，木質地板以及明晃晃的光源，這讓一切焦慮都無所遁形。

「你結婚了嗎？」作為孕操班年紀最小的成員，難免有人這樣問，她也總是淡然地回答，結婚了。

「我還以為，」對方意識到自己問錯問題，看上去有點倉皇。「妳看起來那麼年輕，還以為肯定是有了身孕就被男友拋下的那種女生。」

「如果是那樣還比較好，至少我可以上社會版。也會有記者來採訪我，聽我抱怨我有多麼可憐。」她意圖挽救尷尬氣氛，以笑臉答覆。

「那難道，妳不會想把孩子打掉嗎？」

面對這個問題，她老是答不上來。說實在，命運交付給她的結果，她就接受了。這樣而已。她不曾因此而遲疑，當然，這對她而言無不是一種選擇，但她畢竟還是覺得有些殘忍，墮胎在她心中而言，跟殺害無異。她知道自己的觀念未免有些偏頗，但她對未來的一片大霧深感不安，只是想著，反正自己也沒什麼高遠的理想，那還不如盡可能把小孩照顧好。

「打掉會比較好嗎？」她反問。

「可是妳還有很多發展空間吧？不怕被小孩綁住一生嗎？」

一生。這個詞彙讓她反芻了整堂課，宛如一種巨大卻繁瑣的魔咒在她腦裡反覆誦讀。她想起和男友交往初期，熱戀中，她也曾以為那時的風景是一生一世了。房間裡，他們以肢體接觸代替多餘的情話，她向來討厭情話，那總讓她回憶起小時候在房間裡聽到父親與外遇對象說的那些。他們在床上纏綿，互觸著對方的肉體，輕微起伏的心跳，感受著關於未來的强烈預感。她始終記得，「明早見」，做完愛後男友睡前必定會說的話，是這句話，給了她飽滿得世界其他部分都可以為此捨棄的安全感。一直到那晚，當她發現月經遲了幾個禮拜，拿著驗孕棒在廁所焦躁半天，最終得知自己業有身孕，泡泡猛地被戳破。她認知到，有些地方只是安心而已，並不安全。

他們兩遂安安份份地，照著規矩走。她休學，男友則繼續修業並打工賺錢，他們兩方家庭都算富裕，金錢上的壓力比想像中來得少，一切安定得太快，讓這一切像是夢境，也或許，所謂的現實就是固態一些的夢境。這讓她不禁想起了芬，芬本是一隻受傷的鳥，羸弱地躺在陽臺上，就讀獸醫系的男友即時搶救，加上牠看起來像是經過訓練的鳥，男友於是順勢將牠帶了回家，當成寵物。或許自己很像芬，她想著。

走在日光黯然的街道上，天色薄如幽靈，她正從賣場採購的路上返家。說起採購，她想起以往的日子裡，都是男友作主，決定他們每一頓約會時的餐點。她向來沒有主見，就算喜歡甜點，也不願意勉强愛人一起享受，或假惺惺地上傳約會時的用餐照片。她就是個習慣依賴的人，直到男友無法陪伴的今日，採買晚餐時也抽不掉對男友一家人口味的依賴，無形的東西把她關得緊緊的。或許不只是習慣依賴，她也擅長依賴。

返家途中，時隔半天，她再度點開了水族館遊戲的程式，她發現魚兒少了數些，原來是因為她拿低價的飼料餵食尊貴的魚種，導致水土不服，遊戲畫面逼真，一尾色澤斑斕的鯉魚化作屍體緩緩漂浮在魚缸上方，她感到失落。就在此時，一個跟遊戲畫面那隻鯉魚顏色相近的店家拉住了她的目光，她從來沒有注意過這家店，那是一家美甲店。她看了看自己的手，平庸樸素的手，過長的指甲，日子駐足在上頭，毫無修飾地生長。她突然有了衝動，看時間還夠，她索性付了錢。

回到家以後，才發現時間稍晚了些。男友剛從學校回來，她注意到他除了背包以外，多提了一個塑膠袋，沒過問，她便進廚房幫忙男友母親料理晚餐。也是直到晚餐後，兩人一起清洗碗盤時，男友才發現。「原來妳去做指甲了啊。」

是漂亮的淡藍色。

「不好看嗎？」

「不會，我挺喜歡的。」聽到這句話，她不曉得自己為何如此高興，像是鬆了口氣，繼續搓著菜瓜布和肥皂。此時的她，有股衝動想說出一句話：我們可以搬離這裡嗎？猶豫許久，伴隨著巨大的不安，蘊蓄胸口已久的感情似乎希求著傾軋。她想換房，或是換出這個生活，也可能只是單純渴求形式上的自由，打掉孩子——這些想法在瞬間線性飛過她的腦海，並逐漸加壓，執行一場分割。

一切靜默，直到男友突然開口。「我今天買了東西。」

「是什麼？」

「我替芬買了一個新籠子。」

她霍地停下手邊動作，笑出了聲。

「幹嘛笑？」

「沒事。」她仔細一想，其實芬這個名字正是來自自己名字的尾字。

回到房間，兩人共同為芬換上了新籠子。她的腦袋也不知怎麼，滾出了一些寧靜的思考，她想著，或許芬就是天生適合籠子吧。也或者，就算把芬放出來，她也只是換到了名為天空，更大的籠子而已。這樣的芬，稱得上是幸福嗎？她再度看了看她生平第一次做的美甲，飄逸著淡淡的螢光，讓人看了心裡舒服。

「欸，阿晴。」她好久沒像熱戀期那樣呼喚男友的名字了。

「什麼事？」

「我們去度蜜月好不好？」

男友隨即點點頭。

「好啊。」並露出了好久不見的笑容。

這時，她注意到——

住進新籠子芬看起來開心極了，頻頻發出不再單調、輕盈而漂亮的音色。

二〇一九第16屆台積電青年學生文學獎——短篇小說組決審紀要

時間：二〇一九年六月二十三日
地點：聯合報大樓二樓會議室
決審委員：吳鈞堯、柯裕棻、黃崇凱、黃錦樹、鍾文音
列席：宇文正、王盛弘、許峻郎
鄭博元／記錄整理

會議開始，由台積電文教基金會執行長許峻郎致詞，許執行長表示台積電青年學生文學獎進入第十六個年頭，不少早期的投稿者已經展露頭角，第四屆小說組首獎盛浩偉也擔任本屆文學獎的複審，有種世代相承的意味。做教育、文學、藝術多年，很高興看到過往的得獎者持續在文學界、藝術界發展，許執行長期盼台積電青年學生文學獎能繼續持續下去，培育更多的文學新秀。

第十六屆台積電青年學生文學獎小說組，來稿共一五八件，經複審委員盛浩偉、陳淑瑤、朱國珍、連明偉、蔡逸君、何致和評選出二十二篇作品進入決審。

複審評審觀察來稿情形，今年的稿件中比較少見武俠、奇幻的題材，也許是同學們事先篩選題材後再投稿。今年作品很多「金魚」的意象，可能受到某些校園得獎作品的影響。另外，本屆的作品有一篇篇幅特別小，複審委員想討論若在小篇幅內，同學的表現非常完整，將如何影響評審的評判。

評審們共同推舉鍾文音為主席，並發表整體閱讀感受。

總評

鍾文音：請大家針對這次的小說作品簡述印象，或談談對歷來作品的觀察。

吳鈞堯：這次有滿多「夢」意象的小說，大概有五六篇。這些作品可以看到年輕人摸索的狀態，他們很努力想把讀者帶往遠近不同的地方。有遠遊、逃離、新聞社會版的，有對自身成長的觀察、對他人的關心。我會把重點放在「他們是否確實把我帶到那個地方」，用什麼方法帶我去，以及有無標示清楚。創作有時候容易天馬行空，缺乏線索，所以我會看他的效用如何，以此為標準。

柯裕棻：可能因為高中生還沒有太多的社會經驗，通常都是以己身所及為創作內容，主軸大概都是家庭、父母、兄弟姊妹，能夠提到其他的生命形態大概是魚、鳥類、植物。作品中可以看到某種封閉的、封存在空間內的活動，是他們比較熟悉的生活方式，且以寫實主義風格的作品為主（也許是這種風格的作品比較有得獎希望）。即使是寫實風格創作出來的作品，他們的空間經驗看起來相對流動得少。情感經驗方面，家庭的磨難比外界來得多，這也是大多數人會經驗到的，我們跟這個世界最早的摩擦來自家庭。雖然也能看到其他連結出去的想像，音樂、繪畫、運動，但也多來自生命中切身的體驗。這些作品有奇幻的、非常虛構的，但是都還是都跟自己的連結相關，從中可以看到現在年輕人的困頓，和他對這個世界的期待、對社會的想像、他無法忍受的生命中的事件，他們快樂跟痛苦。整體而言寫得非常好，雖然有些錯字，但對想要描寫的事物，文字調度能力都非常好。

黃崇凱：進入決審的二十多篇作品都在水準以上，我感覺看高中生的小説，比起大學文學獎的作品來得怪且特別。並非覺得他們掌握了文學形式與手法，而是靠著自己僅有的生命經驗與想像，創造出來的東西；大學文學獎比較像選秀節目，他們已經很懂得使用技巧，比較油，能夠迅速掌握形式與技巧。高中生文學獎則有種「還不知道怎麼使用技巧」時的青澀感，但因為這個青澀感，講出一些幼稚的話、中二的想法，我都可以接受。另外還有一些怪得很有趣的篇章，讓我感覺高中生文學獎比大學文學獎有趣多了。

黃錦樹：這批作品相當大部分在處理原生家庭的傷害，雖然不知道這些傷害是經驗的遺留，還是純粹為了虛構而寫。看來前者可能性比較大，這樣的話其實滿可怕，必須處理原生家庭帶來的傷害，而且是非常尖銳的傷害，這已非小說技術的問題。另外，我們可以看到有些參賽者刻意搞怪，有一些橫衝直撞、寫一些無說服力的東西，或是有某種巧思。這些作品的潛能一部分來自於傷害，但也有少數作品相當老練，已經不是初學者。對我來講，小說還是要有小說感，有的作品比較接近散文式的構成，有的明顯比較不成熟，看起來還是有落差。

鍾文音：過去的投稿中，很多同學都不明白「小說」這回事，但這次的表現都滿好的。而最困擾的是，同類型作品相當程度的重疊，題材大多來自家庭劇場的變形。另外有些是巧思佳，但是沒有焊接好以至於銜接上出現問題，也有些是未完成的作品，像八百字的那篇作品。我也覺得這次的意象太重疊，特別是「翻車魚」的意象，而且都與家庭劇場的傷害相關。可能是我們過去的寫作起的作用，使得同學們的傷害性書寫多過於歡樂性的書寫，感覺很多都是為了敘事而寫，這些傷害或許並不必然發生在當代年輕人的身上。但很可喜的是，每個人都意識到文字的力量，並願意相信文字，認為文字是訴說這個世界最完美的展現方式，因此密度都滿高的。

●第一輪投票，每位委員以不計分的方式勾選心目中的前五名。共十二篇作品得票，投票結果如下：

四票作品：

〈我見到你就好像我已經死了〉（黃崇凱、柯裕棻、鍾文音、黃錦樹）

〈換〉（吳鈞堯、黃崇凱、柯裕棻、鍾文音）

三票作品：

〈不會退的浪〉（吳鈞堯、鍾文音、黃錦樹）

兩票作品：

〈家事練習〉（黃崇凱、柯裕棻）

〈阿蒂〉（吳鈞堯、黃錦樹）

〈魚〉（吳鈞堯、黃錦樹）

〈我曾為總統上過菜〉（吳鈞堯、鍾文音）

〈聾〉（黃崇凱、柯裕棻）

一票作品：

〈深海〉（黃崇凱）

〈偶然〉（柯裕棻）

〈妹妹的紅金魚〉（黃錦樹）

〈櫻花兄弟〉（鍾文音）

由票數較少的作品依序講評。

一票作品

〈深海〉、〈妹妹的紅金魚〉

黃崇凱：〈深海〉這一篇形式上雖然有種似曾相識感，但我還是會考量到他的年紀，他可以掌握成這樣已經很值得鼓勵。他寫的是一個女生，比較隱性的、間接的，與世界格格不入的狀態，裡面也寫到一些對性的探索。雖然很可想像，但以高中生的狀態可以寫成這樣已經很不錯。

這篇跟〈妹妹的紅金魚〉讀起來感受很相似，那篇寫一個非常小的事情，金魚、姊妹之間的差距，姊姊要試著去理解妹妹的想法，我讀了兩三次還是會被感動，這兩篇給我的感受差不多。

黃錦樹：我的看法與崇凱差不多，也覺得這兩篇相似。〈深海〉的邏輯很嚴密，從溺水、學會潛水，到活著就是適應，以這個年齡來講其實很悲涼，有種刺痛感。

〈妹妹的紅金魚〉也是，以魚的死亡來寫，不太說話的妹妹顯然有某種東西要追求，姊姊不了解她。試著理解死亡，顏色不一樣的死亡就是一個刺點。小說透過這樣的物來思考人生問題，因為書寫死亡，小說比較沉重，魚本身是他追求的隱喻。這兩篇都有些巧思，以高中生來說滿難得的。

吳鈞堯：〈深海〉我一開始很喜歡，但後來越看就沒那麼喜歡。他講重新彌補關係，從童年創傷到後來戀愛交往，最後透過畫妝被男友認出來，以此彌補過去創傷，可是這個傷如此巨大，卻又被輕易解決，到後來無法說服我。不過前半部我感覺他是個老靈魂，用迂迴的方式呈現傷害，滿迷人的。

鍾文音：〈深海〉確實有很迷人的水意象，但後來變得很虛幻，因此沒辦法把女孩形象更聚攏。文字很好，水的意象也很好，飄渺並且蒼白，但相較之下我會比較喜歡〈妹妹的紅金魚〉。姊妹的世界藉由金魚而逃離，是非常聚焦的，在整個寫實的單軸線上，很像短篇小說的時間軸線。但我的質疑是，臺北的隱喻有那麼強烈嗎？跟我們的距離有那麼巨大嗎？妹妹去臺北讀書居然會形成那麼大的距離，我想可能是刻意用小說去形塑的。〈妹妹的紅金魚〉感覺是踏實地踩著的，〈深海〉則是文字很好卻一直飄著。

黃崇凱：我可以補充，如果我是一個在雲林的高中生，真的會覺得臺北遙遠，光是要去考臺北就很難想像。

柯裕棻：若與〈妹妹的紅金魚〉比，我個人比較喜歡〈深海〉，他給我的感覺比較有在思索「自我到底是什麼」，在十幾歲的時候這應該是相當重要的主題。小說從一開始談本來不會游泳到會游泳的霎那，看到水就開始恐懼，以這個恐懼為邊界而形成的自我就消失了。接下來，他講喜歡的男孩後來消失，他希望可以變成漂亮的樣子，開始去化妝，談及從前的記憶，但是很不清楚的片段記憶。可能造成飄忽、迷離感，但他寫的很好，童年的記憶模糊與片段確實是這樣。他在寫自我的核心與邊界時，處理得很好，好像也有觸摸到我們常講的「改變的過程就是自我的形成」，自我是不斷在形成的，我很訝異他在十幾歲就感知到，寫出記憶的零散、飄忽。「自我疏離」不單是自己跟這個世界，或者自己跟家人的疏離，他竟然跟從前的自我也有一種不確定感，也就是說他感覺到自我不斷在剝落、重整，這種感覺寫得非常好。

而〈妹妹的紅金魚〉比較著力在處理姊妹的關係。妹妹好像在追求什麼，他想要迂迴地處理，但似乎繞太遠了。一樣處理相似的主題，高下取決於作者如何使用技巧、文字處理到什麼程度，我覺得〈深海〉較好。

黃錦樹：這是兩種完全不同的技巧，〈妹妹的紅金魚〉比較含蓄，能夠忍住不說。〈深海〉比較世故，人的靈魂因為不斷地耗損而漸漸歪斜，我想這兩篇作品都是有潛力的。這種世故、老練，討論「適應」的問題，這個年齡不該那麼世故，表現在小說上是一種天賦。〈妹妹的紅金魚〉中作者能夠忍住不說，就跟其他篇分出高下，會讓你去思考。其實書寫者知道，但他把注意力放在隱喻上，使我們去想，這已經是個技術的調度了。

吳鈞堯：〈妹妹的紅金魚〉這篇剛開始我也很喜歡，我沒選其實是一念之差。裡面有個點，妹妹從南部到北部，說家裡像魚缸，但我看不出來家裡成為魚缸的合理性。

黃錦樹：原生家庭會給他一種窒息感，我覺得是可以理解的，看電視時覺得都市充滿各種可能性。

〈偶然〉

柯裕棻：我沒辦法不投這篇，單就他要處理的事情與他設定要寫的東西，非常精準，他對外在事物的形容，與他內在情感的表達接合非常密，他已經很知道寫景是用氛圍來做，單就這些能力來說是非常出群的。雖然這麼短的篇幅其實相當不利，這比較像一個故事的起頭，也很適合在極短篇競賽，但他在很多五千字內篇幅作品中，顯然弱了很多。

黃崇凱：我贊成柯老師所說，但在大部分的篇幅都在四五千字的狀態，對兩邊來說都不太公平。

黃錦樹：建議以後訂字數下限比較好。

鍾文音：好像未完成，感覺熱音社的敘事可以再繼續，只寫到看星星的點。

柯裕棻：我覺得這大約一千字的篇幅，可以用三個場景來寫，一在山上、一在校園熱音社、一在舞臺。

〈櫻花兄弟〉

鍾文音：我很喜歡他的文字，有種奇特感，很像日本翻譯小說。我喜歡他寫櫻花小路，走了很長的路，春風吹起樹令他感到悵然。他搬來臺灣，很懷念美國，他們過的生活很美國。我選他是因為這樣的文字感比較少見，生活經驗很奇異，用一個微小的兩地相思串起相似的變化，但是缺點是有點孩子氣，像少年小說。

黃錦樹：情節中澆水似乎不需澆那麼多次。

鍾文音：這不是寫實，是心裡的照顧，代表他的重視。樹就是他對遠方的感情。

兩票作品

〈家事練習〉

黃崇凱：大部分高中、大學生寫的家庭，母親常是刻板的印象，這篇的母親讓我覺得兒子與媽媽的親子關係不像是普通的家庭。從一開始母親展示傷疤，慢慢帶出母親在做類似陪酒工作，可能在鄉下的卡拉 ok 小吃店有了曖昧的男女關係。從兒子的角度去旁觀這件事，他完全理解母親的工作，也知道再怎麼講母親都無用。作者在寫家庭裡的兒子如何看待這一切，滿感人的，所以我會想支持這篇。

柯裕棻：作者在處理家裡的困難時，寫起來相當冷靜。雖然主角有一些不滿的情緒，對母親的男友也感到尷尬、不安、厭棄、憤恨，但他不在文字裡呈現。他是反面地在寫家庭，他在面對這一切的時候隱隱地把負面情感壓下去，處理得很好。他壓下去了，然後又露出一點點。他能夠寫人，在大部分作品中角色常缺乏立體形象，而這篇非常著力寫母親的形象，雖然有些刻板化，但他寫人能夠立體不平面。他處理的方式比其他作品稍微難一些。

黃錦樹：這個媽媽有點似曾相識，社會新聞中也見過。剛剛那兩篇比較貼近思考少年階段的生命，寫陌生的東西可能在技術上會稍有困難，可以看到他借鏡一些連續劇或作品，因此他跟敘事者本身有點疏離，這是我猶豫的點。當然已經很不容易了，而且從題目來看已經很有小說感。

吳鈞堯：我的憂慮是他用想像式的印象來套，酒家女，與潦倒的叔叔，在人物的營造上比較刻板。

鍾文音：「家事」是個雙關語，我很喜歡小說中的兒子那麼包容母親，非常溫柔，他願意讓母親去做任何事情，但可能作者沒有那個歷練，只能用刻板的方式去寫。

〈阿蒂〉

黃崇凱：這篇在寫外籍看護，我有個同輩寫作者陳育萱，也曾寫過一篇講外籍看護的作品〈蒂蒂〉，所以我會一直聯想到那篇作品。這篇的好在於將很多細節與情感描摹出來，但是還是有一個套路，很可預想地寫外籍移工。比較漂亮的外籍看護被老闆娘弄走，找一個比較沒有性魅力的外籍看護照顧婆婆，但是整體而言能夠寫那麼多細節是很值得激賞的。

黃錦樹：這個題材不容易，即便有接觸經驗也可能寫得刻板。聘請的外傭與主人存在一種階級關係，我們很難用當事人的觀點來看事情，這是非常困難的。雖然篇名上比較吃虧，但能看到處理細節上的用心，不過我並不堅持。

吳鈞堯：我看到的是一個人要如何融入環境的努力。從人力仲介公司到當地，個人與群體融入的矛盾，他把雇主寫得很靈活，包括阿嬤的暴躁、先生的仁慈、太太的脾氣，這三個人物都很活。阿嬤在洗腎，結尾是阿蒂被請走，而治療的流程還沒完成。小說的重點在於人與群體如何融入與對抗，書寫裡面的摩擦與傷害。

柯裕棻：我沒投這篇，因為這樣的題材很多，想像自己是一個外勞，揣摩他的困難，像是照顧老先生老太太，另外就是老闆跟太太的不信任，與先生的某種意圖。如果要想像自己是外勞的話，我會建議「文氣」不要這要寫，並不是說外勞沒讀書，而是那種照顧人很累的感覺、被老闆壓迫會產生的心情，不會訴諸這樣的文氣，這無法表現那種疲累感、恐慌感。雖然也許對十幾歲的孩子來說有點苛求。

鍾文音：我還是很稱許他，要投入一個陌生化的語境，語言的困難真的是阿蒂面臨的。

黃錦樹：他的長處與短處都在同一點，要嘗試一個不熟悉的領域非常困難。但他肯嘗試、去揣摩，也許不太成功，但仍然值得討論。

〈魚〉

黃崇凱：寫了很多細節與感受，但是對我來說是比較老套，而且對稱做得太過太明顯。旁邊擺一個浴缸，不斷講老人與魚之間的連結，全部都是在一個可預期的範圍內完成。當然他的文字細節描述都很到位，不過整體讀起來沒有讓我驚喜。

黃錦樹：跟〈妹妹的紅金魚〉或〈深海〉來比，比較像〈家事練習〉的類型，想嘗試處理非主觀世界的題材。我最大的疑問是他的人稱有點怪，似乎刻意想把人與魚的人稱代換過去，但沒有一個可以說服我的轉折。其中有些錯別字，或刻意調動人與鳥的辯證，有點套路，但肯做這樣的嘗試很不容易了。

吳鈞堯：雖然有點老套，但是作為高中生，他想像老人家在一個出不去的環境，看著方形的環境，設計出他跟魚對望的場景，老人家與魚是動靜對照。不能動的身體想像自己可以移動，因此他希望自己能變成魚、魚變鳥。小說把不能動的人的身體想像，我覺得很精準。想像另一種可能性的跳躍，中間還有寫看護，細節挺到位的。

柯裕棻：我非常同意鈞堯講的，這篇寫看護的細節很好，但我也同意錦樹說的，在某一段人稱的界線開始崩壞，他可能故意要把界線模糊。我反覆看很多次才走過去，不過那個對應寫得很好，老人臥病在床而有一些孤獨的幻想，魚成為他生命轉化的對象，確實跟〈阿蒂〉有點像，都是站在某個不熟悉的立場上寫，因此在文氣上有問題，不過這個十幾歲孩子的想像，已經不容易了。

黃錦樹：為什麼他選「鬥魚」而不是「金魚」，以意象的選擇來說，若是給鬥魚一面鏡子牠就活起來了，如果放牠單獨的話則奄奄一息，鬥魚比金魚更不討喜，他似乎對鬥魚的習性有誤會，魚的選擇也是問題。

吳鈞堯：鬥魚是老人家的象徵，他可能希望是種朝氣蓬勃的象徵，是從字面上的「鬥」去想。

鍾文音：這篇寫得很細，而我反而不喜歡女人處理他的那一部分。我喜歡他寫魚的部分，用魚象徵他的癱瘓，這篇很有層次，很細緻，跟〈阿蒂〉比的話比我比較喜歡〈魚〉。

黃錦樹：裡面有句話說「困著他的從來不是空間，而是他被撞碎在擋風玻璃的青春歲月」，所以這是老人，還是他從年輕就躺在這裡？但他又有孫女，顯然有些矛盾，細節跑掉可能是他的硬傷。

〈聾〉

黃崇凱：〈我曾為總統上過菜〉、〈聾〉是這一批作品中少數帶有幽默感的作品，這兩篇中我最後選擇〈聾〉，因為這篇需要調動的背景知識、玩的梗都是比較複雜的，而且描述與氣氛都掌握得非常精準。寫一個練琴的學生，召喚作曲家與他對話，他有時會困惑要怎麼彈，蕭邦、巴哈、貝多芬不同類型的作品等等。整篇看下來，其實跟另一篇〈琉璃孩子〉的結構相近，在段落間切得很清楚，這兩篇相比之下，〈聾〉還是比較高明，無論是在寫細微的情緒，或與音樂之間的關係上都是。

柯裕棻：我滿喜歡這篇的，跟〈琉璃孩子〉很相似，一個講音樂，一個講色彩，都試著替這些抽象概念賦予故事，我後來選〈聾〉是因為很少看到這種將樂曲形象化的嘗試。以人的形象來寫這些樂曲，寫蕭邦、巴哈的性格，思考應該要怎樣練習。小說完全是他自己的幻想，例如說貝多芬是會撒謊的人，蕭邦與李斯特是優雅男性。他把每天練習的心情與幻想、音樂給他的感覺，和音樂家的故事，結合成幻想的小說，我喜歡這樣的嘗試。至於沒選〈琉璃孩子〉是因為他處理色彩的方式，最後結合到某種病症，有點公式化，不然把色彩、情感接合在一起其實是很好的。

黃錦樹：崇凱說的技術問題，對學音樂的孩子來說不是問題。問題是作者如何把它戲劇化，這篇是小說嗎？也不完全是，如果說去投抒情散文似乎也可以。

柯裕棻：小說分的小節是彈琴上要表述的情感，彈琴的時候，看到譜上的記號必須猜測作曲家試圖傳達的東西，因此他得把自己的感情跟他想像的作曲家連結在一起，他迂迴地把他們想成了某一種男性，大概可以理解成類似少女漫畫的情懷。

黃崇凱：雖然是第一人稱講述，但是因為不斷跟他練習的樂曲對話，把樂曲擬人化，變成一種幻想故事，這篇不是散文，如同小說中提到的幻想曲，他試著將這些樂譜重新詮釋。

黃錦樹：這麼說很像讀者反應，要把這些東西代換成文學作品，其實也可以寫得非常漂亮，例如把隱藏作者戲劇化。

吳鈞堯：這篇對很多音樂大師致敬，但是這些大師們很像醬料，每個沾一點，有個問題是作者把太多人印象式地放在一起，這樣做會不會反而是失敬。假設他可以聚焦在某個音樂家，深入體會樂曲，可能會有更好的呈現。另外，他的標題意義似乎並不大。

鍾文音：我滿同意錦樹所說，即使在這樣的知識譜系裡頭，仍然可以動員隱形的敘事去串聯他的幻想世界，因此會覺得這樣的斷裂其實是可以串起來的。他的抒情很到位，但我反而很喜歡〈琉璃孩子〉，色彩很厲害，他竟然可以把編號寫進來，但如果能夠更有邏輯地把它編成密碼更好。

柯裕棻：〈琉璃孩子〉也讓我猶豫，他嘗試說一個故事，是我們一般想像的小說形式。而〈聾〉講的是聲音，是很難辨識的，因此他只能用大家熟悉的形象來寫，這個挑戰稍微高了些。如果要挑出缺點，他的形容詞太多，有時候耽溺，會把節奏拖累。

〈我曾為總統上過菜〉

黃崇凱：這篇裡面描述的〈用楷體字寫的作文體〉很有趣，引用了高中生常見的作文體，在小說中其實有機會成為反諷，他又能夠後退一步去思考，而且許多細節都滿好笑的。但從整體比較之下，我仍然比較喜歡〈聾〉。

吳鈞堯：作文梗非常好，那是一個記憶不斷修正、塗改的過程。文章中提到媒體如何來變更現代人對當代的記憶，結合得非常到位。看起來是新聞事件，又在作文中不斷修改記憶，修正為更好的文章，這是很大的反諷，寫出當代人的記憶如何被塗改、長成我們需要的樣子。作者想表達的是集體跟個人的記憶如何被傳誦、記載的問題。

鍾文音：有政治小說的反諷與荒謬性，有寫到我們社會上對總統的反應。小說中老師要他寫的不斷被修正，這些點都抓得很有意思，作文、新聞、前線。被塑造的異我不是真正的我，要從這麼小的點，寫出龐大的內容是有些難度的。他把學校想要榮光的虛假性，與內我、文字不斷被校對連結在一塊，這點很有意思，文字有種赫拉巴爾式的幽默。

黃錦樹：我沒有投是因為這個小說實在太小了，反覆地書寫，對政治小說來說格局稍小。

柯裕棻：我猶豫了一下，後來沒投，但這是一篇非常有趣的類政治小說。用很聰明的方法，讓讀者理解到歷史多像覆寫的羊皮紙，我們每天都在不斷刮去重寫，個人記憶從真實變成謊言，這是相當聰明的作法。小說中母親、老師、自己態度的改變，從作文內容呈現這一切相當不容易。後來沒有選的原因是有些地方撐不起來，可能要有其他因素加進來，故事的本體才會完整，不過單就他已做到的部分相當聰明。

三票作品

〈不會退的浪〉

吳鈞堯：這篇書寫對家庭的關懷，雖然他的情節很難說服我，不過有個動人的情節：他跟妹妹躲在衣櫃時，外頭有一個激烈的工程，他把外面想像成大海，他跟妹妹走在無人沙灘，把自己想像在很遠的地方，才能逃避很近的災難，因此能夠帶來救贖。讀起來令我心疼，小說中的妹妹可能是他的女兒，這一點在情節上比較俗，不過他把痛苦訴諸遠方的想像令我感動。

黃錦樹：跟〈家事練習〉都是自寫家庭，這篇採用限制觀點，他的長處在於比〈家事練習〉含蓄很多，有些細節的意思我看不太出來，像是工程敲打聲究竟是幻聽，還是家暴。小說寫兩姊妹相依為命，都沒唸書，長期受到暴力淫虐，恐懼之下互相取暖，但實在不知道發生什麼事。這反而是他的長處，刻意地不清楚，用譬喻來帶過，這個作者有潛力。

黃崇凱：他的優點確實如同錦樹老師所說，我在讀前三頁時有一種曖昧感。一開始以為妹妹並不存在，他只是在跟小時候的自己對話，但看到最後一頁發現妹妹可能是姊姊生的，又更猛烈一點。也許是被母親的男朋友上了，代表終身的羞恥，也間接說明他為何沒上學，但是正因為這種議題：十三歲、懷孕少女、家暴、虐待，加起來會有點太多，讓我失去真實感，彷彿是某種社會新聞的拼貼，所以最後我沒有支持這篇。但小說中的曖昧感是非常迷人的。

柯裕棻：有種很奇怪的閱讀感，我知道他要寫什麼，但統統沒有寫到點。他在寫家庭暴力、隱約地在寫亂倫或性侵，妹妹應該是存在的，他們在忍耐家裡的一切，希望逃離但無法，他曾經想殺妹妹但沒有。這篇讓我感覺他要寫的是這些但卻又都避開，我並不確定，也許是他故意繞開，或是他不要處理。他用了小孩的口吻，把關鍵的問題都繞開。另外我的疑問是，為什麼工程是在妹妹二歲才開始，是否代表孩子是他生的？如果你要繞開寫是無妨，但是每個需要精準的點都應該確實地安排到。

鍾文音：厲害之處在於作者轉化傷痛在妹妹身上，通常我們會直接寫暴力，但他用工程寫。而且不只是暴力，媽媽帶不同的男人回來讓他們感到痛苦。

黃錦樹：我們以為知道他要寫什麼，其實我們不知道，這是他成功的地方。如果什麼都寫就會變成陳腔濫調。那你覺得一定要的細節是什麼？

柯裕棻：要有時間點，要有讀者可以判斷的關係，主角與慾望投射對象、憎恨投射對象，必須有可以隱約劃出的虛線，這是我的要求。不是說非得血淋淋地全部寫出來才叫精準，而是時間點要對。二歲開始那個時間點反而是種擾亂，表示他一開始給的線索是錯的，也許是我讀太多了，預期太多。

鍾文音：不過小說中多層次的空間轉換很好。

四票作品

〈我見到你就好像我已經死了〉

黃崇凱：小說組中最怪的一篇，他已經進入另一個 level，是一篇强烈寓言感的小說。好像是在寫一個擬人化的寓言故事，但到後面又安插一個劇作家。作者寫到某個程度，彷彿可以跟他筆下的人物進行對話，整篇有一種奇妙的氛圍，即使是出道作家，也很少能寫出這種風格的。我直接聯想到的寫作者是包冠涵，他的作品也有動物出現，講一些似是而非的話，而這篇寫到某種抽象的思考，相當難得，是二十篇中讓我最驚喜的。

柯裕棻：這篇確實很特別，有一種奇怪的迷幻感，彷彿歐洲電影，像是〈聖鹿之死〉、〈單身動物園〉一類作品，動物與人的界線是模糊的。很多像詩的句子，以及非常閃爍的片段，作者完全沒有要寫實的意思。他在寫某種意境，但也不是夢，而是他對世界的想法，有非常多去中心的敘事，軸線非常散逸，但是仍然是在處理死亡、失去的主題，有點像隨性的安魂曲。就連要很有組織地討論這篇作品都很困難，他寫得非常好。

黃錦樹：很難得有這樣的作品，這已經是小說家的小說了，絕對的鶴立雞群。似乎也不需討論他在寫什麼，因為作品中高度自我指涉，小說本身在做一種自我拆解，非常老練，我們可以感受到他的程度，他對文學的比喻、文字的調度，與意象的轉換都很强，行雲流水宛如行家。

鍾文音：是個天才型的作者，能夠在轉換的意象、比喻間，探討很多事物的層次，並且挖進內裡，但如果不要用義大利醬、tabasco 更好，此類意象太常被使用。這是篇小說中的小說，他推動意象的能力並不依靠理解，是一篇詩的小說。

吳鈞堯：的確是很醒目的作品，雖然我沒投，但在這篇做的筆記最多。沒投是因為我看到太多村上春樹的味道，有受到影響。這篇作品寫現實與虛幻，漸漸融合成為一個世界，生死都在一個海岸線發生，想像力豐富而遼闊，但裡面有些意象與情節不太需要，例如把伊本給殺了，或是像剛剛提到的墨西哥醬，這些輕盈的意象當堆疊太多時，整個小說會變得步伐顚頇。而且小說的訊息量有點太大，雖然看似年輕但是很老，腳步太過沉重，所以我沒投他。

〈換〉

黃錦樹：這篇跟〈家事練習〉、〈不會退的浪〉、〈阿蒂〉類型相似，〈換〉揣摩婚姻的情境，是相當刻板印象，而且滿妥協的，寫作者把這種情境想像得太簡單，意識形態與美學上都比較保守。

黃崇凱：很多部分確實可料想，不過他處理的一個點是不錯，通常寫學生情侶懷孕的題材，容易寫成很悲慘，但他寫得沒那麼慘。他怎麼去過生活，才是這篇的重點。當然小說所有的安排，都可以對應到他指涉的自身處境，例如手機養魚遊戲、養金絲雀、換籠子，即便在老梗的狀態下還是能夠掌握得不錯，平穩地長出來。最後將要與丈夫吵架時，又轉化到另一種直接的接受，如此一來反諷的感覺更大。雖然我沒有特別激賞，但作者意圖達成的都有達到，可以鼓勵。

吳鈞堯：雖是老梗，但有精準的處理。這篇小說中，角色想要反抗但又無力反抗，只能妥協於命運，有其苦衷。他寫的是在時光隊伍後面的一群人，本來大家都是一起走，但突然間有人有小孩、沒繼續升學，有人突然間落在那個地方，作者對脫隊者表現關懷，揣想他們的命運究竟如何。

柯裕棻：這是篇平穩的作品，他的寓意很明白，就是籠子與放棄掙扎的鳥，在寫各種簡單的放棄跟妥協，這是一種比較容易的選擇。那他要怎麼寫放棄跟選擇呢？這是一種嘗試，他寫日常生活細節，以穩定的節奏寫沒有混亂的生活，他的長處是很努力地把細節寫得很清楚，但問題也在此，年輕女子在本該有未來的情況下懷孕，卻一點掙扎都沒有，心情太平淡了。人物設定為日子過得好的中產階級，很多層面上都是妥協。我覺得不須批評意識形態，但是小說的安排不盡合理，像是指甲的細節，如果年輕懷孕引此進入對方的大家庭，被夫家包養的狀況，對方可能不會准你去做指甲。

鍾文音：小說最後他買了籠子，還很開心，我反而覺得他沒有掙扎，是作者想形成的氛圍，掙扎是很容易想到的，但如此安然地在籠子裡過日常生活很少見到，也許他要强調的是也有這樣的人存在，對安逸生活很透徹，形塑世界的疏離感時，變得很像水族館遊戲的動物。雖然作者可能對這種情況不夠理解，但是他寫未婚進入夫家的點是很不錯的。

黃錦樹：有些細節的錯誤，像是稱謂跟一些描述，他似乎想像得太簡單了。

經評審討論後，決議放棄〈偶然〉、〈阿蒂〉、〈魚〉、〈櫻花兄弟〉四篇作品，其餘八篇作品進行第二輪投票。

● **第二輪投票，評審給分5、4、3、2、1、1、1、1，得分越高則名次越前。**

〈我見到你就好像我已經死了〉：吳鈞堯2、柯裕棻5、黃崇凱5、黃錦樹5、鍾文音5，總分22。

〈換〉：吳鈞堯3、柯裕棻1、黃崇凱1、黃錦樹1、鍾文音1，總分7。

〈家事練習〉：吳鈞堯1、柯裕棻4、黃崇凱2、黃錦樹1、鍾文音1，總分9。

〈我曾為總統上過菜〉：吳鈞堯5、柯裕棻1、黃崇凱1、黃錦樹1、鍾文音2，總分10

〈深海〉：吳鈞堯1、柯裕棻1、黃崇凱3、黃錦樹2、鍾文音1，總分8。

〈不會退的浪〉：吳鈞堯4、柯裕棻2、黃崇凱1、黃錦樹4、鍾文音4，總分15。

〈妹妹的紅金魚〉：吳鈞堯1、柯裕棻1、黃崇凱1、黃錦樹3、鍾文音3，總分9。

〈聾〉：吳鈞堯1、柯裕棻3、黃崇凱4、黃錦樹1、鍾文音1，總分10。

由於〈我曾為總統上過菜〉與〈聾〉同分，評審就此二篇進行投票，最終由〈聾〉（黃錦樹、黃崇凱、柯裕棻）獲得參獎，〈我曾為總統上過菜〉（吳鈞堯、鍾文音）則為優勝。

獲獎名次

最終名次如下：首獎〈我見到你就好像我已經死了〉，貳獎〈不會退的浪〉，參獎〈聾〉，優勝〈我曾為總統上過菜〉、〈家事練習〉、〈妹妹的紅金魚〉、〈深海〉、〈換〉。

散文獎

散文獎　首獎

重慶印象

葉儀萱

個人簡歷

筆名今暄，2001 年生，中央大學附屬中壢高中三年級。桃園大園鄉下仔，即將就讀中央大學客家學系，喜歡火星文跟注音文，我很怪，希望將來能被稱作文青。

得獎感言

身為在長輩面前總是很小很小的一個孩子，我不確定自己有沒有發言的權利，所以我哭，我寫，但這不是給父親的一封信，彆扭地說，他大概也不在乎。

我所做的，只是把心裡面想的事情統統嘔出來，再好好包裝成能見人的樣子，只敢在臉書偷偷蓋樓的我，也許哪一天真的可以釋懷，在那之前，希望大家提醒玻璃心的我多曬太陽。

睽違兩年，我再次踏上了山城的背脊，這次來是終於明白，他不會再回來了。

重慶是座老城，老，複雜而難以捉摸，像個深諳世故的女子，呼出的煙成了罩在上頭的霧紗，媚著眼靜看人們在階梯間來回穿梭。新與舊在城間交錯，古老的建物隱祕在市裡的角落，綠樹鑽進樓房的空隙蔓生，新長的商業大樓春筍般依傍在江邊四起、群長，巴在山的一側，一樓進門九樓出來。闊別兩個暑假，我首次在五月造訪這座闊大的都城，沒有第一印象的悶熱和刺痛的豔陽，江邊橋上的水氣凝重，大街上花椒麻香、市井餐館的油煙氣味更是滯留在空氣裡不動了。

父親來接機的時候已經拿到居住證，上車時他說：「我現在也是城裡人了。」

他們搬回繼母的故鄉兩年有餘，在那之前，他已經在蘇州住了五個春秋，一待就是我所有的青春期。而今他們與繼弟同住在渝中區的精華地段，公寓樓下便是徹夜未眠的商圈，二十四小時都瀰漫著老火鍋與串串的香氣，小販的吆喝熱鬧但吵不了高樓上的住戶，一個小區囊括食衣住行育樂，生活機能很是便利。

還在臺灣時繼母就曾預言：「凡待過重慶的都會愛上，她是一座會留住人的城市。」

想起坐落在桃園鄉間的三十年透天古厝、晚上九點過後一切歸於寂靜的街道、住在裡頭的祖父母和我，我開始質疑「留住」一詞改為「偷走」是否更為恰當。

「難得來，就當自己家吧。」父親在領我進門的時候這樣說，替我把行李箱搬進收拾乾淨的客房，我唯諾地應了聲好，反芻著他舉動和言語之間的矛盾與迂迴。

我以為他只是來這兒上班，可在意識到真相以前，他早已習慣了渝菜的麻辣油香與江邊繁華的燈火倒影，在重慶，他無須惦記什麼，該有的都有了，五子登科，如解放碑商圈那樣五光十色，霓虹招牌在夜裡猖狂地閃，全新的生活、全新的五子，更加讓人妒忌的是，兼具傳統與革新的山城，要是受不了都市的忙碌嘈雜，還有幾處靜謐的園子和咖啡館可以避難。

他說，他最喜歡在晚上從新家的陽臺上往下看，眺望橋上不息的車燈匯集成一道長河，右邊道次是車尾燈，紅的；左邊是車頭大燈，黃澄澄一串，細水般流轉。

每當他多稱讚這片土地一遍，我便開始懷疑自己是否也變成他想揮別的一部分。

他常叮囑我不要成為如母親一樣的人：喜歡穿深色寬大的衣裳、事事鑽牛角尖又多愁善感，成天待在臥室囤積腰間的脂肪、對他的一舉一動過度猜疑像隻戰戰兢兢的老母雞。我太暗了，舊家太暗了，無味又單調，然而我偏像母親，生起悶氣像臺灣開春時的南風天，愛哭濕黏，要熱也熱得不痛不快。某次我穿上媽媽買的灰色連衣帽，他蹙著眉打量，讓我多學著阿姨挑衣服的眼光。

繼母是會穿著洋裝在廚房裡燒菜的人。我記得那件洋裝，亮黃色的，當她在冰箱和瓦斯爐兩邊兜轉時就像朵金絲海棠，柳腰回身一次便綻放，永遠不會謝。

我想，他是真的愛上她們倆了，愛得比什麼都還要深，愛得可以拋棄一切重新來過。

然後我驚詫地發現，一個人和一座城竟可以那麼相似，個性同樣鮮明嗆辣，輪廓深邃，有夏日的剛烈熱情也有夜晚的溫柔嫻靜，偷走我父親的是人是城，她們是那樣好看、永遠四射著活力與豔色，卻仍有秋霧一般的嫵媚溫婉，起爭執時燒燙得像火爐，火爐好，水滾了就算把話說開了，啵啵啵啵啵，說開了就好了，不必瞎猜吵架的原因，燙一下總比被關在三溫暖裡悶著滴汗要好。

這兩年間，我們語言漸漸分化，他讓我看抖音的視頻、問我要不要吃土豆、有事的話發條信息，用微信聯繫，那些屬於異地的用詞，不知不覺間又將我拒於城門之外。

晚飯時我們挑了一家街角的串串，一鍋辣油擱在圓桌上，串著鮮食的竹籤都黑了，直到繼母夾了一塊牛肉到我的碗裡，我才猶疑地動筷，一入口，果不其然一股麻竄上舌尖，隨後而來的是燒灼的辣，我趕緊灌了冰水下去，嘴裡的戰爭卻還沒平息，正要吞下第二口水時，父親忽然拍了下我的胳膊，笑著說：「哎呀，怎麼覺得妳突然就變那麼大了？」

我感覺嘴裡的辣就要竄上眼眶，又開始責怪身體裡面來自母親的那一半脆弱。

我從沒跟他說過我最驚恐的噩夢是回到他們離婚的那一天，夢裡，他沒再問我要選擇跟誰走，我留在家翻遍了三個樓層的每個角落，奈何怎麼樣也找不到他，正要放棄之際他走進我房間說，我是多出來的小孩，他不要了。明明現實裡他一樣缺席了我的大半生命，我還是會哭著醒來，虛實之間，唯一的差別是我仍握著一些能找到他的線索，只要點進微信撥號給他，我就能聽到他的聲音、看見他的臉，他沒有不要我，只是離我很遠，一直都很遠。

再過兩個月就要踩上十幾歲的尾巴，他看我長大成人只是一夕之間，可在成年那場盛大的轉折之前，我總覺得日子好長，糾結在一起的日曆難以撕下，他們在二〇一二離婚，從此我的傷口停留在十二歲，想起來就流血。成長好痛，孤獨好痛，憑什麼只有他能投奔另一座城市的懷抱，找另一個人陪他癒合？

這些年來我不是沒有試著掙脫，我扔掉了那件灰色帽T、建立起運動的習慣，成長的一切範本是用來形容母親的相反詞，唯有她留在我身體裡的雨還在下，對於稀釋酸楚的心情一點幫助都沒有。

「你女兒今年都要上大學了，我們一年才見幾次面啊。」我低頭撥弄碗裡的碎肉，此時餐館外面的霧氣凝成了從天而降的水滴，中和了一點從火鍋裡飄出來的薰人辣氣，我趁機抹了一下眼角，坦白說我已經難以分辨那究竟是來自刺痛的味覺還是湧上的情緒。

餐後我們淋著雨走了回去，一淋漓便是四個鐘頭，倚在他們新家的陽臺，我看見父親說的那片風景，可一切都變得濕漉漉的，只有燦爛的摩天樓照樣將繁花、群鯨與飛鳥投射在玻璃帷幕上，燈河在大橋上緩緩流動。

我覺得想笑，怎麼五月的重慶會跟我一樣，眼淚說掉就掉。

「漂亮吧。」

突然他拉開陽臺的落地窗，與我一起趴在欄杆上，他向遠方四處比劃，教我辨認燦爛的迷宮，他指向哪裡我就轉向那。正前方是解放碑、左後方是前年住過的民宿、右手邊是往紅崖洞的方向，被樹叢擋住、有粉色 LED 燈的是大劇院。

「住這裡是挺方便，但偶爾還是會想家，妳和阿公阿嬤最近還好吧？有沒有聽話？」

把「我以為這裡才是你家」給哽了回去，我答了聲「都很好」，彼此都陷入一潭沉默，我們待在陽臺上吹了一陣子的風，直到細雨終於停下，空氣頓時清爽不少，雨水淨洗過後的山城宛若一盒珠寶在夜裡熠熠生輝，這城市的天際線，到了此時才漸漸分明了起來。

此刻的這座城市誰也不像，如同一個全知者以慈悲的姿態凝視漫步在她身上的行人，市民的祕密在她體內蒸發，凝結成霧露飄下，怪不得這座城市美得那麼神祕，因為無論是誰，江河和山脊都會接納他們的過去、現在，與未來。

他大概是不會回來了，我是知道的，過去曾錯過的和將來即將錯過的，都不會回來了。

可是我又能怎麼樣呢？

「妳喜歡這裡嗎？」恍惚間我聽見他問。

噢重慶，美麗、悲傷，一如既往。

我輕輕地嗯了聲，不知道他有沒有聽見。

名家推薦——

本文題目平常，但表現與心境不平常。對白的作用非常關鍵，可見心思精巧、情感壓抑。探討父女關係，隱忍的筆法極佳，天地不仁，創作者明白只有自己能承擔痛苦。——陳義芝

文字處處鑽破表面，輕描淡寫中，表現出深沉感傷。——簡媜

文中的父親漫不經心，但內心深處仍有根的認同。他是幼稚的大人，作者則是成熟小孩。本文每一個線狀推進都非常緊密，作者用冷靜到讓人恐怖的態度書寫。冷靜是寫作者必備的天分。——黃麗群

散文獎　二獎

橡膠樹林

李樺

個人簡歷

筆名藍希蘋，2002 年生，北一女中二年級。現役少女，仰賴陽光而活，患有陰天憂鬱，喜歡粉圓和茶。曾獲 2014 國際小學生電腦創意寫作比賽國際銀牌、2016 玩字時代國中組入選、北市青年第 25 屆金筆獎創作比賽高中職組散文第二名、第十二期綠園文粹散文組第三名等。

得獎感言

收到得獎通知時全身發麻，和媽媽一起研究了很久才確定不是詐騙，實在是沒什麼真實感，好怕這消息是假的喔。真的非常感謝評審們，辛苦了，你們其實是天使吧。然後謝謝毛線球，我們可以再去喝一次手搖杯，這次我請你，這篇文章也是要獻給你的。還有羅老師、爸爸媽媽，我得獎了，好想哭喔，謝謝你們支持我寫作，我愛你們。

元旦連假前的星期五，放學後從校門口走出，遠望，冬日欺地的厚雲，總是像陰間曹府。沒有太多欣喜之情，對於即將來臨的假期，唯有越洋的倦鳥找到一塊小礁石，那樣暫時的喘息。不過這還是使人微笑，畢竟你好久沒有一晚寧靜的沉眠了，很多夜晚，睡眠更逼近於拔掉電源線。

今日，你終於能和毛線球一道走往捷運站。她明明是你高一的同班好友，而高二分班，你也和她同屬一個班級，但莫名地，你日漸感覺疏遠。其實你知道，有錯的人不是她，是你耽溺於高一時的純真回憶，無限眷戀那種軟綿綿的班級氣氛，冬天裡抱成一團取暖，在籃球比賽發出同樣高頻的尖叫，隨便都能靠著某人的肩膀睡去。高二的班級固然好，甚至更加可愛，每日大家見面，總互相喊道：「愛你喲！」可是就是少了點什麼，讓人覺得格外客氣，分外禮貌。你不知曉毛線球是否感受到這些（也許只有你一人特別「多愁善感」），總之她是完美地融入了，上下課都有人圍繞著，把你推隔在外。你不想背叛高一時的美好，但眼看著舊日陸續離去，你開始不知道自己在頑固什麼，卻鬆不開逐漸空虛的拳頭，就這麼矛盾了一學期。

沿途，她拉你朝臺北車站——不，你們是愛用簡稱的高中生，你們說「北車」——朝北車走去，你笑著依了她，不過還是再三詢問，確保她知曉正確路線，免得兩人一起迷路，畢竟北車不在你的管轄範圍內。毛線頭略仰起頭，迷亂的髮絲垂在眼鏡框上，底下黑絲絨的眸子淺笑，說，我當然知道。她的黑瞳裡有星星，突覺好久、好久沒被那些星星照亮了。毛線球一瞧你，全世界的光都聚焦；毛線球一撇頭，全世界也轉身背對你了——她是這樣英氣逼人的少女。你們多久沒有獨處了？她是蝴蝶，可以四處款飛採蜜，長袖旋轉於人群之中，這裡聊一會，那裡鬧一下，惹得滿座嗔笑。而你只是一株孤蘭。升上高二後，你如孩子似地賴著她，想她是你與高一最真實的連結，想她令你傾倒，你無法克制自己去崇拜少女，那些笑顏奪目的少女。

毛線球領你走往南陽街，一路上她惡補著英文單字，唉這本單字簿真是人生預言書，她嘆氣道，還念了幾個中文給你聽，什麼「絕望的」、「需負責的」、「延續傳統的」……你笑得亂七八糟又厭世。終於抵達南陽街，從未補習的你張望著陌生的街景，狹仄的道路橫出的招牌，一切令你稱奇。毛線球莫名其妙地看過來，你沒看過招牌嗎？你只是繼續嘻嘻笑，一邊左顧右盼。

毛線球不知道的是，你已經很久、很久，無法對身邊的景色起一圈漣漪了。本來高一時你還能保持少女，心靈柔軟易被觸動，早起上學見了晴光大好，便能快樂憂愁傷感五百字，如今卻日漸無動於衷。生活是一大片平坦的水泥地，你癱屍在上頭，只想睡，身子好冷。

毛線球見你裝聾，決定不管你了，自顧自地碎念不知道晚餐該吃什麼。最後她拉你去買鍋貼，你們並肩站在騎樓等待餐點。店員掀開鍋蓋，熱氣混合水霧雲湧而出，將昏黃燈光糊得朦朧朧，從那之中傳出的滋滋煎餃聲，比爵士樂更教人放鬆。

但她似乎不受吸引，只顧著叨叨念著：「好想喝飲料……」

你笑了笑：「那就喝啊，我也挺想喝的。」

見她露出共犯的笑臉，你連忙補充：「但我這禮拜已經喝過了，這樣對身體不好。」

「我這禮拜喝了五杯。」她笑答。

瞬間你無話可說，伸手打了她的肩膀，這實在太誇張。其實你也不是真的那麼呵護身體健康，僅僅是手搖杯再不能使你快樂了，糖分在某天失了效用，那就別浪費錢吧，買個除了象徵意義以外一無是處的東西做什麼呢。你曾試圖找過替代品，但蝦皮逛得多，才發現自己只想買快樂。說給毛線球聽，她忽然斂了笑容，說：「我也是，不過是為了喝飲料而喝，如此而已。」

頓時你們都沉默了。

你想起前幾天晚上，毛線球淡淡地傳訊息告訴你，在那麼多次爭吵與失望之後，她父親連一句責備都不再提了，就在她妹妹面前說，別像你姊姊那樣。她給自己下了註解：「哈哈。」我們怎麼會變成這樣？當時你回覆。為什麼？為什麼呢？對日子無感，對課業、社團、家庭，乃至於所有的一切感到煩躁，壓力把你們迫得腦海空白，被睡意填滿。然而夜裡卻格外清醒，將以往發光的回憶播放了一次又一次，夜晚它是吸血蛭，越接近凌晨你們越脆弱，最終不支睡去，醒來是全新但毫無改變的一天。誰的期望你都沒滿足，口上說算了吧，卻漸漸沉下去陷下去了，好累。你們都是橡膠樹林，被現實斜割出相同的傷口，掙扎，可是因為具有經濟價值所以無所謂，就像鯊魚並不需要牠的鰭。乳白血液汩汩流下，日日夜夜，只為換幾個不值錢的夢想。

那天你們終究買了手搖杯，理由是，這是今年最後一杯飲料了。有點末日的意味，哈哈。

後來連假開始，新年來了，元旦那天你打開手機，全世界都在寫回顧、發新願，你靜靜路過，不知道有什麼願能許，或許就許個回歸少女之心的願望吧，可沒實現的祈求日後來看，實在太悲哀，還是維持靜默得好。點開毛線球的限時動態，她仍拚命趕著社團的稿件，一樣厭世，你遂關掉不看，一樣無感。二〇一八和二〇一九，究竟有什麼區別呢？除了你又該死地長大一歲之外？

再後來連假結束，毛線球剪短了頭髮，原先的亂髮不再，髮尾整整齊齊地繞脖子一圈，安分平直。這算什麼呀毛線球，你有點怨忿，你以為她不是個可以被修剪有序的人，你以為她即便厭世，依舊能英氣逼人，渾身傲骨——她卻把自己剪成有傷的少女了。是因為如此嗎？你開始嘗試和高二同學走近，聊天大笑或其他……你變了，你恨自己善變，恨自己輕易棄置舊日情誼，恨自己不怎麼內疚。

多希望一切會轉好，你忍不住許願。

後來的後來，寒假來臨，你總算能安靜地坐下來，用一個早上來沉思。你憶及毛線球，想起那杯甘蔗青茶加珍珠，再回溯很多很多……你忽然捉住一個畫面，那是段考前兩天，你和毛線球接受同學的採訪，你們約在校舍最高樓。那天午休，你們先抵達了約定地點，長廊上一個人也沒有，日光照進來，整個空間白白茫茫，靜得彷若永恆。對方還未出現，而毛線球無聊得發慌，提議去頂樓玩，於是你們冒著被記過的風險，又跑又跳地衝上樓梯去。樓梯間也是聖潔的純白，兩人歡快的腳步聲迴盪著，像是登上教堂尖塔的迴旋梯。你追著毛線球的背影，看她一頭短髮胡亂飛舞，腳底似乎不沾地，偶爾側眼來望你，你覺得她正是天使。踏上最後一階，頂樓的鐵門大開，你們不顧陽光扎眼，不顧監視器正對著你們，不顧可能從背後出現的師長，不顧要將你們磨平的現實，不顧拖你們下深海爛泥的焦躁，不顧逼迫你們長大成人的世界，不顧採訪段考人際關係時間願望新年無感厭世失望手搖杯連假，就狠狠往鐵門外的景色看上一眼——

你們看見了日光靜好的天堂。

名家推薦——

作者以「橡膠」象徵他們這一代少年，安排看似瑣碎的日常細節，其實毫無冗贅，成功地將現實壓力轉化爲文學中的壓力；透過語法表達厭世感與末日意義；結尾收束於景色，全篇瑕疵少、意涵深。——陳義芝

作者舞弄文字的技法成熟，所有細節都指向作者希望傳遞的情意，渾然天成。最亮眼處是高超的比喻，而結尾戛然而止，富有餘味。——廖咸浩

低調奢華，簡約大氣。本文作者語言成熟而超齡，恰如其分地掌握情思流動。——簡媜

散文獎　三獎

尋光

林子喬

個人簡歷

2002 年生，明道中學高中部二年級。
喜歡刺蝟，喜歡放空，喜歡野薑花。
希望有一天可以寫出漂亮的字、講出溫暖的故事。
希望有一天小雞可以破開蛋殼探頭看世界、小蜘蛛可以織出一幅嵌上露水的文章。

得獎感言

尋光誕生在某一個平凡的夜晚，客廳吊燈的光依舊在天花板上映出一片昏黃。
我很慶幸現在能夠笑著看這些泛著夜色的字句，也很謝謝評審能喜歡這篇暖黃燈下的作品。
感謝柏勳老師在經過我兩光的行為後仍然肯定我、給我鼓勵，能被您教到，我真的很幸運。

窗戶透出的光是來自對面一戶晚歸的夫婦餐桌上，微微刺眼的光線在一陣碗盤的碰撞過後也跟著歇下了，身旁瞬間只剩妹妹熟睡的呼聲，還有從窗戶靜靜滲入的，遠方大馬路上汽車呼嘯而過的聲響，現在已經是深夜。房間裡的燈早已經關了，只能藉著天花板上映出的昏黃在黑暗中辨出一床粉色，那是客廳燈光的顏色，是一點橘黃的光在漆黑裡暈開。母親還沒睡。

有記憶以來，母親便一直是個張揚的女子，明豔而且固執。小時候的我總喜歡從她一櫃子的裙裝裡選出一件我覺得尤其適合她的，軟磨硬泡的要她穿上；喜歡在她化妝的時候賴在她身邊，央求她在面紙上印一個唇印給我；喜歡在她下班回來後抱著她，聞她身上保養品香香的味道。那時的她還在工作，也總是晚歸，就連假日加班的情況也不在少數，在我大多數關於白天的記憶裡，陪伴我和妹妹的也幾乎都是父親。有時候我會跟著母親到公司去，但更多的時候我待在房間裡等她，在沙發上等她，在浴室門邊等她，等她聽我講今天老師跟我說的故事，聽我說誰又綁了哪個可愛的髮型，最後兩個人一起累到睡著。關於這些的記憶現在大抵只剩一室漆黑裡難掩興奮的尾音、浴室門縫底下的一束光亮，還有在滿滿的疲倦之後，依然放著光的她的眼睛。母親的心是夜晚的一條街，街上平整的柏油路面幾乎混在了黑夜裡，只有一盞路燈漾著暖暖的昏黃的光，而她穿著裙裝、長髮飛揚，撐起夜色向我走來。

我再大一點後，母親開始跟我和妹妹說起她以前的故事，那是她還住在外婆家的時候。她說她登過玉山，看過恆河河畔的喪禮，也曾經被大象用鼻子捲住腰部然後高高舉起。說起這些的時候母親似乎就不再只是母親，她的臉上多了一些我從沒見過的色彩，極光一般的絕美陌生，我似乎在那道光裡看到了外婆家那條蜿蜒崎嶇的山路，遍地的小碎石子為路面鋪出了稜角，年輕時的母親在夜幕下一身輕盈，踏著月色向前行去，她把滿天星子裝在了眼睛裡。

更之後的日子，母親提起那些的次數也少了，或許是能說的都說完了吧，那個令我感到陌生的她似乎早已成了灰色的記憶。母親也不再晚歸，因為她已經辭去工作，成了專職的家庭主婦。父親說母親已經在無數次的飛行裡把自己弄得遍體鱗傷，現在的她可以儘管回到屋裡暖黃的燈光下，再不用理會窗外的風雨飄搖。而我也真的沒再見過她拖著一身疲憊回家的樣子。自此之後母親的生活變得簡單，需要惦記的從下屬的工作進度，換成了冰箱裡的高麗菜紅蘿蔔；需要過目的也從密密痲痲的財務報表，換成了滿是鉛筆痕跡的作業簿；皮包裡最常拿出來的不再是辦公大樓的門禁卡，而是出示就能享有優惠的生鮮超市會員證；記事本上最頻繁出現的也不再是開會與簡報的日程，而是代表著不需要為父親準備便當的小記號。那時的我很快的習慣了母親終日待在家裡的日子，也很快的把之前求而不得的菜餚視為理所當然，我以為我再也不需要等她。

但我不知道那天我到底等了多久，大概比之前的每個晚上都要久上許多，可門始終沒有打開。我依稀記得樓梯扶手的影子在家門口的地上拉得斜長，牆壁粉刷的白色斑駁出了水泥灰，課本裡的烏龜已經跑贏了兔子無數次，終於父親和妹妹的腳步在樓梯間踩出回音，落日的橘色光芒打在我臉上。

「我在海邊看螃蟹。」電話那端，母親的聲音幾乎要揉碎在風聲潮聲裡，聽起來好遠好遠。我似乎又看見了那道極光。

也許母親正蹲在北海岸的沙灘上，看著一隻正張牙舞爪的，翻不過身的螃蟹。她應該一身輕便，隨身的除了平時愛用的深紅色斜背包再沒有任何東西，就連緊跟著的一串腳步也幾乎都被海浪帶走了，只剩下零零散散幾個深淺不一的印子。離岸邊更遠的海上開過的遊輪大多是我看也沒看過的，幾艘勉強還認得出來的好像是好久以前少數幾個母親不需要加班的週末，她帶著我和妹妹到基隆港邊一艘艘指給我們看的。風似乎愈來愈大，夾雜著岸邊特有的鹹腥氣味往天與海的交界吹送，強勁得彷彿能讓母親乘風飛起，有一瞬間我以為她已經站在了甲板上。可她最後還是接起了電話，另一頭的我扁著嘴巴喊她母親。於是她又回到了沙灘上，我似乎能想像她終於鬆開了一直緊緊握著的雙手，右手掌心被硬物壓出了紅痕，一顆白色的貝殼靜靜落在一旁。沙灘上的螃蟹似乎累了，招搖的鉗隨著夕陽落下，沒再舉起來過。

母親回來了，在天色全暗之前。那天的她站在巷子口，平靜的彷彿只是出門倒了一趟垃圾回來，路燈昏黃的光壓在她身上，扎眼得幾乎看不清輪廓，是那個我熟悉的母親。自此之後我再沒看過極光，那也是我最後一次等她。母親大概是從這之後開始習慣市場和家裡兩點一線；開始習慣一言不發的十多個小時；開始習慣一個人在沙發上靜靜坐到凌晨。她擁有一雙能夠讓她飛得又高又遠的翅膀，只是她把翅膀收在了屋簷下。這時的母親已經離外婆家的那條山路很遠了，那條沒有燈的山路，她仰頭能看見的也不再是一片星斗璀璨，而是一盞抬手可及的家門前的微黃色亮光。

後來母親會和我們說起的已經不是之前那些遙遠的地名，更多的是關於回到屋簷下之後的自己，她的聲音並沒有隨著時間流逝變得蒼老，與之前不同的只有尾音，被雲淡風輕後的疲憊拖著止不住下沉。我們兩人單獨講話的時間依舊是深夜，但地點已經不是伸手不見五指的房間，我也不再擔心她會在聽我講完前就撐不住睡著，因為客廳的燈總是會在我睡著後又靜靜的獨自亮了許久，可母親的眼裡卻沒有了那時一片漆黑裡也能看見的光彩。我想她大概是把那道光芒給了客廳的吊燈吧，那盞泛著柔和光線的燈火。不知道從什麼時候開始，我習慣讓臥室天花板上映出的橘黃成為一天的最後一抹顏色，但我不再看著她的眼睛。

就這樣過了一兩個年頭，我早已不是那個會纏著她要唇印的女孩，而母親也有好長好長的時間不曾再穿上裙裝，化妝桌上的瓶瓶罐罐在不知不覺間慢慢少了，最後只剩下一罐全身都能用的乳液。六百多天的日子並沒有讓陽臺上的植物多長高幾公分，但已經足夠讓母親記得我和妹妹班上大多數同學的名字，也足夠讓我忘記她眼裡曾經的那抹光亮。母親的廚藝比起從前已經熟稔了許多，她也漸漸能夠串聯起我曾經和她說過的每一件事情，但母親依舊晚睡，在滿室昏黃色光包圍間，她似乎一直望著窗外，就如同小時候的我總是望著她的眼睛。母親渴望飛翔，想要張開雙翼擁抱風雨後的彩虹，可父親和她不一樣，他看著的不是窗外，而是母親那雙再禁不住折騰的翅膀。

又過了一段時日，我待在家裡的時間愈來愈少，每天晚上聽我滔滔不絕的也漸漸不再是她，我甚至想不起我們上一次夜間談話是什麼時候。但我永遠忘不了那個夜晚，離家兩個禮拜的我剛剛歸來，儘管拖著一身疲憊卻還是和她從白天說到了深夜，睡著之前母親告訴我她在我的眼中看到了星火，我突然明白了，她眼裡的光終究不是給了吊燈。

我知道我終將走上母親的那條山路，但我看不清山路盡頭的那抹亮光究竟是什麼，或許也會是一盞昏黃的燈吧，靜靜泛著的光芒溫暖得讓人忍不住靠近。我曾經很羨慕母親擁有一盞能夠支撐著她的燈火，在她累得無法飛翔時接住她往返；我曾經以為母親會在溫暖的光下慢慢好起來，但最終那雙翅膀被困在了燈光裡，任憑她怎麼掙扎也張不開。後來母親不再試著揚起雙翼，可她似乎又比剛辭去工作時還要脆弱了許多。我多希望那盞燈從來沒有出現，我多希望母親能夠找回那道屬於她的極光，但在那道極光掠過腦海的瞬間，我開始害怕見到那雙盛滿星光的陌生眼眸。

橘黃色的燈依舊亮著，閉上眼之前，我依稀看到了幼時尋不著母親的我，蹲在路旁緊咬著牙卻還是哭出了淚來。

名家推薦——

本篇「光」從極光變成一盞檯燈，讀來頗有共鳴，而對於女性情感描寫得極爲細緻，光的意象有多重寓意。——方梓

本文從女兒視角觀看母親，充滿同情與理解，文中絕美的極光轉爲黯淡平凡的燈泡光，象徵母親不同的人生階段，家庭生活消磨了母親的銳氣，使她逐漸委頓。文字帶有淡淡的惋惜與憂傷。——簡媜。

散文獎　三獎

無染

顧庭弘

個人簡歷

筆名顧望，2001 年 2 月生於臺北，建國中學人文暨社會科學資優班三年級。

得獎感言

有些話現在不說，以後就沒機會了，寫作也是。感謝文字讓故事的保存期限拉得很長。感謝 S、秀雲老師、親愛的家人，和一路上陪我走到此刻的微光，你們都在生命中閃閃發亮。2019 年對於臺灣的 LGBT+ 族群無疑是具有標誌性的一年。能在這個時刻以這個獎項、這份作品標記自己的十八歲，是我的莫大幸運。謝謝評審老師們。

謝謝所有的緣分，謝謝屁孩、柴犬、胖胖、CKDC 跟 CC 老師。謝謝爸爸、媽媽與家人們，是你們讓我相信有人永遠支持著我。

幼稚園的廁所是在教室後方，一個四面牆壁都鋪滿了白瓷磚的空間。那間廁所給我的印象，始終是寬敞一詞。似乎有挑高，也或許是因為從孩童的眼光看出去，一切都那麼令人驚詫、著迷而新奇。白天陽光從玻璃窗照進來，白瓷磚便把整間廁所反射得亮晃晃的。廁所中間是一道約八十公分高的矮牆，分出男女廁所。每天吃完點心或午餐後，老師總會要所有人一起去上廁所。站在小便斗前，同學往往討論著我興致缺缺，至今已毫無印象的神奇寶貝超世代。相對地，我一直記得的，是上完廁所後，我常站在那堵只到我胸口的矮牆前，看著女生們一個個坐在馬桶上，和男生一樣，嘻嘻哈哈地聊著天。無數次，僅僅六歲不到的我，定定地站在那裏，好奇而專注地看著別人，不同性別的，脫下褲子和內褲。

關於對別人的身體感覺驚詫、著迷而新奇，這是我最早的記憶。我清晰記得那些純粹的好奇：為什麼她們上廁所總要坐著？她們的身體，她們遮遮掩掩的身體藏著什麼？

而這些驚詫、著迷而新奇的疑惑，在國小四年級時終於解除，或說崩解。那是一個半天課放學的下午，我偷偷打開家裡的電腦玩摩爾莊園，竟意外地看到一絲不掛，沒有馬賽克的光裸女體，靠在一臺臺名貴跑車邊，嫵媚笑著的照片。那一瞬間的感覺或許就像哥倫布為了傳說中的東方香料遠航，終於登上西印度群島，看到那些原住民族的心情。與其說震驚，不如說狂喜。當下，彷彿那些驚詫、著迷與新奇的感覺抵達巔峰，我跑到浴室裡關上門，脫下褲子撫摸自己，興奮地笑著，哈哈，你們女生再也沒有祕密了。

我記得，坐在浴室地板紫色瓷磚上的那個午後，一個長久迷惑被解開的午後，我心中難掩興奮。說來羞赧，但那個感覺確實恍如從黑暗中啓蒙。

然而，哥倫布始料未及的是，多年後並沒有找到香料，卻開啓了充斥著鮮血兵戎的哀傷混亂年代。

什麼時候我開始喜歡ㄇ的，為什麼我竟沒有發覺？

也許就是隔宿露營那夜吧。也許更早，也許更晚。露營晚會後人們各自回到帳篷裡的深夜，也許是因為睡不習慣，我在一片打呼聲中倏地醒來，轉過身子正要繼續睡下，卻看見好友ㄇ安詳入睡的臉龐。霎時我睡意全消，睜大眼睛看著那張臉——

彼時月亮升至中天，從帳篷的通風紗網灑下來，照得他的雙頰一片銀白，收盡暮雲溢清寒，四下寂寂，只有蟋蟀唧唧在山坡營地迴盪。我忍不住伸出手，想去摸一摸那張臉龐。只要摸一下就好，我告訴自己。天幕蒼藍，我的身軀距離他不到半公尺，手指卻在空中顫巍巍地猶豫著。——那是素日和我插科打諢、機敏互嗆的雙唇；是總充滿逗弄其他同學的點子，而亮起來的眼睛；是總在泳池中，手臂駕御池水如蝴蝶透明翅翼振湧，而濡濕的、淋漓的頭髮。此刻，宛如一頭雄獅，在山野間無染的月色下沈睡。

那是ㄇ的身體。

究竟我是從什麼時候開始喜歡ㄇ的，我竟沒有發覺。事情變化得太細微，在校園平靜呆板生活中，恍惚之間的某一天，我習慣起到學校時往他的座位看一眼；習慣起補習後回到家的夜裡，找藉口傳訊息給他，直到看到他寫來「晚安」才安心入睡；也習慣起中午離開教室前，轉身問他要吃什麼，再小心翼翼地端到他桌上，卻不記得我們曾一起站在合作社長長隊伍中排隊買便當；習慣在定期考前週末的一片慌亂中，突然接到他懶洋洋地打電話來要我教他數學，我便立刻拋下沒背完的英文單字，喜孜孜地衝出門，卻忘了以前我們曾如何雀躍地早早約好星期天一起去做報告。許久以後，我才發現似乎從某一刻起，我早已不再是他的朋友，但我不知道。那時的我，我想，就算知道了也不在意吧。

習慣突然，習慣從穩定變得只剩突然。習慣像一角沾進墨水瓶的衛生紙，細密無聲，一毫一毫地濡濕，從潔白染成深一塊淺一塊的灰濁；習慣像衛生紙，ㄇ總是多愁善感，每當他鬱悶地坐在教室時，我便急忙去探問他身旁的人發生什麼事，然後試著逗他開心，再回到自己一個人的座位。習慣像衛生紙。

無論如何，我以為一切都像那個秋天下午一樣晴暖，但正是那天，經過教室走廊時，ㄇ站在牆邊漠然地看著遠方，然後，忽然，他叫住我。起初我很詫異他會叫我，畢竟他已經鬱鬱不安好幾天了，我很高興以為可以幫上一點小忙，於是他說起最近市議如沸的那些新聞：

「前天晚上我去打球的時候，居然被一個男的問說我今天晚上有沒有空。」

「我很害怕，我簡直難以想像我身邊有朋友支持這樣的東西。」

「如果你不能改變你這方面的立場的話，我想我會漸漸遠離你。」

前幾秒我幾乎失去理解能力，後來才慢慢開口說話，試著和他解釋辯駁。但所有的語言都失效了。我試著解釋他被騷擾，和公共議題，和我們能不能當朋友並沒有關係，但所有的解釋，似乎都只是為了掩飾、抵擋瞬間朝我襲來的巨大不安：為什麼那麼努力經營的一段關係，連一個陌生人的騷擾都抵擋不了。我不明白。

我不了解他，也不了解我自己。直到那一刻我都還不知道，還不相信，自己就是所謂教壞囡仔的黑暗勢力；我還以為那只是我的公共議題立場。

後來長達三個月的日子裡，我不斷反省我究竟做錯什麼，「我喜歡ㄇ」這個想法，最後也無可避免地閃現。但我不明白，當班上悄聲議論著女校的某位同學，當我站在幼稚園女廁的矮牆邊，當我坐在家裡紫色瓷磚地板上的那個十歲的夏天，那些時刻，那些感覺難道不是真的嗎？

過了更久我才回想起國小六年級的那個初夏。

行將畢業，那節下課同學們聚在走廊上，恣謔幼稚地說著誰喜歡誰之類的話題。班上的一名男孩，有著小學生鮮少有的溫和，沉靜地站在花臺旁，也不參與這些八卦的談笑，只是靜靜在旁看著。遠遠地，就可以看見他有時淺淺的一笑。人群喧譁之間——我想起來，那是我第一次對男生有這樣的感覺——我忽然有股衝動，靠到了他的胸前，背脊貼著他因為酷愛打籃球而結實的胸腹，仰著頭，輕輕地看著他的臉龐。我沒有和他說一聲什麼，他也不置一詞。談笑繼續著。

十二歲的我只覺得快樂，卻沒有多想這是什麼感覺，更不知道別人可能無法體會這種快樂。我們身處的社會是這麼簡單，社會學老師說，我們依靠分類與標籤，來獲得穩定感，而那些無法分類的，就會被視為不潔。是因為這樣嗎？我並未學過如何分類自己，也不懂得如何認識自己，不知道像我這樣愛著所有可愛男孩女孩的心情，居然是少數。我偷看女孩們綁馬尾時，顯得格外隆起的胸脯；社群網站上，我也在男孩們的腹肌上點愛心。瞻彼淇奧，也聽雎鳩關關。我首先有了愛，然後才有性別。我起初不知道這有什麼特別。

ㄇ離開之後，我越來越迷惑如何交朋友。當同學們在球場互相撞擊擁抱，或模仿A片裡的動作體位在教室玩鬧，或和那些公開出櫃的同志們開玩笑，雖然我和他們一起笑，也和他們一起討論女優，但我心裡明白，我心裡害怕，一有不慎，他們之中的某個人就可能在某天成為我的性幻想對象，然後再失去一個朋友；當我和暗戀的女孩，在準備跨校聯合迎新的工作中，得到有意無意，卻超出旁人的親密互動，我也不明白這到底是曖昧，或如那些我始終不敢回應的耳語，他們以為我是同性戀。

若即若離，似是而非。我不知道如何認識他們，更不知道如何認識我自己。我不知道如何像那些陽光自得，適應良好的同志一樣，公開談論自己，然後和大家一起嘻笑；我也不知道如何避開那些美好強壯青春的身體不看。我是染雜的，是不確定的，即使公開支持同性婚姻的老師，也會在課堂上也許無意地說：「雙性戀呢，就是有的人胃口特別大！」

「驚詫、著迷而新奇」有時我會想起最初的那份心情，那樣從孩童的眼光看出去的世界，那份後來每一次的情不自禁裡，我最純粹的感覺。無論如何，愛是真的，愛是真心。我喃喃唸誦這句話，像是一句咒語。

名家推薦——

〈無染〉對性別探索有新穎的表達。文中對友人𠆢的目光與心思，原是單純的朋友卻跨界成爲戀人之眼，轉折中多有精彩處，細膩而深刻。——陳義芝

本文描寫成長經驗中的性別意識，充滿可愛的細節，「先有愛才有性別」的觀點——愛不應爲性別所主宰，作者以這種方式打破性別的劃分，有說服力。——方梓

散文獎　優勝獎

洞

曾亦修

個人簡歷

2002 年生，新竹高中一年級。熱愛寫作、繪畫，想藉由自己的筆抒發想法，因緣際會地走上了創作這條路。

夢中，我在自己的心臟上遊蕩。

在夢中，我的心被挖出了一個洞。望向那洞，只能想起兒時某些朦朧的片段，當中唯一清晰的是一只缺了手臂的模型機器人，看著它連接手臂的關節，心中的洞感覺愈來愈真實。

從機器人的夢中清醒，我望著開始掉漆的時鐘，聽著逐漸鏽蝕的鐵製指針前進的答答聲。用手指的尖端觸碰時鐘的花紋，抹下一層紗似的塵埃。環顧四周，房間內的木櫃、筆筒或桌燈都在時間的推動下，被塵埃的罩衫壟罩，宛如上了淡墨的雪景。

塵埃來自許多生物及非生物的碎屑，在被侵蝕後脫落，分裂成碎片，死者般地沉睡在牆面上、書櫃上或梳妝臺的表面上。手中緊握的一封信，終究會化為塵、失去原本的性質。不是一切都如金塊那般堅固，即使跨越百年仍和原貌無異。由塵構成的城市，終究會有消散的一天；由塵構成的塵世，總會再度歸為塵。

夢也是布滿塵的所在；夢中留著長髮、皮膚黝黑的少女原本和自己牽著手，她卻在一瞬間，消散成雲霧般的粉塵，試圖抓回什麼也只是徒勞無功。只見得那些塵隨風落在夢的另一角，化作一名將要離開這夢境的行人。人們所渴望的、人們所失去的，皆變作針葉林和穿梭在林間的鹿，坐落在夢彼端的雪國。嘗試走向那片雪白，卻看見他們漸漸模糊，顏色逐漸淡化；試圖碰觸那鹿角，早晨的光卻開始淹沒夢境。

那個有機器人的夢，感覺也是如此。

曾經有那麼一陣子，很熱衷於一部機器人科幻片，甚至買了電影的周邊商品，一只大小剛好符合拳頭中的縫隙的機器人模型。簡潔光滑的外表、可以轉動的關節，已經足以滿足一個八歲小孩對科技和明日世界的假想。從小我就常和親戚們一起在暑假時露營。對於一段尚未被課業、兩性議題和青春期干擾的歲月而言，露營的夜晚，最適合填充逐漸膨脹的夢。在阿姨和母親嗑瓜子聊天下事時，我指揮著機器人在茶杯堆疊而成的城市中作戰。在機器人即將給敵人最後一擊時，它的手臂在撞擊下脫落，隱沒在草叢和落葉之中。剩下的半個午夜對那個八歲小孩而言，茶几旁的戰爭早被遺忘了，只剩下找尋那早已遺失的模型手臂。旅行的回程，透過帶些棕色的車窗，那孩子所看到的天空都多了一隻模型手臂，泡泡似地漂浮在雲和夕陽間。到現在，仍不免會想起那隻手臂，它是被撿走了呢？還是已經腐化成爛泥的一部分了呢？

吃冰淇淋的回憶和丟失玩具也有些許相似之處。看著表哥們散步般輕鬆地順著冰淇淋的螺旋形線條輕咬，便認為那是不需要駕馭即能享受的事物，嚷嚷著也要一支。但我永遠跟不上它融化的速度，才吞下第一口，第二口的份早已塌陷在甜筒餅乾的邊緣；在企圖拯救融化的上半部時，下半部就化成了糖水，穿過甜筒底部的孔隙並流進手掌間。本該愜意的時光，變作一段不斷挽救的旅程，最後僅剩滿手的糖汁和脂肪，令人厭惡地想要把它們一口氣甩在地上。說起來，我到現在也仍是如此，人們也沒多少差別，人們都在吃著融化速度超乎想像的冰淇淋。最後我們只見得原先手上的一切，在我們還來不及把握時漸漸消逝，化作飄向天際的塵。不論是丟失的模型或吃不完的冰淇淋，前女友的照片，兒子離家出走前留下的一封信，我們身旁的事物幾乎只剩幾點碎片。

約莫在青春期的開頭，還在準備從孩童羽化成少年時，我被一個年齡和我相仿的女孩給吸引住了。那時想起她的長髮和黝黑的肌膚就會躁動不已，一種腎上腺素濃度提昇時全身顫抖的躁動。我也曾將我的相思表白，但對於初戀的我而言，我是把她抱得太緊還是放得太開我都不太懂，更別提她在最後是否有接受我了。期末分班前，班導要全班的人寫下以後最想和誰同一班，我只記得她的筆寫下的不是我。我覺得像是有一封信寄送到我心頭的收件夾，上頭寫著萬物難以强求的道理。那個暑假的每一個夜晚，在蟬聲之中，我夢到機器人的頻率變少了，因為失眠的次數愈來愈多；失眠的半夜，每一處的影子都變得像是她的一部分，漩渦似地將我捲入。

一兩年之後，我看到她和別的少年手拉著手，在放學時段的陽光下奔過操場的一角。那天的夜裡，我飽受惡夢的糾纏。夢見心中的洞被扯大了，周遭的塵埃聚集，形成牆一般的霧。望向那洞，裏頭多了一攤攤的鮮血。想要像霧氣似的塵埃將人包圍一樣，將她整個吞下，絲毫不留一點給別人。

高中考試結束的暑假，我玩起了一種日本的傳統紙牌遊戲。規則類似麻將，玩家們要湊齊特定的組合來得分，湊得分數的那一方可以選擇總結該局分數並進入下一局、或著繼續在該局中累積點數。最有趣的瞬間，莫過於是在決定繼續累積分數之後，只差一張牌即能湊齊的組合卻被其他玩家吃走了。看著別人的手拾起那張牌，準備放入自家陣營，並鬆了一口氣似地宣布結算分數的那一剎那，彷彿看到了一口枯井上頭的蓋子被揭開了，裡面就如同心頭上的洞一樣深不見底。那井悠悠地傳來聲響，當中混雜著一個少年，在因失戀而失眠的夜晚裡的啜泣；還有一個孩子，在找尋失物時發出的嚎啕。隨著紙牌被重新混成一堆時發出的聲響，這口枯井又被蓋起來了。從此之後，玩這遊戲時，我總會意識到自己心裡的確有什麼是不死的。而我們總有一天會和那不死之物再度對上。

這些日子的夢，漸漸發生了改變。每當我在夢中試圖挽回逝去的事物時，總會有道祭司宣讀神諭般的聲音掠住我的心，勸我早點放下；這聲音可能是朋友的、師長的、甚至是父母的。

想起那模型或那女孩，也不再四處尋求慰藉，接受了它們的殘缺是必然的，像是珊瑚礁上必然會出現的孔洞那樣。但即使如此，想起它們時仍然會在原地愣個幾秒；眼淚在眼角打轉，卻沒有想哭的心情。彷彿有人正在用我的身體哭泣一樣。到街上亂逛，試圖藉由五光十色來淹沒這突兀的感受，隨著石板路和七彩燈泡前行，掛在肘間的提袋愈來愈多，兩手的負荷愈來愈重，那模型和那女孩的影子卻愈來愈清楚，映在混了紫色的橘紅夕陽上。眼淚依舊在眼角裡酸酸的刺激著淚腺，卻開始有想哭的心情。

放下和追尋，相對於心的空虛，都是長時間的動作。追尋失物和追尋尚未取得之物是一輩子的，放下缺憾也是一輩子的。兩者僅是對應空虛且對等的手段，沒有正確的選項。但我們不曾往那洞的深處繼續探索，找尋那洞最底層的自己，我們頂多從洞的邊緣撇去一眼，爾後快步的離開。

在布滿灰塵的書櫃旁翻找著，扶著尖銳的邊角，刮過手指的邊緣，似乎這麼作能喚起什麼似的。突然之間，我發現一隻殘缺手臂的機器人，原本連接手臂的關節空洞地和我的瞳孔對看。我將手伸向那模型，觸摸屬於那些夜晚，茶餘飯後的瓜子及遺失的手臂。一切如雨中的花，粉紅的花瓣融在濕氣中，遠遠看去，如同一幅用水暈染過的靜物水墨畫。我的心中有一扇窗子打開了，窗外可以看到一個哭泣不止的孩子，我也漸漸明白，原來自己從來沒有擺脫那份回憶，或是說，不論在怎麼努力的擦淡、銷毀，那孩子卻仍住在心底。歷經時間的消磨，那哭聲仍和當年同樣清晰。但卻有一點不同了，那缺憾似乎刺激起了我心裡的其它感覺；像是看了另一個現在的自己，被一層名為饑渴的薄膜縛住的自己。那個自己，我曾在心裡的洞中看過數次，但我都選擇視而不見。像是在讀小說一樣吧，每一次讀都看到了不一樣的事物，明明字全都一樣，但卻重新的發現了被自己忽略的一面。

不只是心中的孩子，也可能是個少年，我們心裡總住著無法消去的痕跡。也許是存活著的代價，命中注定地走在化為塵的事物間；透過這些塵埃，我們卻能看見超出感慨和惋惜的情緒。我們能在夢中，坐在洞口的邊緣眺望天際，那裡或許是純黑色而看不到方向的，也可能是有光的，星子般的光。塵埃就飄渺在這有光無光之上，剛誕生的星雲般地沉睡著。

散文獎　優勝獎

疤

洪嫚均

個人簡歷

2001 年生，國立中興高中二年級。擔任國立中興高中的學測戰士，曾獲第十六屆中臺灣聯合文學獎小說組佳作。幻想嫁給羽生結弦，為了配得上自己喜愛的人，正在努力讓自己變優秀。

兩張訂好的高鐵票，打算漂流去臺北。上次一別好像是在國中畢業之際吧，如今已經到了我高中畢旅之時，這次跟姊姊一起漂去臺北見妳。

「我畢旅時想去找妳，會不會迷路呀？」

「會。帶上妳姊。怎麼不去畢旅？」

「一樣的地方一直去也沒意思。」（當然是想妳啊！）

高鐵駛入月臺，吹在我臉上的風很亂，心裡也因為遲進月臺而要補票躁亂著，自由座的車票放在桌上，窗外景色開始變動後計時四十分，就會到達我的異鄉，母親的故鄉。我想著，想著她會怎麼看我，她會認為我打攪了她的生活嗎？她會害怕跟我一起走在街上嗎？她會納悶我突如其來的到訪是有什麼意圖嗎？

和姊姊在士林流連到下午，整身的家當使我們打算早早與她會合，姊姊帶我穿梭在臺北的捷運，對於一個路癡來說，此時她根本如神一般，怪不得那句「帶上妳姊。」

轉了好幾臺車，最後終於在車站見到她，記憶中褐色的捲髮、因為年紀改戴實體眼鏡、鬱悶積出來的小腹，還有因為得流感所戴的口罩。姊姊是個很會開話匣子的人，剛見到母親我大概只有搭到兩句話吧。我們仨漫步在小巷裡，

「姊妹感情真好！手牽手耶！」她指我牽了一整天的手，因為這是我在陌生之地唯一的依靠。

「怎麼有錢來這裡？妳不是說妹妹沒有什麼錢嗎？」

母親總好像認為我過得好，但是母親，妳不知道我為了見妳一面，過年我就開始賺錢，為了自理自己的生活，工再累也要咬牙撐，我不能像妳衣食無缺，我沒錢所以我存，不像獨子那樣有一群長輩忙著給他塞錢。

「自己賺的。」我口氣平淡，但可能有點火藥味。

「進門要有禮貌喔！」姊姊在門前叮囑我。

「乾爹好。」

眼前是個坐在沙發上長相俊俏的中年男子，和一個聰慧的小男孩。這半真半假戲的唯一觀眾。

「弟弟還小，他不知道為什麼我們也叫他的媽媽：『媽媽』，可是他有乾媽，所以媽說我們是她乾女兒。」姊姊曾經跟我這麼說。

坐沒多久，媽說要帶我們逛景美，我印象中，五年前她也帶我們來過這裡，那時的角色是她幫朋友帶的小孩，我看到了五年前的雞蛋仔攤販，心裡有點熟悉之感，五年後以乾女兒的身分重遊故地。

我不知道與我出門母親會有什麼感想，在我做校內演講的接待時，竟可以輕易看出老師與其兒女的ＤＮＡ關聯後，我不知道母親會否害怕她無意遇到現在生活圈的人，看出我長相與她關係。

第一天的24小時過完後就象徵離開臺北的時間開始倒數了。心裡不自主的抽痛一下。

如同計畫好的一般，我們去了動物園，還有弟弟，我印象中進木柵我會先看到的是鶴，弟弟趴在圍欄前觀看他熟悉的事物，十年前我在和弟弟一樣歲數時來過這裡，十年後，她也帶弟弟過來。企鵝，依然很多人擠著看他，灰狼，這次躲起來見不著，曾經我以為是浣熊的東西誤會了十年才知道叫小貓熊，曾經看一眼團團圓圓要排過人山人海的狂潮，如今，圓仔一個人悠閒得趴在爬架上也無人干擾它。皮鱗斑駁自傲的毒蛇隔著一層玻璃也可愛了起來，該是莽原霸主的猛獅，傲氣在熙來攘往的注目中消磨殆盡，了無生機的頹樣，表態命不由我的無奈。多一分的憐憫都是表現人類自傲的垂憐。

如果時間能暫停，我就能多黏在媽媽身旁，如果一天不只二十四小時，我就不用急著離開，如果時間能自由控制，那每個人就可以停留在自己戀戀不捨的時節裡，可是時間從不為我、為任何人停留，哪怕是一點卑微的施捨都不肯。傍晚的第二次出門，是媽媽打算好好送我們一程，母女們久違的獨處。弟弟聰慧，不想放棄一個能外食的機會，努力的盧在身邊，

「去給爸爸抱一個。」

弟弟拒絕了媽媽的建議，好似知道我們料想的一般。他牽著媽媽的手走了一段路才說：

「如果剛才給爸爸抱，他一定會把我抱走。」

在我剛會識字這個年紀裡頂多在田裡捉捉蝴蝶，哪能想到一個溫馨的動作背後所蘊藏的精心陰謀。最後，慧黠的弟弟在利益相誘下妥協了，達成了父子間的交易。

公車，一排兩個位置上面有一對相像的母女。

「妹妹手怎麼這麼粗啊？」

「就都自己煮飯，自己做事啊。」

「以後眼睛要亮一點，不要找到像妳老爸那樣自私的男人，日子會很痛苦。」

「當他女兒就覺得苦了。」

「想辦法讓自己幸福呀！」

或許是年紀大了流眼油的關係，淚液從她眼中流出，還是，過去真的苦。

就像一對真正的母女，我們在公館逛，買衣服，吃點心，我像企鵝一樣手開開的站好給她比對衣服。我跟姊姊幫她挑選她想要的休閒鞋，我們走著走著，時間也走著走著，最後走進了捷運站，走進臺北車站，我一路握著跟我差不多粗的手，姊姊會原諒我的自私吧？臺北人的步調很快，就像媽媽，一個母輩的人走在高中生面前，問我累了嗎？

為了讓我們準時搭到車，我們在車站裡覓食打包。還有十分鐘，是不是真的得告別了？如果進了月臺搭上電扶梯，下次見面就不知何時了。我們三人緊緊地互相擁抱磨蹭臉頰，心裡的酸楚湧了上來，平常我們各過各的，生活沒有媽媽早就是常態，可是她是我媽媽，我們憑什麼要分別？我心裡有些不甘，可是媽媽呢？跟自己的親生女兒分別會有什麼感受？我總以為她現在過得好了，如果不是我想的那樣呢？我好似母親的一道疤，平時擱在身上不礙事，一不小心注意到便椎心刺骨，提醒她不堪的往事。

疤，或許我們都一樣。

感應票卡，過了閘門，搭上電扶梯，回首望著目送我們的眼睛直到我們越來越低，低到看不見她。

「我想她了。」

「我也是。」

我們眼眶的淚水打轉著，明知道這一刻會來，明知道時間有多無情，卻輸在時光給我們的溫存。小時候，總不懂得想念，因為媽媽每幾個月就會回來，帶我們去玩好玩的，直到等她，越等越久，久到自己都等不及了。

回到家以後，回歸平常的身分，拿著平常的劇本，我扮演一個自立自強、單親、隔代教養的平凡女高中生，妳做回一個臺北的家庭主婦，半真半假的戲落幕了。

散文獎　優勝獎

盯梢地鼠

鄭捷勻

個人簡歷

2002 年生，蘭陽女中二年級。和名字不一樣地慢慢走了十七年，一路前行，一路收集。喜歡幻想，喜歡故事，喜歡皆大歡喜的結局。

它就這麼悄無聲息地來了。

小水滴在車窗上結了一張網，只能隱約望向冷清的外頭，年假將人們含在屋裡，街道被車子微微的轟隆聲包場。濕漉漉的雲像是一床蘸了水後透著淺灰的棉花，我們在底下迂迴，悄悄駛進空曠的醫院停車場，排隊，掛號。

我微微低頭看著露出領口的皮膚，東一片西一片的，爬滿紅色的西米露。針織衫的纖維搔癢著我，一下下勾引我撓向胸前亂墜的疹子。我試著集中精神，指甲短到幾乎看不見新月白的指尖吃力地蜷起，鬆開，再蜷起。

年前剛在房間裡撣出一場灰塵風暴，我有些擔心胸口是不是被塵蟎入侵了。一想到那小得看不見的生物成群鑽入毛孔裡，我忍不住頭皮發麻。

嗯，不過，至少比胸口長疣好。

皮膚上的躁動忽然停止了。

國小的我總喜歡在放學後快意地一把扯下襪子，用手指剔出夾在腳趾縫中的襪子毛絮，一種類似於「挖金礦」的成就感。第一次和它相遇是在六年級的某一天，我滑坐在房間地板上行著例行公事時，發現右腳大拇趾趾甲縫逼仄著一塊白色的小丘，不痛不癢，有些厚度，可以摳出皮屑，聞起來……就是沒洗腳的汗臭味。我嗅不出個所以然，於是從一旁走過，卻忽略了底下蠢蠢欲動的地鼠。

都說君子報仇三年不晚，這個地鼠大概是不甘於被忽視吧。升國三那年的暑假，左手大拇指指緣竟然又拱起一座質地相同的圓形小丘，看著像顆小水泡，臭味隨著勝利的旌旗飄揚。這下總不能再解釋成沒洗手的味道了，我生平第一次踏進皮膚科，醫生喀噠喀噠將「疣」打進我的人生履歷，並且體驗了第一場液態氮治療。

幼時我曾看過《所羅門王的寶藏》，那是個主角們翻越沙漠踏足冰原抵擋妖人最後成功的故事。在高山上時，有個成員在睡夢中凍死了，使我萌生了「願意熱死還是冷死」的問題。在我看來，睡著睡著就毫無痛苦地死去比起脫水或被火燒死好太多了。於是我大筆一揮，選擇了後者。現在想想那時的我真是太傻了，居然以為冷死很輕鬆。應該說，逼著自己做這種選擇本身就是件很愚蠢的事。

醫生從大桶子裡撈出一大勺冒著煙的液態氮，讓棉花棒張開毛細孔浸飽，接著按壓在小丘上——細細密密的繡花針戳開皮膚，扎入熱烘烘的肌肉紋理，我想像血液噴出的瞬間，但是沒有，它只嗚咽了一絲低温的青煙，卻在皮膚上燃出灼痛。頭幾個禮拜的治療曾使我疼得睡不著，只能拖來一把椅子枕著手冰敷。我不禁質疑起古裝劇裡那些老是犯毛病的太后，頭上頂著好幾根針是怎麼睡得安安穩穩的？

醫生叮囑我千萬要小心，避免疣接觸到其他健康的皮膚。我緊盯著手上和腳上的目標物，以為地鼠安分地躲在土丘裡頭，牠們卻在我的身體裡匍匐前行，密謀著要邀請更多兄弟共同開疆拓土。等我一回神，左手拇指指甲縫、食指指緣和指甲縫大剌剌地冒出一顆顆土丘，頂端一樣灑滿糖霜似的白沙子，飄著悶臭的「宅地鼠」味。

「好了，腳上這顆有好一點……」醫生透過窄窄的鏡片端詳著我的腳趾。「那手上的……咦……」醫生眼角抽了抽，我彷彿看到他所剩無幾的髮頂滑下一滴汗。

這下可好，有五處要挨針了。

整個暑假，我不斷在常溫二十五度和零下兩百多度間來回，還得神經兮兮地隨時洗手，以防又一隻地鼠趁著月黑風高，蓄勢待發地拱起另一座土丘。

那年除了掛號費，OK繃也捲走了很多紙鈔，一天至少要消耗三片在左手拇指、食指及右腳大拇趾上，為我遮掩皮膚上悄悄進行的風化作用。小丘頂端的白色碎屑漸漸淡去，接著崩裂開，露出裡頭凍死的地鼠軟爛的黑色死亡細胞，囂張地向上翻著。那種白水銀裡窩著黑水銀的模樣，贏過了在校外教學前擠出我眼瞼的針眼，以及在人中閃耀的、頂端冒綠光的痘痘，我必須不斷地說服自己這是痊癒的徵兆，才能在為它裹上OK繃時直視它。

那個暑假我正好參加了學校的劇團，又剛好的被安排坐在一個學弟旁邊——我們幾個女生公認在皮相上前途無量的學弟。每次他眨叭著眼睛問我劇本的問題時，我都只能尷尬地用中指示意他答案，彷彿食指萎縮一般，此地無銀三百兩地希望他別多看食指上的ＯＫ繃一眼。奇怪的是他也從來沒有好奇過我的手指，真是貼心的好孩子。

但老師還是挺關心我的，無論是劇團老師、數學班老師還是英語班老師。「這只是細菌感染啦！」我想即使他們掀開ＯＫ繃，也看不出細菌感染和病毒感染的差別。

然而暑假結束後，同學的疑惑接踵而來。

「你怎麼啦？切到手指喔？」

「指甲剪太短？」

「……這樣比較好看嗎？」

「你該不會去學古箏吧？」

「啊……對啊！」這聲應答下意識地被擠出腦海，儘管我甚至不知道古箏有幾條弦。

急診室外的座椅有點硬，綠色的塑膠椅墊磕得屁股生疼，牆壁上閃爍著紅色的號碼。手機跳出 YouTube 的通知，我本想滑掉，手指卻笨拙地跌撞進去。

那是關於一部網路劇的簡介，大意是女主角意外得了性病菜花，朋友相繼疏遠她，又遭人誣陷而捲入一場謀殺案，最終憤而自殺。

我有點怔忡，手機在掌心發燙。我當然知道菜花也是一種疣，不過看到女主角被排擠時，對方在手上寫了個大大的「疣」用來嘲笑她，就好像那手掌是正對著我一樣，我心中一緊，難堪破土而出。

直到現在我仍不知道為什麼最初第一隻地鼠會從我的右腳大拇趾冒出頭。我只是隱隱約約記得好像在哪看過，疣又叫做「運動型病毒」還是什麼的，據說在健身房或是游泳池很容易染上。我確定國小時曾去過游泳池，因為光是韻律呼吸我就學了兩個暑假。這種說法，彷彿我得了疣是熱愛運動的副作用，稍稍安慰了我。

其實早在兩年前所有土丘中的地鼠都凍死了（或者說是被一針扎死了），但那一整年的戡亂時期仍留下了餘毒。我依舊會高度留意指甲縫的清潔，時不時聞一聞有沒有熟悉的臭味，或是撫摸指甲表面有沒有因為縫裡寄居了生物而皺起波折。我擁有專屬的指甲刀，且還是改不了用左手中指挖鼻孔的習慣。我還曾隱晦地在人群中找尋和我一樣受地鼠荼毒的人，可惜至今未果。唯一的好處大概就是——我弟再也不敢偷穿我的襪子了。

我瞟回手機螢幕，鏡片滑過一片藍光。沒有親身經歷過菜花（我當然希望以後也絕對不要有），我無法完全了解故事中的人們，我只是疑惑。如果我是故事裡女主角身邊的人，她的青梅竹馬、她的閨蜜、她的同學、她的老師，我會棄她如敝屣嗎？

我曾有個同班了整整國小六年的同學，但我們並不像那些感人的青春校園小說所寫，是從小一路扶持相伴的好閨密。她有些圓滾滾的，不比我高多少，手臂、脖子、所有暴露在衣服外的皮膚都蔓延著淡淡的白色藤蔓，偶爾還有一兩絲粉色的抓痕。我不記得低年級的我是否知道「異位性皮膚炎」這個詞彙，腦海中只有每次玩鬼抓人或紅綠燈時，幾乎都是她當鬼的畫面。她老是用套著雨鞋的腳幼稚地踏地，咕噥不想當鬼，最終卻還是加入我們的遊戲。

高年級時我們感情變得好些了，比較接近同班六年的女生會有的交情。畫畢業繪本時我將玩鬼抓人的場景畫進去，她看到後依然嘟著嘴，斜睨著我說：「看吧看吧！你們小時候都欺負我！」

「二十四號，地鼠小姐。」

我穿過一個個座位，急診室像是個巨大的導師辦公室，彷彿可以從走道上望向任何一個被訓話的問題學生，試圖將身子隱藏在綠色隔板內。等待我的是個年輕男醫生，我有些難為情，將領口微微下拉，露出滿目瘡痍的肩膀至背部。這應該不會是他見過最恐怖的皮膚吧？

醫生清了清喉嚨。

「皮膚起了過敏反應。這幾天盡量不要洗太熱的水，你洗澡用的是肥皂嗎？這也盡量不要，這幾天用清水就好……」

「那個……我是對什麼過敏啊？」我轉過身。希望不要是塵蟎。

「你這個就是過敏體質。我先幫你開止癢的藥，三餐後吃，還有一種是睡前……」

「所以……是對什麼過敏啊？」眉毛向上弓起。我不死心，又問了一次。

「沒有對什麼過敏，你這是天生的。」醫生抬頭，木然地看了我一眼。

散文獎　優勝獎

理想的樣子

呂翊熏

個人簡歷

2000 年生，新竹女中三年級，校刊社退役網管，即將開始臺北的生活。袖珍少女，自比為一隻小刺蝟。曾獲台積電青年學生文學獎短篇小說組首獎、竹中竹女文藝獎小說組第一名。

小時候，紅跟粉紅是一點也不像的東西。

我有一個大我五歲的哥哥，母親常常拿他的衣服讓我繼續接著穿。每次我抱怨衣服太男生的時候，母親就會說不會呀，指著零星的紅色元素說這也是可愛的。

但紅跟粉紅是完全不一樣的。粉紅色是公主的顏色。幼稚園裡每個小女孩都希望自己像公主，不能是公主也至少要是仙子。

那時候我討厭夏天，因為夏天不像冬天，一件外套拉鍊拉起來便什麼都看不到了，需要有好多套可愛的便服。

所以只要一有機會可以買衣服，我就要選最夢幻的，粉紅色系是一大重點，要粉紅得讓大家都看見才行。

我相信粉紅能讓自己變成理想中的小女孩，如果不能，也至少能夠抹除我身上別人的痕跡，能夠避免男同學辨認出衣服上的是金剛超人的那種困窘。

後來我就成為了偵測到粉紅就會閃燈的雷達，注意著周遭一切粉紅的物品。像是在摩斯漢堡排隊點餐的隊伍裡瞥見的粉紅側背包、公用盒裝粉蠟筆裡的粉紅色（馬上被我磨個精光）、別的小女孩的粉紅色髮飾、就算被警告很酸也吵著要吃的粉紅色草莓可麗餅，也時刻想著什麼時候我能夠自然地擁有它們。

我記得大班的聖誕晚會，我求母親給我找一件粉紅蓬蓬裙，她幫我做了一件。

試穿的時候，我試著轉圈再坐下，讓裙子快速飄起成圓再緩地落下，包住下半身，就好像穿著很長很長的裙子。晚會那天去學校的路上我整路都在玩裙子，蓬蓬的，手搓起來沙沙的，下車的時候我想像還有一點裙襬留在座位上，這樣就真的像個公主。

不過到某個時期對粉紅的瘋狂愛戀便停止了，因為我想要長大。

我在母親的電話內容中聽到，她同事的女兒自從上了小學之後就只願意穿牛仔褲，開始排斥公主風的打扮。幾個月前還吵著要買粉紅洋裝，但現在說不穿就不穿，倔強得沒有商量的餘地。而中間她們推論原因的過程我想不太起來了，我清楚記得的是她們把結論歸咎於這個小女孩長大了。

之後我也開始拒絕穿裙子，嘗試喜歡牛仔褲的藍色，甚至改變了自己最喜歡的迪士尼公主。我發現任何顏色加上一點白都會變得可愛。淺淺的藍是我最珍惜的牛仔褲，淺淺的綠是我捨不得送人的涼鞋，我的世界開始可以容納別的顏色。

雖然粉紅色還是可愛，但那是幼稚鬼喜歡的顏色。

於是水彩盒裡的白色快速消耗，畫出來的每一幅畫都是低彩度，唯一的飽和色彩出現在人物的頭髮，那也是我唯一允許暗色出席的場所。

然後我進入了六年的制服時代。國中學校抓得很嚴，從基本的裙長，到制服皮帶扣上後，剩餘的皮帶最多能容許的長度都有規定。

扣除大家統一的服飾，能動手腳的只剩下襪子。襪禁讓我的選擇只剩黑和白，僅存的自由體現在鞋襪上的小圖樣。在規定穿體育服的時候，我會配合紅色的短褲，選一雙腳踝綴有同色愛心的襪子。出門穿鞋的時候我會特別調整襪子的角度，每次綁鞋帶的時候也會假裝不經意地摸過這些小圖案，注意自己有沒有穿對左右腳，才不會讓小愛心埋沒在腳踝內側。

或許是被限制習慣了，我後來覺得黑與白是最好搭配的兩個顏色。衣櫃裡打開清一色都是白色上衣，有好幾條黑色褲子（請不要懷疑它們的相似程度）。

衣服的樣式也是越簡單越好，條紋、字母、品牌名，是三種最常出現的款式，有時候還會因為衣服上印的英文實在太蠢而沒辦法穿它出門。從前的印花T恤變得過於複雜，彷彿去除了一切繽紛之後，最純粹的才是最好的。

上了高中之後，這種簡單的風潮更是炫風似地改造了每一個小高一。我讀的是要求穿制服的女校，但大家都會偷偷（後來變成光明正大）地穿便服來學校。

不過穿來的便服並不是什麼潮牌或是怎樣獨特的衣服，只是一件幾百塊、剪裁普通到不行的純色T恤。

這種便服被稱作「素T」，在高中女生中猖狂地流行。顏色除了黑白是主流外，暗色很受歡迎，最火紅的顏色是酒紅。酒紅色紀念衫上架的時候造成大轟動，大家都搶著下訂，說著酒紅多襯膚色多好搭。

原本我沒有打算買，但看著同學人手一件，不只平日穿假日去補習班也穿，在有意無意間，低調地藉著校名的英文縮寫透露自己的學校，那種微微的優越感把我推到了風潮的浪尖。終於，我在園遊會的時候，跟班聯會買了一件灰色的庫存。

那是一件跟衣櫃很搭的紀念衫。

而我之所以會想起這一切，都是因為我在放學走去公車站的路上看到了一個粉紅少女。她穿著白色短褲和過大的落肩款粉紅帽T，粉紅色在她身上一點也不俗氣一點也不幼稚，這樣一套季節感盡失的搭配她穿起來完全不突兀。當她用手撥開擋住視線的大片長髮，手掌被袖子遮去了大半，那是多麼可愛。和我擦身而過時，我看見她被長髮遮住的背包的花色是白色底配上大朵玫瑰，我對她的敬佩油然而生，背包是常常放在地上的東西，她卻能忽略實用方面的考量，仍堅持擁有白色的背包，這怎麼看都是義無反顧的青春。

她就像是從我小時候的想像中走出來的少女，有那種微甜的氣質，她像被粉紅泡泡包裹，不管從哪個角度看進去，每一個動作都俏麗可愛。

我相信她一生信奉粉紅，彷彿可以看到她的生活是由粉紅構成的。用著粉紅色的筆電、筆袋、便當盒，或許一陣風吹來，我就能看到她耳朵下方閃爍的粉紅耳夾，可能連螺旋夾底座都是玫瑰金的，她是如此恣意地擁有著粉紅。

我不知道原來粉紅在別人身上的壽命是如此之長。

我一直天真地以為到了某個年紀，就可以理所當然的擁有少女的姿態，熟稔地經營社群軟體，擁有無論天氣再怎麼熱頭髮也不會黏在脖子上的超能力，不會再面臨下公車時因耳機線勾到東西而有的進退兩難。

然而看著映在駛來的公車側面的這群高中生，我卻覺得自己好像還是當初那個早讀的小女孩，佇立在一群比我高大的小大人之中，還在跟別人爭論辮子是兩撮或是三撮頭髮編成的。

小時候我常想著長大後我也會是盛放的少女，但回過神我卻找不到自己是公車玻璃上的哪一個倒影。

我開始擔心沒了制服的識別，還有沒有人能在我身上找到青春的其他印記，我該怎麼自在地存在於另一個不是只有T恤的生態系統，什麼時候我才能擁有信手拈來的可愛，我該如何重組、包裝自己，才能成為理想的樣子。

別人都在光譜上漸變，渲染出自己青春的顏色。她們的書包長出圓盤徽章、應援布條、跑起來會循著書包晃動的相反方向搖擺的玩偶。襪子不是求短，腳踝骨頭突起以上，至少三個指寬的那塊土地上開滿了各色各樣的圖案。

為了找到映在眾多人影中的我，我把手舉了起來，然後順手摸了摸額頭讓動作不要那麼突兀。

我摸到了結晶。

破開的青春痘流出組織液，乾掉之後會結成像琥珀那樣的小石，像是紀錄我青春的化石，有時還伴著血色紋路。在天時地利人和的情況下，偶爾，偶爾會產出粉紅色的晶體，這大概是我青春期裡最閃耀最夢幻的東西了。

在未來的某一天我也能成為在路人瞳孔裡留下殘影的少女嗎？應該說，我還有機會變成少女嗎？

「或許在十八歲的某個下午，在前腳準備踏出車外的這一刻，即將到站的減速才讓我感受到青春的慣性。」輸入上述一大串之後，我用帶有一點哀怨的語調把這樣的結論傳給了E。

E欲言又止似地不斷輸入又刪除，代表正在回覆的小球上上下下，它們歡快得彷彿跟我的苦惱處在平行世界。

「但會煩惱這些的，就是少女啊。」她反過來利用我的論點佐證反方立場，推翻了我的不在場證明，還順手頒給我一紙少女同等學力。

雖然看不到她的表情，然而不知道為什麼，我總覺得她在笑。

二〇一九第16屆台積電青年學生文學獎——散文組決審紀要

時間：二〇一九年六月二十三日
地點：聯合報總社
決審委員：方梓、陳義芝、簡媜、廖咸浩、黃麗群
李蘋芬／記錄整理

台積電青年學生文學獎於二〇一六年增設散文獎項，今年為第三次徵件。來稿共一三一件，複審委員凌性傑、言叔夏、馬翊航、胡金倫、張惠菁、房慧真共同評選二十篇入圍決審。複審委員認為，本屆作品表現亮眼，體現少年內在與外在的掙扎、成長，也彰顯自我價值，身體意識强烈。

決審委員推舉陳義芝擔任主席，主持會議流程。陳義芝首先請委員們發表整體審閱意見，並提議選出心目中最佳的五篇作品，再依票數逐一討論。

整體意見

簡媜讚許本屆入圍作品，是她近年看過水準最高之作，台積電青年文學獎的持續耕耘下，將這一群「穿制服的小老虎們」逼出驚人才華，能預見他們未來必然躍登文壇。她提出兩大觀察面向：第一為題材，從散文的取材得以窺見社會真貌，校園生活作為一種社會縮影，據此能觀測社會環境的變化。例如這次親情書寫為大宗，許多作者來自破碎家庭，早熟而聰慧的態度令人心疼。第二為寫作技巧，習見的散文題材，通常已形成既定書寫方式，若前輩作家或文學獎作品的影響痕跡太顯著，無法打動她，她更在意作者能否展現創新技巧。

方梓也表示這二十篇散文水平之高，讓人驚艷。當中悲苦大於快樂，文字成熟，能融匯詩的語言，個人探索與親情主題佔大多數，她認為文字技巧為重要基礎，是主要評選標準之一。

廖咸浩說，赫塞曾在《徬徨少年時》中問道，成長為什麼那麼辛苦？「苦悶」實為每一個世代學生的共同感受。更令他感興趣的是，他們的苦悶來源為何？當所有世代都談論愛與死，我們如何創生新的表現手法？他在一類作品中仍察覺「刻意」經營，另一類則毫無保留的表現出冰雪聰明，文字渾然天成。這群作者也擅長將身體議題織入其他題材，由不同角度呈現身體意識，他認為那是屬於這一世代的特點。

黃麗群提到，本屆作品失誤不多，具有創作意識，大多能掌握敘事節奏。特別的是，裡頭的親子關係，不同於從前習見的家庭劇場，作品中的父母多散漫而乏力。她進一步指出，這些失能的爸媽非常年輕，對「傷害」毫無意識，孩子卻又眷戀著父母，即便他們已遠去，仍極度渴望靠近父母，形成一種新的失能危機。

陳義芝認為這些作品面向豐富，容易引起共鳴。表現出親情的斷裂與彌補，也有性別啓蒙、父女之間的情結、生死思索、病體描寫，都是說不盡的滄桑與殘缺。文學中的詩意正來自滄桑，這群年輕作者展現他們對人生況味的體會，讓人敬佩。

●第一輪投票

三票及以上作品

〈疤〉（陳、簡、黃）

〈無染〉（陳、黃、方）

〈尋光〉（簡、廖、方）

〈重慶印象〉（陳、簡、黃）

二票作品

〈橡膠樹林〉（陳、廖）
〈盯梢地鼠〉（陳、方）
〈理想的樣子〉（黃、廖）

一票作品

〈嗜黑〉（方）
〈洞〉（廖）
〈關於那些蟑螂與我的日子〉（廖）
〈大樹不倒〉（簡）
〈野墓〉（簡）
〈風車〉（黃）
〈深夜與鬼魂關於蚊子的戀愛〉（方）

〇票作品

〈回答〉、〈一如往常〉、〈菜市人生〉、〈有壁癌的水域〉、〈魚缸〉、〈謎車〉。

獲三票者得進入第二輪表決，評審先針對獲一票以上的作品，逐一發表意見，〇票作品則不列入討論。

一票作品討論

〈嗜黑〉

方梓認為本文文字華麗且成熟，將憂鬱症與黑色相連，點出「我連傀儡都不是」的自覺，別出心裁地用黑色詮釋憂鬱，形容自己是連絲線都沒有的木偶。偶有驚喜，她以鼓勵角度閱讀此文。

廖咸浩感覺鋪陳較為刻意，閱讀時並未被他的文字帶著走，因此未投票。

陳義芝則發現其中「結論式」的表白文句過多，傾向「說明」而非表現。

〈關於那些蟑螂與我的日子〉

廖咸浩發覺他以有趣的角度寫蟑螂，作者與蟑螂之間存在亦敵亦友的關係，通篇幾無可挑剔之處。作者刻意將自己與蟑螂視為兩種個體，或有相似性，但不相同。也就是說，作者與蟑螂確實有差異，直到文末，讀者才會發現蟑螂是他所需要的陪伴與見證，牠身上的「油亮」變成他生命中的亮光。此中有一戲劇性轉折，而非單純告訴讀者：我和蟑螂有明確類比。

陳義芝認為「蟑螂」意象未形成具體象徵，若作者愛乾淨，又怎能容許蟑螂滿天飛？描寫蟑螂的出發點，不甚自然。簡媜指出，他將苦悶青春與蟑螂連結起來，但部分轉折顯得刻意，例如「在群體裡笑得最開懷，卻也最孤單。」蟑螂與作者生活之間的銜接方法，不夠流利。

〈洞〉

廖咸浩首先說明，所有的創傷，都疊加在過往的創傷上，每一個創傷，都會回溯到最初的那一個，並成為人生中永遠無法填補的洞。本篇寫得真實而無造作，將二種創傷連在一起，作者必定經過深沉體悟。

簡媜附議道，他能用如此理性而流暢的筆調寫創傷，難度很高。陳義芝也表示，文中機器人的手臂意象貫穿全篇，成功表達心理狀態，他對心理細節之描寫實為難得，且非常真實。

〈大樹不倒〉

簡媜指出，本文藉由陪伴父親復健過程，連結樹的復健，大樹是大自然也是人的象徵，描寫得很務實。不足之處是對話稍嫌文言，出現的樹木種類太多，在有限篇幅中，或許不需要這麼多種類，會使焦點分散。然而，人與自然的聯繫仍非常溫馨。

黃麗群提出不同看法：「不像是女兒看待父親，卻像父親自述，卻用第三人稱來寫。」行文語氣讓她錯覺作者的「女兒」的角色並不存在，產生奇異的違和感。通篇代替父親道出他的人生哲學，卻未寫出自己的看法，或者爸爸相處之細節，因此未予支持。

〈野墓〉

簡媜坦言，高中生的閱歷很難處理生死議題，但他的文字平穩且清新，儼然是首尾呼應的有機體。佳句不少，如「那些墓碑像迷失在山中的孩童」，段落安排自然，也不乏文字技巧，引人進入生死思索。

陳義芝認為作者對生命本質確有思辨，但並未超出他對生死議題的認知。方梓則提到，本文論述成分多於個人感受，他對祖母的描述應要更深刻。

〈**風車**〉

黃麗群直言，其語言有一種乾澀的風格，恰恰與他的主題相合。作者的內心如沙漠乾荒，他遙遙看見風車，卻不明白象徵何在。他妥切的處理題材和語言，表現出青春的茫然：「我不知道」，眼前的大風車彷彿是答案，卻終究未能解決任何問題，在在呈現青春的麻木與隱約捕捉答案的可能。方梓同意他用巨大而沉默來形容風車，彰顯自我追尋的迷惘。

黃麗群接著說，他隱隱想寫出無可名狀的巨大形象，那懸置在他頭上的某個東西。畫面感强烈，作者彷彿看到機械性的未來存在眼前，長於掌握氣氛掌握。陳義芝認為風車的寓意不夠明確，並未帶來衝擊。簡媜則以為本文氛圍取勝，沒有附著實像的描寫，更需要文字來經營。

廖咸浩進一步說，他寫風車卻沒寫明寓意，反而造成好玩的效果，人盲目的被某種事物呼喚。但本文語言不夠精確，例如「試圖回憶起人生總是困難的」一句，應有更細膩的處理。或許能將「我不明白」的體悟，寫得更接近存在主義，換句話說，風車的誘惑就是存在主義式的誘惑。

〈**深夜與鬼魂關於蚊子的戀愛**〉

方梓表示這是一篇幽默的散文，譬如他提到蚊子熱情，我必須高冷，好像拒絕了蚊子的求歡，觀點非常有趣。在眾多作品中，讀來比較輕鬆，但結尾用紅白玫瑰的典故，顯然落於俗套。

獲一票的作品討論完畢，陳義芝提議，在前述一票作品中選出進入最後決選的名單，以1到4分投票，最高分者進入角逐名次之列。簡媜放棄〈大樹不倒〉，方梓放棄〈嗜黑〉和〈深夜與鬼魂關於蚊子的戀愛〉，經投票後，〈風車〉獲13分、〈野墓〉12分、〈洞〉15分、〈蟑螂〉10分。最高分的〈洞〉將進入第三輪投票。

二票作品討論

〈町梢地鼠〉

陳義芝提到，本文起筆不凡，題材不好掌握，地鼠是大象徵，將感官表達得很鮮明，雖無深沉的生命思索，卻是切身的遭遇，筆法偶能跳脱框架，例如結尾：「沒有對什麼過敏，你這是天生的。」收束極佳。

簡媜也認為，本文寫身體疾病，作者的性格看起來較樂觀，但一生要和身體缺陷搏鬥，這種反差值得玩為。筆法活潑且生活化，能引起共鳴。

〈橡膠樹林〉

陳義芝說這篇散文的瑕疵少、意涵深，作者以「橡膠」象徵他們這一代少年，能運用清新筆法表達深刻的比喻。如「睡眠更接近於拔掉電源線」一句，表達疏遠、迷亂的青春生活，作者安排看似瑣碎的日常細節，其實毫無冗贅，例如寫「喝飲料」，體現了對快樂的渴望，以及受現實摧殘的痛苦。本文成功地將現實壓力轉化為文學中的壓力，技巧成熟但低調，透過語法表達厭世感與末日意義。結尾收束於景色，全篇結構佳。

廖咸浩也認為此文大有看頭，舞弄文字的技法成熟，所有細節都指向作者希望傳遞的情意。他以為這是典型「冰雪聰明的女性筆觸」，渾然天成。本文最亮眼處仍是高超的比喻，例如作者描繪好友「毛線球」剪去長髮，是「把自己剪成有傷的少女」。結尾戛然而止，富有餘味。

簡媜首先以八個字形容本文：低調奢華，簡約大氣。她提到，少女時期是一面臨改變的階段，她們置身校園牢籠中，逐漸減損少女的初心與快樂，本文語言成熟而超齡，恰如其分地掌握情思流動。譬喻豐繁，乍看是隨時開枝散葉，作者卻總能以柔軟的手勢收攏，天分極高。

方梓也讚許本文善用比喻，所謂的「正常」其實是體制的壓迫，因此作者會說「短髮」是女孩受傷的樣子，輕易引人回想高中記憶。通篇看來風淡雲輕，卻呈顯深刻的厭世心態。黃麗群的看法稍有不同，這一類題材她太過熟悉，以她少女時期曾讀女校六年的經驗來看，本文並無失誤，但也缺少過分驚喜之處。

〈理想的樣子〉

黃麗群表示本文語言雖偶有瑣碎處，但整體推進的方式佳。她沒把「少女」寫成一種典型，對作者來說，「少女」是她從小嚮往但無法成為的人，文中的「我」沒有成功蛻變，卻寫出「不是少女的少女」，已然跳脫少女地框架。

廖咸浩指出，這是入圍作品中唯一淡定看待生命的散文，抱持糊里糊塗的態度，寫出毫不造作的親身體驗，這是其可愛之處。將自我調侃的態度掌握得很好，「不能成為少女的少女」反襯出未來人生路程上的深刻度，越讀越有意思。

簡媜表示，此文多處將服裝連結青春成長，可見用心，但她讀來較少共鳴。方梓則說，她描寫女孩成長過程中，對顏色的認知，手法確實不錯，但取捨之下仍沒有圈選。陳義芝以為本文筆調平鋪直敘，若以編輯的眼光來看，傳達與溝通仍具重要性，〈理想的樣子〉不若其他作品具有立刻奪人眼光的優點。

三票作品討論

〈疤〉

簡媜娓娓說道，本文讀來使人揪心，作者卻能以溫暖女兒心來包容，她善於捕捉生命的困境，表現出對解決問題的無力感。她誠實而勇敢地面對，並寫出這樣的困境，對母親而言，她是母親的一道疤。

黃麗群表示此文最獨特之處，是「母親」彷彿不存在，母親的一舉一動都表現出她的漫不經心，宛然陌生人或局外人，作者流暢地以「缺席」的姿態寫出母親的「在場」。綜觀本屆作品，不乏刻意修辭，但〈疤〉的語言很節制，樸素但不顯笨拙，富有技巧地以一天的旅程，寫出生命經驗中，母親的不在場。

廖咸浩則指出結構上的瑕疵，例如搭公車一段，顯然作者忽略了「姊姊」這個人物的敘述。陳義芝認同她寫出殘破家庭中的倫理思考，從動物園的經年變化，對照母女的關係，表現命不由我的無奈。筆法確有粗糙之處，能有更加圓融、細膩的表達手法。方梓針對結構來談，也指出本文中後段，作者將原本是「話匣子」的姊姊消音了，雖善用對白推動情節，但整體結構稍微紊亂。

〈尋光〉

廖咸浩認為作者觀察力細膩，此中最漂亮的暗喻是光，但她將溫暖的光反轉為侷限女性的事物，也反轉了家庭中男性、女性角色的刻板印象。女性在外闖蕩非常辛苦，男性在家守護她的奔忙，僅有一缺點是語言偶有俗套。

簡媜說本文從女兒視角觀看母親，充滿同情與理解，文中絕美的極光轉為黯淡平凡的燈泡光，象徵母親不同的人生階段，家庭生活消磨了母親的銳氣，使她逐漸委頓。文字帶有淡淡的惋惜與憂傷，光的意象貫串全文，結尾寫道：「她在我眼中看到了星火」，母親將失去的事物寄託於女兒身上，是非常好的結尾，也能呼應文中的往昔與現在。

方梓進一步說，她特別愛「山前那條路」的畫面感，寫出了母親的無助。「光」從極光變成一盞檯燈，讀來頗有共鳴。她將女性情感描寫得極為細緻，光的意象又有多重寓意。

黃麗群表示本文相當工整，幾乎沒有缺點。情節令人想起七仙女地天女羽衣被藏起來的故事原型，是典型的女性困境，因此對她而言並無新鮮感。雖然作者聰明的運用光的意象，卻未能反映他們這一世代的特色。

至於文中的父親，也引起評審們的討論。陳義芝提到，作者對父親的描寫，例如他「看著翅膀」一段，或許能更細緻。廖咸浩說，她對父親的描寫很正面，將女性退出職場的命運描寫得極佳。黃麗群則認為，文中女人的意見乃透過父親之口得以表達，令她很困惑，那或許是隱晦的表示，父親為母親做了退出職場地決定。

簡媜總結道，文中母親的主體意識固然不夠強，但人是情感的動物，觀看自我與家庭和社會的角度，會隨時間與感受而改變。家庭有時也是溫柔的陷阱，它慢慢消融人往日的銳氣，那即是這篇散文的重點。

〈無染〉

方梓看重本文描寫成長經驗中的性別意識，充滿可愛的細節，尤其喜歡「先有愛才有性別」的觀點。愛不應是性別所主宰，作者以這種方式打破性別的劃分。

黃麗群發現本屆作品中完全沒有同志書寫，她推測是因為人們對同志的看法已漸漸穩定。〈無染〉的作者則在這漸漸穩定的議題中，提出一個相對少見的話題。

陳義芝也認為〈無染〉對性別探索有新穎的表達，「有愛才有性別」一句頗有說服力。善於表達自我，細膩而深刻，文中對友人ㄇ的目光與心思，原是單純的朋友卻跨界成為戀人之眼，轉折中多有精彩處。

簡媜指出它不疾不徐的鋪陳，極有紀律，讀來生動，寫出對ㄇ的癡迷，特別精彩。但今年的親情書寫懷有太多創傷，令她十分揪心，也相對地較難以文學來處裡，因此沒有投票給

〈無染〉。

廖咸浩說本文確實別有新意，可說暮鼓晨鐘，但缺少了一點散文趣味，反而較多抱怨。有結構上的失誤，他跳過太多細緻的情節，造成過度刪節，也有一些修辭上較大的錯誤。

〈重慶印象〉

簡媜說，這篇散文寫父親在異地重生之後，與他人共築幸福家庭，作者卻能以是情達理的姿態看待。文字處處鑽破表面，顯露出吶喊：「我是多出來的小孩」。裡頭的父親過於快樂，對照出女兒的沉默無語，與身為「客人」的舉足無措，輕描淡寫中，表現出深沉感傷。

黃麗群以刺繡為喻，有一種技法，是往前進又往後退一點，最後變成緊密地扣連。就像〈重慶印象〉中父親的漫不經心，但他內心深處仍有根的認同。他是幼稚的大人，作者則是成熟小孩，每一個線狀推進都非常緊密，作者用冷靜到讓人恐怖的態度書寫，這是一個好的寫作者該有的觀點，冷靜是寫作者必備的天份。

陳義芝認為本文題目平常，但表現與心境不平常。對白的作用非常關鍵，可見心思精巧、情感壓抑，例如她寫心中的痛，只能用口中的辣表達。本文更深層的課題是父女關係，隱忍的筆法極佳，天地不仁，創作者明白只有自己能承擔痛苦。

●第三輪投票

陳義芝請評審們針對上述八篇作品，以排名順序給予8～1分（第一名8分，依次遞減），選出前三名和五篇佳作。

投票結果：

〈重慶印象〉35分（方7、陳7、黃8、廖6、簡7）
〈橡膠樹林〉26分（方2、陳8、黃2、廖8、簡6）
〈尋光〉26分（方6、陳4、黃4、廖4、簡8）
〈無染〉26分（方8、陳5、黃6、廖3、簡4）
〈疤〉18分（方1、陳6、黃5、廖1、簡5）
〈洞〉17分（方4、陳2、黃1、廖7、簡3）
〈理想的樣子〉17分（方3、陳1、黃7、廖5、簡1）
〈盯梢地鼠〉15分（方5、陳3、黃3、廖2、簡2）

依據統計結果，〈重慶印象〉獲得首獎。〈橡膠樹林〉、〈尋光〉和〈無染〉三篇同分，須重新投票，以3～1分表決，評審共同決定將選出一位第二名，兩位第三名（平分第三名與一名佳作的獎金）。

投票結果：

〈橡膠樹林〉10分（方1、陳3、黃1、廖3、簡2）
〈尋光〉10分（方2、陳1、黃2、廖2、簡3）
〈無染〉10分（方3、陳2、黃3、廖1、簡1）

經分數表決後三篇作品再度同分，評審決議，將最多評審給予3分的作品列為二獎，但〈橡膠樹林〉（陳、廖）和〈無染〉（方、黃）結果相同。方梓進一步提議，在〈橡膠樹林〉和〈無染〉之間，以舉手表決的方式決定二獎。贊成〈橡膠樹林〉獲二獎者為三人，〈無染〉得到方、黃二人支持，和〈尋光〉並列三獎。

〈疤〉、〈洞〉、〈理想的樣子〉、〈盯梢地鼠〉四篇榮獲佳作。

新詩獎

新詩獎　首獎

書房

呂澄澤

個人簡歷

臺北人，2000 年於桃園出生。高中就讀建國中學，並於 16 年年底休學一年，17 年加入紅樓詩社。

得獎感言

首先，我只能說我很意外（誰不會？）。我很感謝在這途中指教我作品的D、H、S和W，還有那個促成我寫這首詩的人，最後是出錢讓我寄掛號信的父母。對我來說，這個獎是一個放暑假時能出現最好的驚喜。我是一個擅長懷疑自己的人（見我的詩），這也成為我創作的來源之一，而得獎給我的或許是一種我自我懷疑的答案。但我不會停止懷疑。不過我依然十分感謝評審的肯定。

帶我到你的書房
給我讀詩集、待批改的論文
我也給你讀我的，以及
攤在月光下赤裸的事實

我將徹夜點燈沉思
這書房問我的哲學問題，比如
冬季終日覆蓋身體的棉被
是否成為自己的一部分，或是
無人知悉的一場雪
是否曾經降在森林裡？

於是那些所謂夢境之類
都不過是另一個時空的投影
如同閱讀無數虛構情節
人物生而又死死而復生

這檯燈、沙發和躺臥其上的我們
也只是一幅掛在牆上的油畫

告訴我，這書櫃的祕密
何以傾倒在我身上
像陰雨填滿一處低窪？
當一切被讀盡，你的詩句
將留下一個印記
還是終將在天晴時蒸發？

晨光自玻璃折射進眼中，你
從我身上移開打破沉默
撿拾滿地的書本稿紙欲歸位
書房是紙搭造的世界
而我們是兩滴墨水
即將乾燥

名家推薦——

初讀時只覺語言文字都很平實漂亮，再讀時，發覺這首詩也許可以呈現出某種作者本人也不自知的解讀方式，把書房當作一個「慾望的場所」，以這樣的前提去閱讀時，就好像看見了這首詩的另一個深度。這也有可能是一種潛意識的偷渡，才能讓這麼深層的關於慾望的描寫與這麼自然平實的語言結合得如此不著痕跡。——鯨向海

這首詩也可視爲創作者與自己的對話，那麼，這是一首創作者在挖掘自己內在世界精神狀態的詩，透過書房這樣一個場景，具象化尋思創作意義的過程。——洪淑苓

我最喜歡的是這首詩處理感官的部分，作者非常老練而細膩。這首詩也是這次參賽作品中，最可以用現代主義的讀法去解讀的作品，很多句子都能有多重性的解讀。另外，他的語言節奏感也維持得很一致，作者在創作起步的時候，就展現了純熟天成的技巧。——唐捐

新詩獎　二獎

空調式戀愛

吳浩瑋

個人簡歷

筆名吳彧，2001 年生，東山高中三年級。摩羯座。
喜歡卡式磁帶，藝術跟文學。
在 Instagram 上以粉刷「午夜一色房間」為職。
曾獲新北市文學青春組散文首獎、全球華文學生文學獎小說三獎及散文佳作、東華奇萊文學獎高中組散文首獎。（又一次懷抱虛榮地列出獎項）

得獎感言

「沒想到除了小說跟散文之外，你也會寫詩啊！」
若是能收到這樣的回饋，那便再好不過了。

思春的熱帶夜悶臭
被你撞進房間
錯了軌，所有體液都翻灑
成你的汙漬
細菌孳生，我的溫度傾斜
時光的手稿偷偷發沫，溶解
進你的眼瞼。替我啓程思念
苦候沒有你的，日拋式的明天

隱喻是開關，輕壓即可
送風口替我吟唱
好冷、好冷……用哀號
狀聲，使靜物啜泣
顫抖我那蛻皮且
失温的指節，自討苦吃的
我們習慣叫它愛情

等霉斑祕密長吻牆面，才發現
機型過老無法除濕，喚醒
一場荷爾蒙的大雪
掩埋我在孤獨墳場
逆流脈搏，冷媒那樣的心臟

未定期清理的濾網，上頭
眼淚結霜。顆粒狀
愛的殘渣
留給蒼蠅食用，排卵
適度生蛆，呼吸道感染
窸窸窣窣的腐爛裡
盡力扭動：愛上，放棄，愛上
放棄

我是屋內短眠的白骨
你在屋外，是否感受到
想你時自體繁殖的熱循環？原來
我的喜歡既不環保
也不道德，脆弱，容易汙染
容易滅亡北極熊，或是
殺死寂寞冰原上
永夜的我

名家推薦——

此篇讀來沒有一個精準的理解方式，看得出來不是繁複對稱式的巴洛克布局，而是在敘述中慢慢積累出一種語言風格，而讓作品更爲耐讀。——陳黎

對於愛情這個看似老舊的題材，此詩有一些局部的處理非常有創意，展現出年輕作者獨特的感受力。——唐捐

無論是談戀人與自己關係的溫度變化，或者就是將愛情譬喻爲空調，都能夠產生一些趣味，甚至還能

用「環保意識」的方式去解讀作者的愛情觀，可以說是一種「多線寫法」，語言節奏也頗明快。——鯨向海

新詩獎　三獎

透依雷特神父

葉儀萱

個人簡歷

2001 年生，桃園大園鄉下仔，中央大學附屬中壢高中三年級。即將就讀中央大學客家學系，喜歡火星文跟注音文，我很怪，希望將來能被稱作文青。

得獎感言

寫這首詩的時候我在重慶，消夜是最地道，辣油兩公分厚的串串，半夜兩點，不自量力的我感到屁股在燃燒，於是坐在馬桶上生出了這首詩（好噁）。

〈透伊雷特神父〉是想告訴大家，別傻了，美少女拉的不可能是彩虹。希望你們會喜歡，然後讀它的時候不要覺得臭臭的。

最後感謝當時在臺灣幫我寄稿的余同學，你超凱瑞的。

一間僅容納得下一人的教堂時常得排隊
透依雷特神父就在那裡
神聖不容侵犯白而安靜
最寬容平等的是嘴張著承接
最赤裸又
難以消化的祕密
告解從昨天的晚餐
吃了什麼開始
有斷斷
續
續
的
懺悔
乾

一
ㄥ
ㄥˊ（噢，才這麼一點？）

偶爾滔滔不絕如江水濕濡溫熱的悲鳴（到底結束了沒……）

多少人是匆匆匆在那裡
遺落一部分的自己

有些是
逼不得已
更多是自願飛奔
到你面前一吐為快
一瀉千千千千千里
儘管那些不可告人的總是
同樣汙濁

待你將所有不堪全捲進唏哩嘩啦的漩渦以後
人們出走你依然啞口噢我敬愛的透依雷特神父
只有聞起來不像
什麼事都沒發生過
（註：Toilet）

名家推薦——

作者把主題擬人化爲一個神父，敘事上扣緊這個意象去闡述各種意義，很有創意。——陳黎

在前輩如陳克華、林燿德、鯨向海都寫過類似主題的情況之下，這位作者能夠有這樣的表現很不簡單。他不僅自成一格，還有記憶點，也許會是一首「可以流傳的詩」呢。——唐捐

這首詩是本屆入圍作品中最幽默的一首，且是用單一意念去經營，很有感染力。作者將宗教中的淨化作用具象化爲馬桶，而這個馬桶又轉化爲神父，譬喻不牽強，圍繞著「儘管那些不可告人都是同樣汙濁」的重點，用很生動多變的語言，經營得很精采。——鯨向海

新詩獎　優勝獎

我倆相對無言

連思瑜

個人簡歷

2000 年生，臺中人，曉明女中三年級。

也許，並不是為了寫作，而也許是，我想盡可能地保有耐性與誠實，在光線與陰影、溫柔與殘忍、迂迴與直進、言說與不可言說，乃至於，自我與公眾之間，留下一些什麼，並且，反覆而有所覺知地，追求自由。

日光將盡的時候，我把話語困在沉默的耳徑和
乾裂的唇角，放任最後的一點，陽光
在玻璃杯子裡頭打轉。就像我相信的，
沒有名字的事物總是沉澱在透明的時間。

（等待一個足夠銳利的語詞，切開
我們之間存在或不存在的空隙，又或許等待
一些蜿蜒的隱喻，趨近或迴避生命
最本真，混沌的核心。但你知道，
沒有什麼會誕生在舌尖，因此我們要捨棄語言）

我察覺寧靜的毀滅，像波濤，你知道
一層一層的浪堆疊黏合，隨時會
崩垮逸散，我知道，日光越來
越來越稀微，是什麼？還有什麼？
可以把這一切打散，再皆大歡喜地和解？

那是你欲求抵達的彼岸，那是
圈養了生與死亡的草澤，那是
寬容的接待和溫柔的哭泣，那是
轉瞬的雨，濺散的時候成為飛鳥
在那些可貴的日子裡，牠們銜著慾望和愛
飛過天空赤裸的邊緣

日子還長，玻璃杯子裡盛裝著陰影，
「別開燈」我張開嘴巴，嘔出聲音的團塊，
滾動滾動……。

（那是飛鳥的鳴叫，切開無邊的海，整片草澤，
切開我以及你生命幽微的總和，
那是義無反顧地靠近與遠離，那是更接近
沉默的沉默，更決絕的決絕。）

你站起來打開燈，你輕柔地說：「晚安。」
你我都知曉這背後的意義：
黯淡中，還有什麼比拋棄更深邃？

一對憂傷的眼睛從我的身軀浮現
它只是濕潤地凝視著，不曾吐露

新詩獎　優勝獎

搬家

陳有志

個人簡歷

2001 年生，花蓮高中三年級，一個自小就很喜歡誤用誇飾與譬喻的後山小孩，在國中漸漸發現，自己所騎的山豬頭上長了幾朵長相怪異的文藝向菇類。上高中後就把山豬祭祖了，「寫」色的番刀。常把還沒醃好的生豬肉吃下，「謳」出更多的山豬。

噴嚏中的時代感
彌封了家的注釋
搔著頭的搬家工
還幻想著
能否在珍貴與不珍貴間
預見
一道明朗的界線

灰濁的伏特加
生霉的床板
沒有了門的衣櫃
斷臂的泰迪熊
請連同塵塵蟎一起放上貨車
載去中鄰路68巷42號

十年的老菜脯

褶皺的舊照
撤退來臺的皮箱
精工的木雕品
請連同陳跡一起放上貨車
載去中鄰路68巷42號

注意點
祭祖用的圓桌
當心些
清領時的地圖

昨日是玻璃櫃裡的珍寶
往昔是收藏品中的定則
而那彎著身子的搬家工
額上引力的汗滴
在大理石階上

迸裂成了未來

一切與一切之間
都如伊人在濃霧中的影
而那
牆上紀錄著身高的鉛筆痕
在所有靈魂皆被抽離這個家時
依舊閃著謙虛的光
卻沒有喚起一聲噴嚏

新詩獎　優勝獎

醒

葉芷妍

個人簡歷

生於 2003 年仲夏，臺北人，新北市板橋高中一年級語資。
嗜書，迷詩，花了七年跟調色盤相處，喜歡梵谷，喜歡隱喻，喜歡電影和藍色，常常過度思考，認為美是生活必需品，並想用溫柔的文字擁抱所有感知。

白天醒著太多的眼睛
我躲進夢裡
走自己的步　夜遊無人的城市

夢裡下起的雨是貓
在淺眠的屋頂上兜圈散步
我們赤腳漫舞
乘微涼的風追逐星辰
滴　答　滴　答
我融進她柔軟的掌
那些包覆著我的
囚困著我的
所有他們喜歡的顏色
被逐一輕巧的舔食乾淨
乘著雨點落下
我終於赤誠而透明

而影子在前方
舖展成無燈的路
那一個我　不敢說話並且畏光
用一彎潔白的月切割
一道流星自傷口緩緩流下
許了願望入詞
把所有假裝和避諱揉進韻尾
我大聲唱著自己的歌
在打鼾的空巷
月是鎂光燈　點亮我半邊臉頰

陷在雲厚實的臂膀
我數星星
教他們我的語言
字母閃爍無邊的空寂

只在一個眨眼裡留下一點痕跡
我們變得如此靠近真實
叮囑他們把所有裸露的秘密藏好
撢了撢這白色的港灣
我以側身臥姿　靜靜擱淺入眠
天亮了

白天醒著太多的眼睛
而我只醒在夢裡

新詩獎　優勝獎

規律的三拍子

周軒羽

個人簡歷

2000年生，臺北人，建國中學三年級。熱愛科學，對社會議題亦不失興趣。偶提筆，摻有非主流文字，內容不離校園生活時事。

緩緩甦醒的時候
站穩、握緊扶手的時候
聽見操場八哥的時候
翻動書頁的時候
拿起螢光筆的時候

環場　電場內積微小面積為電量除以真空電容率的時候
活性　鋰鉫鉀銫鋇鍶鈣鈉鎂鋁錳鋅鉻鐵鈷鎳錫鉛氫銅汞銀鉑金的時候
減數　複製完，染色體出現、排在中間、分離、再出現、再排列、再分離的時候
亮度　星星每少五等，亮度增加一百倍的時候
概括　凡人民之其他自由及權利，不妨害社會秩序公共利益者，均受憲法之保障的時候
投影　麥卡托的南北極無限大的時候
學運　學生佔領立法院的時候

放下螢光筆的時候
闔上書頁的時候

瞥見草叢夜鷺的時候
坐定、置背包於隔壁座位的時候
沉沉睡去的時候

睡夢中
你皺了皺眉頭
我揮了揮手

新詩獎　優勝獎

情書

歐劭祺

個人簡歷

2003 年生，雙魚座 A 型，聽說這種人最會耍心機。高雄中學一年級。曾獲全球華文學生文學獎、馭墨三城文學獎、高雄市青年文學獎。很會拿佳作跟優選，但是最近學著看開一切，所以眼睛只睜開八分之一，只看到「優」一個字。

「你好嗎？我很好。」

我的愛有種陳舊感
在手書失去意義的年代
還是將摸索字跡當作曖昧的延伸

那些日子你也讀我寫的情書嗎
沾黏著故作的方形的按捺
箋著踩錯舞步的心跳
在我飄飛的長髮之間
每一個不敢轉身的背影都在投遞

你的回應也是陳舊的
一點也不失禮貌
穩重彌封起來
穩重地安放在

我不穩重的單戀之上
我還是會投遞嗎
投遞給一個沒有的地址
期待著一封署了名的回信
繼續假裝你會讀我
我的情書都是自問自答
「你好嗎？我很好。」

二〇一九第16屆台積電青年學生文學獎——新詩組決審紀要

時間：二〇一九年六月二十三日
地點：聯合報大樓二樓會議室
決審委員：白靈、洪淑苓、唐捐、陳黎、鯨向海（按姓氏筆劃序）
列席：許峻郎、宇文正、王盛弘、劉彥辰、譚立安、胡靖、陳姵穎
◎廖宏霖／記錄整理

本屆新詩組來稿共一七一件，初、複審委員為林蔚昀、林德俊、林達陽、隱匿，共選出二十四篇進入決選。複審委員表示，這次的參賽作品落差有點大，不過好的作品水準非常高，整體也相當成熟。題材上相對多元，雖然有的試圖表達一些很難掌握的主題，但是看得出來創作者是真心想要將自己所感受到的難以表達的事物，例如政治、性別等社會議題，以詩的形式呈現出來，而不是刻意挑戰或跟風，讀起來反而有一種「真實感」，也許甚至就是他們生命周遭曾發生的事。

決審會議開始，由台積電文教基金會執行長許峻郎致詞，許執行長表示今年是台積電青年文學獎的第十六年，時光的流轉是一件美好的事，如果是在文學獎第一屆出生的小孩，今年就是高中生了，正好趕得上投稿！另外，今年基金會的心築藝術季也舉辦了一個詩人的特展，那些前輩詩人的作品，經過時光的淘洗，更顯得彌足珍貴。接著，各評審共同推選洪淑苓為主席，並決議先請評審發表整體感言，第一輪投票則先不分排名，圈選出自己心目中的前五名。

整體感言

白　靈：這次的作品，有環保的、政治的、反諷的，各式各樣的議題，現代感很強烈，也有一些新的詞彙出現。整體而言，作品在語言上還算成熟，但完整度不是那麼高，不過參賽者的創作歷程都不是那麼久，所以基本上是瑕不掩瑜，要評出前八名並不困難。特別值得一提的是，作品中關於性的描寫，有些處理得非常具有原創性，我想也是這個年紀獨有的現象；另一方面來說，在作品中也可以看見有些同學超齡地去處理上一個世代的情感記憶，也是難得的事。

陳　黎：這些年因為離開學校，比較少接觸臺灣的年輕學子，但卻多了一些時間與機會，認識中國的年輕詩人。我有一個觀察是，跟中國年輕詩人比較起來，臺灣年輕詩人目前較受歡迎的詩作，多半都是以輕薄短小為主，而中國的年輕詩人卻承接了傳統經典詩人的某些語言風格，朝向一些更具深度與厚度的語言去實驗、發展。不過，這次評審經驗，在這些高中生的作品中，我卻看見了這群臺灣更年輕一輩詩人的潛力，他們似乎更願意去鍛鍊一些更新奇的詩的語言。

唐　捐：誠如剛剛執行長提及的，這個文學獎已經舉辦了十六年，這十六年也應該打造出了某種品牌，讓一些好的創作不會只是被點閱率決定被看見的機會，也不是透過點閱率決定一首詩的好壞。創作者在這個階段，也許還很依賴某種天生的「才氣」，所以常常會看見很具個人風格的作品，臺灣目前的主流詩風則是後天形成的，因此在這個階段裡反而看不見那些很「主流」的影響，評審起來也更有期待感。

鯨向海：「年少情懷」最能代表這個文學獎，而每個世代的年少情懷其實都很多元，也都不一樣。然而，詩最初的發生應該還是與情詩很相近，即使表現出來的內容很多元，但本質的情感應該還是類似的。舉例來說，現在很流行一種遊戲「狼人殺」，遊戲中的玩家分為三種角色屬性：神、平民、狼，寫詩這件事其實也像是玩「狼人殺」，每個人所抽到的屬性都不同，所以作品會呈現出不同的風貌，而評審則是要透過某種推理與邏輯，在不排除某種特定屬性玩家的前提下，讓夠好的玩家可以「存活」到最後。

洪淑苓：對我來說，這次評審最大的意義即為，我能夠更知道現在高中生的世界有多大，或是說，透過手機這個黑盒子，他們的眼光投射在現實社會上，他們喜歡什麼？討厭什麼？在意什麼？另外，雖然句子的結構有點生澀，但我覺得這可能也是一種好事，畢竟太早熟悉技巧其實會對創作者造成一定程度的傷害。然而，寫作應該要保持一種初心的躍動，才能漸漸琢磨出一種新的形式。此外，我也感謝複審委員選了很多不同形式的詩作，讓我在閱讀上充滿驚喜，像是跟著高中生們一起探索新的世界。

第一輪投票

發表整體感言後，進行第一輪投票，每位委員以不計分的方式勾選心目中的前五名。共13篇作品得票，投票結果如下：

〈規律的三拍子〉（洪淑苓、白靈）總計2票
〈搬家〉（洪淑苓、白靈）總計2票
〈一位企業家的立場〉（陳黎）總計1票

〈空調式戀愛〉（鯨向海、陳黎）總計2票
〈我們想吃掉世界〉（唐捐、陳黎）總計2票
〈透依雷特神父〉（鯨向海、陳黎）總計2票
〈槍膛上的百合〉（唐捐）總計1票
〈你不愛陰道〉（白靈）總計1票
〈書房〉（洪淑苓、鯨向海、唐捐、陳黎）總計4票
〈替代品〉（唐捐）總計1票
〈情書〉（洪淑苓）總計1票
〈我倆相對無言〉（洪淑苓、鯨向海、唐捐、白靈）總計4票
〈醒〉（鯨向海、白靈）總計2票

綜合討論

〈規律的三拍子〉

白　靈：詩中提到包含數學、化學、社會政治等主題，除了顯示一個高中生，在學校必須

要花很多時間在這些「科目」裡，這些「科目」也可以象徵為一種限制或壓力。因此，第一段的第三行開始，描述的就是一個人一直想跳脫出一種被規定好的生活、被制約的事物。此外，這首詩在結構與內容上也很充實，不到二十行能夠做出語言上的轉化及寄寓，是很難得的事，比如「元素週期表」通常是依照「元素活性大小排列」，而「活性」這件事似乎也扣連到這首詩所想要彰顯的一種關於自由的想像。

洪淑苓：我也很喜歡第二段的呈現，作者將高中生的真實生活與自己的心境，用很特別的語言形式寫出來，值得一讀。

陳　黎：這首詩重複的句子與節奏感讀來滿舒服的，也是這首詩讓人覺得動人的地方，換句話說，所謂「規律的生活」是一種壓迫與限制的同時，也是一種節奏感的產生，這首詩巧妙地利用這種類似諷喻的方式，讓我們重新去思考「規律」這件事。

唐　捐：我也是覺得第二段是作者文字技術的展現，不是某種炫技，而是一種勇敢的用法，比較可惜的是這首詩缺乏一個有力的「臨門一腳」，作為總結或詩眼。

〈搬家〉

白　靈：這首詩第三段開始觸及作者可能是曾祖父母那一輩的歷史記憶，我覺得對年輕人來説是很難得的事，他們還願意關心那一段可能即將被割捨的故事。我自己也會自問，我這一生所關心珍視的事物與價值，是否對下一代來説，他們一點興趣也沒有？到底要透過什麼樣的形式，能夠跨越世代，保存下那些珍貴或不珍貴的事物？另外讓我比較好奇的是，詩中提到的「中鄰路68巷42號」，是否真有其地，若否，作者是否意有所指？

洪淑苓：從一個年輕人的視角看搬家這一件事，除了剛剛白靈老師説的那份難得之外，詩的一開頭，以「噴噓」預示著國族或家族的「裂變」，詩行中提及的「灰濁的伏特加」、「斷臂的泰迪熊」，都讓這首詩在語言呈現出一種「輕盈感」，不會那麼沉重。另外，詩中所描述的畫面感還滿有流動性的，像是用鏡頭在串連，很像在看一部日常電影。唯一比較可惜的是，詩中所提到的那些物件，如「皮箱」、「木雕品」，好像沒有更進一步的處理，讓他們與歷史的對話更深刻一些。

陳　黎：這首詩我也滿喜歡，可是有些地方不是很精準，如同剛剛洪老師提出的，作者提到了一些有趣的「元素」，但是沒有更深入地去經營，於是顯得有些浮面。

鯨向海：他的技巧確實是很流暢，而且他把一個日常的搬家經驗，昇華到家族歷史的思考中，我也很肯定這樣的企圖，但的確也有其他老師提到的，詩中的意象沒辦法整合的問題。但是，如果把它當作一種「搬家的隱喻」也未嘗不可，也就是說，所有的事物都還沒有從舊的位置移動到一個新的位置，因此而有了浮動感。

〈一位企業家的立場〉

陳　黎：這首詩算是在這個類型裡表現得很不錯的，作者在批判，可是沒有太陳腔濫調。

唐　捐：當然這首詩一開始就採取了批判的立場，但我擔心的是當這個批判的對象太特定時，反而會有局限單一情境而無法超越的問題。

洪淑苓：這首詩閱讀起來會有一些「立即的效果」，但誠如唐捐所說，當詩裡動用了這麼多名詞去指涉特定對象時，所有位置都能夠對號入座的話，反而會喪失了某種能夠繼續延伸的藝術性與轉化的空間。

〈空調式戀人〉

鯨向海：第一次閱讀時，會覺得文意上的邏輯需要釐清，不過後來再讀幾次好像就可以漸漸理解，這首詩想表現的就是熱天午後式的對愛情的渴望，沒有那麼多的「因果關係」，更多的是一種情境與感受的觸發。因此，無論是談戀人與自己關係的溫度變化也好，或者就是將愛情譬喻為空調，都能夠產生一些趣味，甚至還能用「環保意識」的方式去解讀作者的愛情觀，可以說是一種「多線寫法」，語言節奏也很明快，雖然有些地方有些失準，但仍有不少佳句，是值得鼓勵的作品。

陳　黎：我也滿喜歡這首詩，剛剛提到的「缺乏邏輯」，我想是因為作者試圖經營的意象縱深太深，因此沒有一個很精準的理解方式，不過也是因為這樣發散式的寫法，可以看得出來不是那種繁複對稱式的巴洛克布局，而是在敘事中慢慢積累出一種語言風格，而讓作品更耐讀。

唐　捐：我覺得這首詩滿有「鯨向海風」的，不過，就像陳黎說的，這首詩其實就是一種風格的累積與練習。對於愛情這個看似老舊的題材，他有一些局部的處理真的非常有創意，也展現出年輕作者獨特的感受力。

洪淑苓：對於詩語言的操縱其實滿熟練的，尤其後面的結尾：「我的喜歡既不環保／也不道德，脆弱，容易汙染」，我覺得在語言上是非常老練的說法，但整體來說，若某些段落可以放鬆一點也許會更好。

〈我們想吃掉世界〉

唐　捐：這首詩有一種可愛或幼稚的風格，作者有一個特殊的感受方式，語氣獨特中也帶有一種反諷的趣味，不是那種對世界小小的抗議與批評的「練肖話」而已，對於這個世界，作者正在產生自己特殊的觀看方式。

陳　黎：一直以來，我常常透過翻譯有機會閱讀不同的詩人。當有些詩人寫詩的方式跟過去不一樣時，無論資深與否，我覺得那就是一種「還能夠容納不同的可能方式」的能力，而這也是現代詩能夠一直往前推進的動力，所以我也覺得這首詩很值得鼓勵。

鯨向海：他前面鋪陳了很多場景，但有些流於過度口語，不過最後面兩段「總合式」的寫法還滿精采的，最後還提及了「魯迅吃人禮教」的典故，突然為這首詩提供了更多力量，由此來看，前半部可能花了太多力氣在製造一種可愛感，而忽略更深刻議題的表達。

〈透伊雷特神父〉

陳　黎：作者把主題擬人化為一個神父，我覺得是很創新的作法，前面幾篇討論的作品常常失於不夠準確，但是這篇就表現得很好，有一個很具體的神父形象，敘事上就扣緊這個意象去闡述各種意義，我覺很不容易。

鯨向海：這首詩是來稿中最幽默的作品，而且是用單一意念去經營的，我覺得很有感染力。此外，這個作者用一種「兩面寫法」，將宗教中的淨化作用具象化為馬桶，而這個馬桶又轉化為神父，譬喻不牽强，圍繞著「儘管那些不可告人都是同樣汙濁」的重點，用很生動多變的語言，經營得很精采。

唐　捐：我看完這首詩也覺得作者不容易啊，在前輩如陳克華、林燿德、鯨向海都寫過類似主題的情況之下，能夠有這樣的表現很不簡單！我甚至覺得這是一首「可以流傳的詩」，他不僅自成一格，還有記憶點。然而，放在文學獎比賽中，它比較吃虧的地方可能就在於它分量上的「輕」。

白　靈：我覺得最有創意的是題目，但是內容可以更優雅一些，這間教堂會更漂亮一點。

洪淑苓：這真的是很有趣的詩，但題目後面的英文註解有點畫蛇添足，失去了閱讀者自行破解雙關的趣味。

〈槍膛上的百合〉

唐　捐：這首詩看起來只有我選，與我們前面討論的作品比起來，相對就是傳統技巧派的作品，語言精鍊也有戲劇的畫面感，讀起來也許沒有那麼「年輕」，連主題都是很不像是年輕人會關心的事情，但是在眾多爭奇鬥豔的作品中，反而特別有味道，所以我選了它。

〈你不愛陰道〉

白　靈：整首詩用了很多矛盾語法，把男性對於性的迷戀與迷思描述得很露骨，勾勒出一種封建父權社會的思維，反諷男性的自以為是。我覺得寫得最好的是最後兩、三段，男性對於女性的不尊重，或是說男性對於性的誤解，尤其最後一段，用非常直白、不避諱的語言去批判，更是整首詩的高潮。

陳　黎：我願為這首詩按讚，不管作者的年紀多大多小，我一直覺得這樣的作品某種程度就是一種「挑戰」。我沒投他的原因是重複性的批判太多，後面沒有利用語言跳脫、轉化出更多東西，雖然很直白，但通篇都直白時，卻像是沒有方向或失去準頭，也有可能是前面力道太猛，而弱化了全篇呈現。

唐　捐：我倒是覺得這首詩應該有同志書寫的指涉，另外一個感受也如陳黎所說，有一種先發投手，先投五十球直球，反而是沒有控球力的表現，力道從頭到尾都一樣的時候，其實就失去了力道。

〈書房〉

鯨向海：這首詩大家都投，我有點驚訝，初讀時我只覺得是一篇佳作，語言文字都很平實漂亮，但後來再讀時，覺得這首詩也許可以呈現出某種作者本人也不自知的解讀方式，簡單來說，就是把書房當作一個「慾望的場所」，以這樣的前提去閱讀時，就好像看見了這首詩的另一個深度。我後來覺得，這也有可能是一種潛意識的偷渡，才能讓這麼深層的關於慾望的描寫與這麼自然平實的語言結合得如此不著痕跡。

陳　黎：我同意鯨向海的解讀，我很喜歡這首詩那種「欲言又止」的語氣，閱讀詩作其實很有趣的一部分就是來自於這種可能的過度解釋，它讓作品立體起來，比如說我也相信「虛構」是文學與詩的本質，常常作品能夠動人，就是建立在這樣的信念之上。

洪淑苓：我提供另外一種解讀的方式。我覺得這首詩比較像是創作者與他自己的對話，就像教授要批改論文也像詩人寫詩，有一種對於自我的嚴謹的要求，而詩中的你我其實是主體的分裂與對話。簡言之，這是一首創作者在挖掘自己內在世界精神狀態的詩，透過書房這樣一個場景，具象化尋思創作意義的過程。

唐　捐：我最喜歡的是這首詩處理感官的部分，相較於其他作品，作者非常老練而細膩。另外，其實這首詩也是這次參賽作品中，最可以用現代主義的讀法去解讀的作品，很多句子都能有多重性的解讀。另外，他的語言節奏感也維持得很一致，沒有很華麗的詞彙或結構，形式上看起來比較保守，會讓我想起何其芳的〈預言〉，作者在創作起步的時候，就展現了純熟天成的技巧。

〈替代品〉

唐　捐：我一開始是有被這首詩打動，但細讀之後，仍舊沒有完全讀懂，感覺中段意象的經營沒有很成功，但整體的敘事與設想很動人。

陳　黎：我覺得是在講一個關於流產的故事，裡面很動人的部分，不會是那種直球式的衝擊，且主題與立場上，我覺得都還算是可以預想得到，所以就缺乏了一點驚喜感。另外，在閱讀過程中，你我他的人稱部分我會有點困惑，敘事觀點不是很穩定。

〈情書〉

洪淑苓：這首詩很簡潔、流暢，我覺得在這樣的比賽裡，是可以推薦它出現的，鼓勵一種關於創作的初心，希望可以得到大家的支持。

鯨向海：這首詩算是一種簡單動人的小品，主要對話的文本應該就是岩井俊二的電影，一九九幾年的電影，對高中生來說應該是一部老電影了，作者能夠以此為主題，我覺得還滿特別的。另外我覺得這首詩比較可貴的地方，並不在於它找到了一個很有代表性的文本進行對話，而是作者能夠扣合了文本，再進行翻轉。

陳　黎：我也覺得這首詩相當完整而動人，作者想要做到的不多，應該就是想表現出真摯的情感，以及一些很動人的東西。

〈我倆相對無言〉

白　靈：這首詩也許描寫的是年輕人對於性與愛的追尋，並在追尋的過程中反覆質疑這究竟是不是愛，延伸出一種哲學的思考。作者試圖用一種探問的姿態，去靠近一些人生中難以被回答的問題，讀起來好像有點耽溺，但是這種耽溺的過程應該也是每一個人都會有的經驗與感受，高中生能夠如此細膩地以文字呈現出來，我覺得很不容易。

鯨向海：這首詩的技巧也是較為繁複的，我稍稍整理了一下敘事結構，開頭提到的「日光將近」是傍晚，最後一段則提到「晚安」，其實就是一段進入夜晚的過程。主意象則是那個玻璃杯子，詩中的敘述者受困於那個玻璃杯子，這個在黑暗中受困的場景或狀態，我想就是這首詩最主要想要表達的事物。另外，比較值得一提的，還有雖然這首詩是在描述一種無言的狀態，但長句與問句所營造出來的音樂性卻很鮮明。

唐　捐：我是比較沒有讀到白靈老師提到的關於性的部分，但的確有一些很精采的句子，比如第四段完全是用意象去表演，我覺得是滿成熟的詩作。

洪淑苓：我覺得這首詩道出了語言的無用性，那種無可奈何但又要一再追問的困境，或是某種無法全然以語言表達的經驗，這首詩做了很好的呈現。另外，詩中的你與我，我覺得那個張力可能來自於親子之間，也有可能是師長、學校之於一個高中生的關係，也許未必要將這個關係定位得太清楚，反而是這首詩的高明之處。

〈醒〉

鯨向海：這像是一首想傳達某種不可告人的祕密的詩，作者用一種壓抑的方式在書寫，並且寫得很不錯。就像詩中提到的，白天有很多眼睛注視著他，所以他躲進夢中的幻想，裡面充滿了各種祕密與假裝，作者一直反覆在講這樣的事，其實就是像想要透過詩來與真實的自己坦然相處，是滿動人的一件事。

白　靈：它是我的第一名，語言、技巧都很完整，把夢當作一個可以洗淨一切的道場，對現實的道德有一種譴責，表面是逃避，但事實上是面對。整個社會就像是大他者，對於高中生產生某種壓抑，可能是教育制度，可以讀做某種百年的控制。最後一段沒有寫得那麼嚴肅，有一種童話性，首尾也呼應，從「躲」到「醒」，也是一種對於自我追尋的肯定。

唐　捐：這首詩的開頭很吸引我，詩中提到的那個眼睛當然就是他人的目光，不過比較可惜的地方，也是剛剛鯨向海提到的，那個不可告人的部分，在詩中卻沒有太多的表現。白靈老師當然為作者做了很好的闡釋，可是我覺得回到作品本身，表現力還是沒有充足。

第二輪投票

經過逐篇討論之後，委員分別就自己最喜歡的八篇作品給分，最高給8分，依序遞減。投票結果，有得分的篇目如下：

〈規律的三拍子〉（白靈4分、洪淑苓8分）共計12分

〈搬家〉（白靈7分、洪淑苓6分、唐捐2分、鯨向海1分）共計16分

〈一位企業家的立場〉（陳黎1分）共計1分

〈空調式戀愛〉（白靈1分、洪淑苓3分、唐捐7分、陳黎8分、鯨向海8分）共計27分

〈我們想吃掉世界〉（唐捐3分、陳黎5分、鯨向海2分）共計10分

〈透伊雷特神父〉（白靈3分、洪淑苓1分、唐捐5分、陳黎6分、鯨向海7分）共計22分

〈你不愛陰道〉（白靈5分、唐捐1分、陳黎2分）共計8分

〈書房〉（白靈2分、洪淑苓7分、唐捐8分、陳黎7分、鯨向海6分）共計30分

〈替代品〉（唐捐4分、陳黎4分）共計8分

〈情書〉（洪淑苓5分、陳黎3分、鯨向海3分）11分

〈我倆相對無言〉（白靈6分、洪淑苓4分、唐捐6分、鯨向海4分）20分

〈醒〉（白靈8分、洪淑苓2分、鯨向海5分）15分

投票結果，最高分〈書房〉30分，第二名〈空調式戀愛〉27分，第三名〈透伊雷特神父〉22分，優勝五位分別是：〈我倆相對無言〉20分，〈搬家〉16分，〈醒〉15分，〈規律的三拍子〉12分，〈情書〉11分。

最終名次如下：

第一名：〈書房〉
第二名：〈空調式戀愛〉
第三名：〈透伊雷特神父〉
優勝：〈我倆相對無言〉
優勝：〈搬家〉
優勝：〈醒〉
優勝：〈規律的三拍子〉
優勝：〈情書〉

高中生最愛十大好書

二〇一九高中生最愛十大好書

由二〇一九台積電青年學生文學獎所有參賽者票選「高中生最愛十大好書」活動，獲選書籍：

太宰治《人間失格》（漫遊者文化出版）
加布列．賈西亞．馬奎斯《百年孤寂》（皇冠出版）
白先勇《臺北人》（爾雅出版）
安東尼．聖修伯里《小王子》（版本眾多）
吳明益《天橋上的魔術師》（夏日出版）
林奕含《房思琪的初戀樂園》（游擊文化出版）
東野圭吾《解憂雜貨店》（皇冠出版）
曹雪芹《紅樓夢》（版本眾多）
張愛玲《傾城之戀》（皇冠出版）
簡媜《水問》（洪範出版）

創作者的看家本領：
二〇一九台積電青年學生文學獎——選手與裁判座談會紀實

時間：二〇一九年八月三日　下午一點
地點：聯合報總社一〇二會議室
與談人：白靈、柯裕棻、凌性傑（按姓氏筆畫）
參與學生：吳浩瑋、呂澄澤、李樺、林子喬、魏子綺、楊智淵
紀錄：莊勝涵　攝影：記者曾吉松

寫作是志業，也是一種生活方式，創作者以文字編織生活，既修辭也修心，他們為自己創造了一種看待世界的方式，在文學中安頓自己。一年一度的台積電青年學生文學獎，至今已歷十六屆。第一屆得獎者如今已過而立之年，而今日在場的得獎者，依然是雙眼熾熱發光的創作新鮮人。這個專為高中學生設立的文學獎項，既是年輕創作者展現才華的舞臺，也匯聚了不同世代的眼睛，透過文學記錄了各種生命姿態。文學獎裁判與選手的座談，既是創作經驗的傳承，也是不同生命之間的對話。

擺放詞彙的技藝

文學的本質大抵不離文字的技藝，詞彙的挑選與配置是寫作的基本功，也是決勝的戰場。這個文學創作最基本的工夫也困擾著魏子綺，本場座談由她率先提問，「字詞的推敲，該如何在精緻與精確之間拿捏分寸？」柯裕棻坦言，即便是創作經驗豐富的作者，仍須面對這個難題，「常常糾結到最後一刻，把稿子寄出去了，才想到還有一個更好的字。」精確的字著實難得，但精緻未必是唯一準則，吳明益將樸實自然的文字經營出土壤與海風的力量與溫度，黃麗群大量晶瑩剔透的文字，像金磚砌成的厚牆，穩固而不紊亂，「你必須先認識自己的個性，才知道怎樣的風格適合你。」

文字的技藝也涉及修飾比重的安排，林子喬提問，怎樣的修飾是恰到好處，不致於浮濫？凌性傑建議，寫作者要相信自己想說的話，並且相信自己

曾吉松攝影

所用的文字。他推薦與會選手閱讀空間現象學家巴舍拉的作品《夢想的詩學》，學習把該放的東西放在最好的位子，構築自己詩意的空間。最核心的問題不是修飾的比重，而是掌握詞語、事物的內在秩序，失去配置秩序的詞語會變成語無倫次的壯麗，大多數給人過度華麗印象的文章，正是因為還沒找到屬於自己的秩序。

文字反映內心世界，文字配置的秩序其實也是心靈世界的秩序，心靈世界的結構，無非是人與事物的互動的方式。其中既有來自於事物的印象，也有主觀的感受與思考，實與虛的互動推動著文學語言的生成。呂澄澤所好奇的正是這個問題：詩人如何分配抽象概念跟具體物件的使用？白靈認為形象思維很重要，但具體的東西必須適度的虛化，抽取出抽象的意念，詩意才會產生。他以在場凌性傑的〈La dolce vita〉一詩為例，「我伸舌舔著單球冰淇淋／那是整座佛羅倫斯，文明的天氣／或者歷史的陰雨」，句中的「冰淇淋」是具體的事物，但與「文明」、「歷史」等抽象的詞彙組合，便合適的演繹出本詩「幸福人生」的主題中，形而上與形而下辯證的詩意。

大抵文學語言的心法，只是「虛者實之，實者虛之」八個字，「寫作有時是刻意遮遮掩掩」，白靈認為這是所有藝術生命的根源。夜裡仰望天空，人們被滿天星星撼動，但從整個宇宙的範圍來說，人類看不見的遠多於看見的，「所以看見的東西是真的？還是看不見的是真的？」

虛實比重的調配

創作的祕密無他，虛實比重的調配而已，楊智淵以卡爾維諾著名的小說《看不見的城市》為例詢問評審，小說如何以虛構的故事框架營造真實感，正好切中這個問題。柯裕棻回應，虛跟實是互相指涉的關係，在這些敘事的材料之上，作者建構了一個更大的宇宙觀，處理一個讀者都能接受的邏輯。楊智淵又提問，為了營造故事的張力而犧牲部分邏輯，是否合宜？凌性傑以深受歡迎的電視劇《後宮甄嬛傳》為例，指出：「滴血認親超不科學，為什麼我們會被說服？因為這合乎故事整體的時空框架。」

創作小說除須甄別素材的虛實外，情節的鋪排次第也是決勝點。吳浩瑋觀察到，受大眾歡迎的小說如《哈利波特》、《波西傑克森》等作品常具有清晰可辨的起承轉合，情節受到一個有待解決的衝突推動，但文學性較高的小說不一定有這種設計。柯裕棻同意吳浩瑋的觀察，並指出清楚的起承轉合可以讓讀者明顯感到情緒起伏，「但如果沒有這樣的設計，那會讓人感到一種很大的迷惘。就像有人突然在你背上刺了一刀，你拔不起來，還要帶著那個疑惑走。」採取何種結構設計，取決於作者對風格的選擇。

小說寫的是人生，但容許虛構與荒謬。散文與真實人生的關連性，則往往被賦予較嚴格的標準，因為創作者若非暴露自己，便是暴露他人。李樺曾將與同學相處的經驗寫成散文，後來因為當事人偶然讀到文章，這篇文章意外地加深了李樺與他們的情誼。「文字是有力量的，我是不是不該用文字的力量去改變人與人的關係？」面對這個問題，凌性傑先是反問：「你是帶著愛去寫的嗎？」見李樺肯定的點頭，才又接著說：「那就寫吧，只是寫完如果要發表，可以給當事人確認，對他人記憶的尊重是滿重要的一件事。」

正因為散文涉及真實人生，創作者難免碰到巨大而難以整理的經驗。李樺問及，當面對這種情況時，該如何找到合理的方式進行書寫呢？凌性傑認為，不必當下就去面對那個難題，「我父親在我六歲時就過世了，一直到了四十歲，我才有辦法寫出來。」他又舉林文月《人物速寫》為例，書中每篇文章都以英文字母為人物代號，來處理生命中遭遇的重要回憶，其中包含了她照顧丈夫一直到離世的那段故事，「代號像是一面鏡子，讓回憶留下一個比較可以承受的形式，什麼時候可以正面迎擊？不知道。但她用這種形式把回憶保存下來了。」

創作者的日常課題

鍛鍊文字技藝，汲取生活經驗，賦予合適的語言形式，成為許多精采的作品，這是創作者受人喜愛之處。但創作有時須經歷漫長的過程，在文字從心中湙漫流出以前，創作者常須絞盡腦汁，面對沒有靈感的時刻，也不免感到無助。柯裕棻想到海明威：「有時候他就坐在打字機前，一整天只打一個字，有時候枯坐一整天，為昨天寫的東西加上一個逗點。」白靈認為，沒有靈感的時候，不妨以記錄代替創作。「記錄你看的新聞、電影或是跟人談過的話，記錄可以很雜，也可能一點創意都沒有，讓你對文字始終保持一種敏銳感。有時候創作就像招魂，會把過去走掉的魂招喚回來，被你記錄下來的東西就可以成為一種提醒。」

坐在會場的每一位選手，都是從眾多投稿作品中脫穎而出，台積電青年學生文學獎的設立，除了能讓優秀的創作者被看見以外，也開啓了一扇窗，給原本沒有勇氣投稿的高中生一個發現自己創作長才的機會。一旦進入競賽殿堂，選手難免會揣想評審的品味，也不免懷疑，是否應該符合評審的喜好，才算是優秀的作品？凌性傑問了在場的選手一個問題：「你們對自己得到的名次會不會很意外？」被問到的獲獎者紛紛點頭。「所以評審是很難猜測的」，凌性傑說他自己也很難猜測會遇到哪些人，「評審是一個漫長的溝通與說服的過程，參與的評審結構改變了，名次也一定會改變」。

除了鍛鍊創作者的本領以外，用心生活，相信自己成為創作者的本領，努力保持一顆喜歡書寫的心，都是創作者的日常工夫。在高中的階段開始進入寫作的場域，並不等於宣示了將一生奉獻給寫作，矢志成為作家。但有了對文字的敏銳為基底，一輩子喜歡這件事情，人生會更加精采。

作家巡迴校園講座

2019 作家巡迴校園講座

第一場　慈大附中

文學的流浪與反抗—生活、詩與書寫的相互銘刻

【劉俊廷／記錄整理　黃裕倫／攝影】

主辦單位：台積電文教基金會、聯合報副刊、慈大附中

時間：二〇一九年三月二十八日

主講人：須文蔚、謝旺霖

在適宜寫作的初春時節，台積電青年學生文學獎的列車航向花蓮，邀請謝旺霖、須文蔚兩位作家來到慈大附中，於下課後的夜晚與學生相聚在學校新開辦的講堂，分享生命中的文學時刻。

從生命中的孤獨，看見創作的重要性

謝旺霖首先說起大二那年寫下的第一首新詩，如同一場初戀，寫完後投稿校園文學獎，恰好遇上須文蔚老師擔任評審，兩人因此而產生連結。「評審會上聽判的時候，其他兩位老師說的我沒能懂，但須老師說的每一句話我都聽懂了，而且我還聽進去了。對我而言，文學的最初啓蒙是楊牧，第二個人就是須文蔚。」

追溯到更早之前，謝旺霖高中畢業後旅行的第一個地方便是花蓮，他到了七星潭，震懾於太平洋的濤聲、海洋的蔚藍，看著大海，不由自

主地流下眼淚。這是他第一次靠著自己的力量走向海洋，也是往後流浪的起點。

而關於文學的第一個時刻，並不在書本裡。謝旺霖回憶起小時候父親常帶上他去約會，要他安分地坐在床上看電視，而父親會與阿姨關進廁所，在門後小小的空間裡待上很久。

「我不了解門後面的那個世界，但爸爸總會記得把門鎖起來，『噠』一聲。我心裡一直記得那個聲音。」後來有一回他讀到卡夫卡的《變形記》，裡頭的主角一醒來，變成了蟲，因為聽見有人要上樓來，而驚慌地趕快去鎖門，「噠」一聲，阻絕了外界。回應到十歲那年那個「噠」的一聲。記憶重新被勾起，謝旺霖因而明白那是他生命中孤獨的起源——你不了解門外的世界，門外的人也不了解你的孤寂。

因為這份孤獨，讓他試著透過書寫解開心中的

黃裕倫／攝影

糾結。「我知道自己可以不一樣。進而敢問自己，生命究竟該何去何從？」他決定藉由流浪來面對內心最柔軟之處，並在流浪中完成了《轉山》與《走河》兩部作品。

從源頭走到源頭

三十歲那年，謝旺霖到印度「走河」，「我想要走一條別人不走的路徑，於是跟著河流走，心想也許能找到方向。」他從恆河出海口向著源頭走去，花了整整四個月。

在走河的過程中，有一次他不小心踩到了一坨牛大便，腳深陷在裡頭。「好髒」，這是謝旺霖最初產生的念頭，但緊接著他告訴自己，何不停下憤怒的情緒，純粹用感官感受看看？「我把腳掌伸開，閉起眼睛。若不是眼見，我會知道這是大便嗎？在感官接收的同時，我是不是有了先入為主的想法？對於生活，我也是這樣的嗎？」

在走河的過程中，他越來越了解自己的生活要的是什麼。旅途中，所有行李都囤在背上，然而帶著太多東西，沒有辦法走遠，因此只能每天放下、減少自己所攜帶的物品。「這些東西我真的需要嗎？」他頻頻探問自己。在走河結束後，這樣的疑問回應到他的生活，追尋夢想，必須要學著很專注，並且學習捨棄，學習放下，「我認清自己的能耐沒有那麼大，接受自己的不完美或不足。」他說。

河流流向大海，水氣季風吹到喜馬拉雅山，雲、霧、冰再化成水，生命的過程是永無止境的循環。「我原來是從源頭走到源頭，大海才是河流的母親。」謝旺霖這麼說。思索這趟旅途，好像什麼都沒有得到，但事實上他更加認識自己了。生活或許便是這樣，一步一步腳踏實地地走，也就少了些慌張與虛無。

迂迴而堅定地反抗

須文蔚與文學的相遇有些俏皮，「當時我喜歡一個女孩子，有天買了鄭愁予和余光中的詩集，奔跑過一場大雨，想送給心儀的女生，但她看了我一眼，立刻回絕『不要』，於是我只好把書帶回自己讀。」

高中時期，須文蔚不斷嘗試著寫作，「你們這個年紀很幸福，有什麼想像都容易具體實踐。」他這麼說。作為學生，可能會覺得學校生活限制多，但要讓自己的精神更自由，是誰也攔不住的。「或許沒辦法直接，但至少要迂迴而堅定地走向自己的目標。」這是須文蔚反抗的方式。聯考放榜時，他原來想填中文系，但當時媽媽找了鄰居當說客，以「為了臺灣的民主」為由說服他去念法律系。

入學後，他在法律系拿書卷獎、法律杯最佳辯士，大學生活過得很開心，表面上看起來沒有任何反抗，但他一直在反抗。當時東吳大學要點名，每一堂課都必須待在教室裡。「最大的好處是，我有很多時間可以寫作，人在這，魂在哪呢？這就是喜歡文學的人很特別的地方。」點名的制度，顯然並沒有困住須文蔚的靈魂。

不要單純讀詩，要去讀懂背後的故事跟指涉

東吳大學城區部在總統府旁邊，在當年，是抗議力量集結的空間，須文蔚要越過封鎖線去上課，也累積了自己心中很多反抗的能量。重讀自己大三、大四時寫的〈稻草人〉，「這首詩到今天都還適合放在有權力的人身上。」須文蔚這麼註解。這是詩的特性，實質的評論，可能會因為時間而過時，立場尷尬，昨是今非，但詩不會。文學的重要性，在於指出世界敗壞的一切，一個有生命力的詩人更應如此。因著楊牧老師的影響，他相信知識分子寫詩、寫雜文可以改變世界，須文蔚在年輕的時候，不想做實質政治的評論，所以把這些寫成了詩。

因為課本滿足不了他，因此他從高中開始熱愛閱讀課外書。「真實的人生會潛藏在其他地方，所以我閱讀。」他這麼說。高中時期的情感純真，熱情飽滿，大量而多元的閱讀，就可以作為一種反抗。

將飽滿的情感記錄下來

面對寫作，須文蔚建議同學們，可以準備一個小筆記本，抄錄好的句子，變成自己的武功祕笈，他說：「我中學讀張愛玲的小說，句子漂亮到你受不了，畫線根本沒有用。」覺得好的句子就做筆記，試著理解、重讀，從中得到養分，也可讀楚辭或宋詞，一知半解都好，掌握這些句子後，再用類似奪胎換骨的方式，主詞抽換或是將句子美好的部分留著。閱讀會成為寫作的養分，成就語言狀態跟思想空間。

「你沒有用你最好的時間寫作，記錄飽滿的情緒，將來一定會後悔，隨著歲月流逝，會忘記生命中美好的情感。我很慶幸自己當時的衝動有被好好記錄下來。」須文蔚這麼說。

文學是青春的衝撞，也是成長過程中無人知曉的孤獨，兩位創作者談及自己的文學啓蒙時，彷彿又回返到過去，遇見了那個初踏入校園的懵懂少年。當他們正對彼此，雙眼凝視，眼裡的靈光或許就是一種青春的完成。

2019 作家巡迴校園講座

第二場　臺中一中

如果小說是一趟搭火車

【吳佳鴻／記錄整理　黃仲裕／攝影】

主辦單位：台積電文教基金會、聯合報副刊、臺中一中

時間：二〇一九年三月二十九日

主講人：駱以軍　主持人：宇文正

黑暗中，光線照亮身材寬大如龍貓、笑嘻嘻獨坐中一中講堂舞臺上的駱以軍，一開場就先解釋：「對不起我要拿外套遮著在前面，我剛剛才知道要這樣坐在臺上，但是我這件褲子褲襠剛好破了一個洞，很像我的個性齁！」若說《匡超人》的「洞」，是可以在黑洞破孔中，既幽黯吞噬敘事可能性，卻又弔詭翻滾出不同層層故事，駱以軍的外套，則是他施展魔術的布兜，在笑聲中悄悄吸引聽眾緩緩走入小說的摺痕、現實的裂縫與說故事的（不）可能性。

當光漸次熄滅

「雖然我們家的小孩，我哥、我姊和我都有人渣的性格，我爸卻是非常正直、且非常嚴肅的人，我以前上學時他都會穿著老兵內褲送我到門口，一生卻幾乎沒抱過我。」父親的愛既彆扭又單純，既是老兵內褲、也是駱以軍「人渣」時期揮打在他身上的木刀，但在故事的一開始，父親就已經死去。

駱以軍簡單陳述在《遠方》中曾細緻敘述的救父之旅，經歷四年後，父親終於走到終點。「我父親其實是太陽坐命、身高一百八十幾，非常高大的一個人。」駱以軍口中的父親，始終顯得既莊嚴又卑微，既是極為正派、於大學講授中文學科的外省老教授，卻又是退休後隱遁於永和平房小小院落種植各式盆栽，像胖孩童般喜孜孜走上「蘇東坡旅行團」，終於因病癱瘓，步入死亡之境的老人。家中從蕪亂的庭院，到屋中收容久癱病人的角落，都朦入深深暗影之中。

父親臨走的最後一晚深夜，在永和深巷中，護士從救護車上推下父親的軀體，「那時我覺得時間在倒流，我爸的眼睛中魂魄好像散光了，就只剩下淡淡的藍色。弄子裡各家院子種了很多樹，夜燈下樹影在臉

黃仲裕／攝影

上晃過去，我就在流動的影子下安慰他：爸不要怕，快到家了。」一切來得突然，母親未來得及面對父親的突然倒下，只好臨時撐開摺疊的藍白帆布海灘椅，放上父親的軀體。回憶拔管的瞬間，小說家對記憶產生遲疑：「不可能有那麼長的管子，但我覺得好像從我爸脖子裡拔了很久，最後『啵』一聲終於拔出塑膠管時，灑出一注鮮豔，彷彿出自少女身體的粉嫩鮮血。」

在最濃稠的黑暗之中

深夜拖著疲憊身軀，在老家外的小巷抽菸時，看到七、八個阿婆走來，駱以軍想：「媽的，是死神的使者嗎？」結果是母親信仰多年宗教團體的「師姊們」。駱以軍回想起多年前才二十多歲，但已一頭深埋入世界最頂尖的文學大師卡夫卡、杜斯妥也夫斯基、井上靖……等的小說中苦讀抄寫的自己，曾「誤上賊船」陪著母親參加朝山行程，回程卻困在載滿整臺遊覽車阿婆師姊的高速公路上，而在那七個多小時無止境的漫長等待中，所有師姊們豁命爭搶麥克風，並且把每首流行歌的歌詞都唱成「阿彌陀佛」。滿座哄笑聲中，小說家搖搖頭笑著佯怒「欸我爸死了你們笑屁啊！」

由於替逝者馬拉松式誦念八小時佛號，可以幫助往生者走向西方佛境，於是一身黑衣的師姊們一一肅穆列隊出現在家中。因長時癱瘓，早已在某種意義上失去父親的駱以軍，仍在最後告別父親的關頭不自禁哭出聲。在這個瞬間，阿婆們立即制止，她們以充滿力量的聲音說：「嘜哭！」

以免逝者因而不能得入佛境。「那一天其實我很累，打瞌睡睡著，還把口水ㄍㄜ、在我爸屍體上，但阿婆超有紀律，在那個濃稠、好像人世間所有光都無法穿透的永和深巷房子裡，是她們的念佛聲和敲罄聲撐住了、架住了我。」

現代主義與遠古時光

駱以軍回憶，那一陣子作家阿城剛好到臺北進行了一場不公開的演講，內容是關於商代的青銅器刻紋。阿城認為，在那些青銅器上的紋路其實是樂譜記號，可以分為兩大類，分別是代表低音鼓的波浪紋與高音的螺旋紋。就如同搖頭店中鼓動心跳的電子音、嗑藥後狂歡的哨子鳴響聲一樣，阿城認為商代時巫師會帶領部落一起服食興奮劑，然後在混合鼓聲與高音的樂音中，全族族人感受到混融一體、天人合一的幻覺與快感。說著說著，駱以軍右手虛握拳型懸在空中，「碰、碰、碰、咻……」模仿祭司祈禱的樂聲，小說家的幻術，瞬間將眾人拉回到遠古的巫筮部族。

「在那樣的傳統社會，你做什麼事情都有人陪伴你、監視你。」駱以軍說明，傳統社群的人際關係緊密，所有的身分轉換，都伴隨他人的監看與認可。除了巫筮文化外，駱以軍也舉自身的成長經驗為例。出身外省第二代家庭的自己，對於許多傳統習俗皆懵懂，也不諳《紅樓夢》或張愛玲式大家族中人與人之間的細微階層張力、暗縫插針的人際祕術，自然也就不再有傳統社會的「陪伴你、監視你」經驗。

透過學習西方現代主義大師，走入文學孤寂之境，而在三十多歲時自認已經成熟，可以在文學中承受各種人類不可思議之苦難、悲哀、大屠殺與滅絕苦痛的駱以軍，在父親離去的關口，卻感受到「你其實無力去承擔那樣一個龐大的劇場」，但在孤絕失語、無力承受的現代情境中，卻是仰賴了師姊們前現代般、儀式性的陪伴與支撐。這當中的孤寂，既是最現代主義的體驗，又可能是外省第二代共通的海島身世。

抬棺人：說故事作為投名狀

因為外省家庭，小家族中男丁無法支應喪禮的抬棺人力，於是駱以軍找來了六個鐵哥們擔當「抬棺人」協助喪禮，協助他支撐起父親的棺木。第一位「盧子玉」，對於駱以軍的讀者而言或不陌生，從各個不同場合的演講，到小說如《第三個舞者》中，皆頻繁現身的盧子玉，可說是駱以軍青少年時光廢柴哥們的形象代言人。

當駱以軍開始夸夸其談盧子玉如何倒楣之前，他面對著臺下的中一中學生們，卻先感嘆說：「像你們這樣好學校的學生，或許很難像我們這種流氓人渣、有幾個真心相挺的鐵哥們、好兄弟吧」；或如，提起陪著當時仍是女友的年輕的妻及她博士班的學姊學妹，在前往東北中蘇邊境，那趟漫長、拘謹又無聊沉悶的鐵路經驗，駱以軍慨嘆：「如果是和我那幾個廢物哥們，那這趟火車一定是最棒的唬爛、說故事時光。就像是西方偉大小說中，男人們遇到就會彼此炫耀經驗：『我曾經手刃好幾個寇讎』、『我曾姦汙了我的嫂子』」，說故事對於駱以軍而言，或許被想像成遠途的旅人意興勃發炫示故事的時刻、視為異性兄弟間如男性盟誓的儀式，是離開遠古社會後，允許屢屢遁入孤寂時光的駱以軍，得以找到他人認同支撐的重要因素。

於是當駱以軍一路鋪哏，敘述關於盧子玉的笑話奇談，乃至於他「又再一次」在盧子玉家的廁所中踩爆馬桶時，隨著舊瓷片、冰荔枝與汙水一起四處迸流的，也就不只是滿座學子的笑聲，也是駱以軍對於「我輩廢柴」哥們的聲聲召喚。

當「父親」的名字缺席

故事以父親之死展開。父親那一輩的大逃亡經驗、繁複家庭關係或人際網絡，在外省第二代的駱以軍身上已經失落了，而他發現自身其實無力說父親的故事，「即使把我爸死亡的畫面搬到前景」還是無法敘述，當深陷說故事的不可能性之際，他卻有「六個抬棺人」，可以協助他「一起把故事抬到讀者面前」。

父親的缺席或許也可視為文學性的隱喻。駱以軍作為臺灣文壇最重量級的小說家之一，當他一開始就選擇以我輩廢柴的低姿態，出現在臺中一中的少年少女前時，他預先將可能成為文學「父親」的自己塗銷了。他不願成為文壇中高大的父親，而選擇在未來的創作者身邊，扮演他們的廢柴哥們或「抬棺人」。當光漸次亮起，座中的駱以軍徐徐起身，他連說兩次「我發誓我說的都是真的」之語雖然言猶在耳，但真假與否的疑問，或許早已在他小說囊中魔術的迷人兜轉中，被無限延後了。

2019作家巡迴校園講座

第三場　臺南女中

讀詩是為了在時間的河流上航行

【蕭信維／記錄整理　劉學聖／攝影】

主辦單位：台積電文教基金會、聯合報副刊、臺南女中
時間：二〇一九年四月十日
主講人：楊澤、楊佳嫻
主持人：林餘佐

第十六屆台積電青年學生文學獎，配合著徵稿活動，主辦單位邀請知名作家巡迴，期望透過作家親至校園談文學、談啓蒙、談青春的迷濛與未知，觸動少男少女的幽微心靈，啓發更多創作的可能。

此次作家巡迴校園講座邀請楊澤、楊佳嫻兩位詩人來到臺南女中，甫春天的臺南已經豔陽高照，鬱熱的天氣讓主持人林餘佐開場便笑引葉石濤所說：「臺南是一個適合人們作夢、幹活、戀愛、結婚、悠然過活的地方。」林餘佐補充，他認為臺南更是一個適合談詩的所在，詩就應該生長在如此生猛、熱烈的城市。

陽光從航行的小舟醒來

林餘佐提及詩似乎都啓蒙於青春，常常可以聽到早慧詩人，卻少聞早慧小說家，詩跟青春的印象似乎很密切。楊佳嫻續道，其實她讀詩寫詩並沒有那麼早，大概是十九、二十歲，那時候沒有網路平臺如晚安詩、每天為你讀一首詩等，能接觸詩的管道大都是報紙副刊。「九〇年代刊載的詩實驗性比現在報紙上的強很多，」楊佳嫻笑道：「很多詩我其實完全看不懂，中學時代我還買過剪貼簿，剪貼了很多自己看不懂的詩。」

看不懂又如何？楊佳嫻認為很多時候看不懂的東西都會漫散出神祕的魅力，那些看似奇突的句子、難以歸類的象徵、無法索解的隱喻，在年少時候奇異陌生地吸引懵懂的少女。縱使那時候並不明白，但那些句子會深深的印在腦海，直到逐漸長大會突然回到心裡，像是某個結突然被打開，才為當時的無數個疑惑找到屬於自己的解答。楊佳嫻藉楊澤的詩集《人生不值得活的》舉例，出版時是大學生的她很難讀懂為何人生不值得活，但仍舊被其表象的文字美所打動，直到十幾年後，才能體會詩作的意蘊，楊佳嫻藉此鼓勵同學，不要畏懼自己讀不懂的東西，好的文學作品或藝術品，在不同年紀閱讀時可以得到不同的體悟，因為讀者積累的生命經驗在閱讀時其實也參與了作品的完成。

楊澤接續話題，笑談他在青春期覺得時間好悶好慢，彷彿時間的河流都沒有流動。那時候課本根本沒有現代詩，詩的啓蒙來自於當年初中讀嘉義中學時校刊社學長寫得纏綿悱惻的〈論李商隱的無題詩〉，「雖然只是高中生但寫得滄桑、世故，」楊澤笑說「彷佛人生不值得活的」，但那是他第一次發現詩可以有多種觀看的角度，不論詩古典或現代或離經叛道或中規中矩，都讓學生時代的楊澤得以脫離淤滯的時間河流：讀詩一秒鐘就可以上溯晚唐，一秒鐘擺渡現實。

那裡有平淺的河灘與生猛的漩渦

林餘佐延續楊澤對河流的隱喻，認為讀詩就像一尾扁舟，可以帶領人穿越人生的長流，縱使百轉千折，總是能柔軟的承接著讀詩的人。在這條長河上縱一葦之所如的時刻，總是會有讓人慢下來好好觀看的風景。對楊佳嫻而言，在她「學詩」的一開始，便不輕倚天啓式的寫作，她認為寫詩往往不完全依靠才華而是透過學習，大學時就讀中文系的她常常被古典文學觸動，欣賞融古典於現代的寫作形式，同時也欣賞如洛夫意象繁複生猛的詩作。常常評審學生文學獎的楊佳嫻也提醒學生，所謂融古典於現代並不是用現代的語言把蘇軾的人生體悟、紅樓夢裡寶黛的愛恨糾葛再寫一次，而是必須立定自己的時空向過往探索，找出共同與不同。

劉學聖／攝影

楊澤認為現代詩與古典詩最大的不同來自於青春期，由於古人必須早熟，所以失去青春期所帶來的騷動與困擾，而現代人因為生命的延長，在詩中出現了青春時期靈魂的幽微變動。青春時期的楊澤也曾經迂迴在讀詩的過程，他自承其實很長一段時間讀不懂詩，直到他讀楊喚，用簡單、童詩般的口語，去承載豐富的內涵，這使楊澤發現詩裡也有可解、易解的部分，如楊喚的〈鄉愁〉「流行歌曲和霓虹燈使我的思想貧血／站在神經錯亂的街頭／我不知該走向哪裡。」這樣的青春、徬徨的詩作吸引著年少的楊澤，而這樣主題的作品讓他覺得現代詩與古典詩作有所差異。

楊澤分析古典詩與現代詩的異同，楊佳嫻則試圖解答許多剛開始創作的學生的問題：「詩與散文的區別在哪裡？」有些人認為詩不過是分行的散文，楊佳嫻不以為然，她以夐虹的〈死〉為例：「輕輕的拈起帽子／要走／許多話，只／說：／來世，我還要／和／你／結婚。」連在一起看不過是不甚高明的散文，但經過作者的分行斷句，强調了節奏與語氣，每一個斷句都是對上一句的承接，也是對下一句的叩問，合著題目，整首詩展現極高明的詩意。

河中的水草有我的影子

新手創作者參加文學獎時應該要以什麼樣的態度？林餘佐代現場同學提問。楊佳嫻說她最早參加文學獎的理由是為了出書，等到她一旦得以出書，她就再也不參加文學獎。在參加文學獎時，難免會關注評審的口味，但最終仍然是理性的思考、藝術的追求，並且展現自我。她以紀弦的〈我之出現〉為例：「哦，十足的 Man!／（中略）／吹著口哨，／出現於／數百萬人口的大都市之／最豪華的中心地帶，／比當日耶穌／行過耶路撒冷的鬧市時／更具吸引力的啊。」展現了龐大的自我中心，這種個人特色從之顯出某種可愛。

詩創作是可以從教人寫詩的書籍學到的嗎？現場同學提問。楊佳嫻笑答這種機械化教如何產出詩的書她其實不看，機械化的學習只是最初最初的開場，只能教導初階的創作者形式上最簡單的事情。關於詩創作有關的書籍，楊佳嫻則推薦楊牧《一首詩的完成》，因為這本書並不是為了拆解句子，而是闡述作為一個詩人怎麼捕捉內心的感受，這才是值得學習的部分。

楊佳嫻更進一步向同學說明，「學」寫詩這件事情本身並不是學習用別人的格式、題材、音韻說話，而是學習發出自己的聲音，慢慢地找到自己心裡的感受。不論古典的題材、學科的滋養，都是「被用」的，創作者是站在主動的位置去使用，「我們仍然必須要使用自己的句子說話，找到自己的聲音。」

青春只有詩懂，但青春不懂詩，同學們困惑、思索，與寫作。木心說：「敏於受影響，烈於展個性」，充滿詩意的春日午後，臺南女中的同學們在詩的河流上與楊澤、楊佳嫻兩位老師前行一段，有敏銳的心靈被啟發、被壯大，有疲憊的心被撫慰、被理解。在臺南流金鑠石的騰熱氣溫裡，少女們的眼睛閃爍著青春的柔軟與堅毅，每一顆腦袋都充實而飽滿，每一顆玲瓏的心都在風中敲打出清脆的聲音。

2019 作家巡迴校園講座

第四場　北一女中

寫作是一種節制的藝術—黃麗群與陳夏民對談「寫作的勇氣」

【莊勝涵／記錄整理　曾吉松／攝影】

主辦單位：台積電文教基金會、聯合報副刊、北一女中
時間：二〇一九年四月十八日
主講人：黃麗群、陳夏民

生命任由時間通過，像針線穿鑿彌縫，打結補丁，直到成為一個複雜的織體。寫作也像編織，但卻要在記憶的皺褶裡，小心梳理龐雜纏繞的脈絡，才能汲取文字的底蘊。這種自我挖掘的工程，往往需要勇氣去面對。本次講座，邀請了小說、散文創作者黃麗群，與編輯、創作雙棲的陳夏民對談，與北一女的學生聊聊「寫作的勇氣」。

其實，我們都不勇敢

在兩位寫作者心中，對方都是勇敢的人。在出版業最慘澹的那幾年，累積了兩年出版工作經驗的陳夏民，因為好奇做一本書的產業鏈，便掂了掂積蓄，決定開出版社。「所以你是在把所有技術性問題都弄懂以前，就決定要開出版社？」在黃麗群心中，陳夏民這股憨膽，正好是勇敢的表現。陳夏民自己卻有不同的認知：「創業之後我才發現，其實是工作給了我一個安全空間，讓我躲在裡面相信自己很勇敢，迴避面對自己的人生課題，但也喪失了生活的敏感度。」

對陳夏民而言，黃麗群才是勇於冒險的人。她熱愛旅遊，時常往日本古都金澤跑，「所以我很佩服你不斷讓自己出走，勇於那樣深度地探索金澤」。黃麗群聽了連忙否認，「我發現大家都很常誤會別人耶！」她說自己從來不是個勇敢的人，所以才會常常去同一個地方，且在事前把所有的細節都規畫好，像是從地鐵走到旅館的路線、過夜的旅館是不是凶宅這些細節都會先調查好，「我是一個期待所有事情都是掌握在手上的人，其實就是一個孬種。」

有些事情看來司空見慣，但對某些人來說是豁盡一切，而有些看似困難的事情，另一些人卻只道尋常。單從字面意義直觀「勇氣」，有時可能會走錯路，就像毅然投入危險的事業，與放逐自己探索另一個城市，未必就是勇敢，反倒折射兩人性格中怯懦的一面。

那麼，當我們討論勇敢的時候，我們在討論的是什麼？或許，我們得從不同的角度理解這個詞彙。這就回到了黃麗群對這次講座主題的看法：「談勇氣這件事情太難了，因為它在每個人身上都會用不同的方式顯現，它是一個相對的概念。勇敢不是你不害怕，而是你害怕，但你還是去做。」所以衡量一個人是否勇敢，要看他缺乏的是什麼，「孔劉買 Tiffany 項鍊給你，你可能覺得沒什麼，但如果他花三個月做手工禮物給你呢？臺下的人聽了可能都會崩潰了吧。」聽到這裡，在座北一女的學生都用掌聲加笑聲回答了問題。

陳夏民也同意她的看法，擅長用客觀的角度分析出版產業的他，坦言用第三人稱面對這個世界，只是尋求一個安全的角度來跟世界互動。這種「以地方包圍中央」的寫作模式，讓他得以避免用第一人稱碰觸自我的內核，「直到最近我才真的理解，勇敢是你可以面對你自己，即便那令你感到害怕。」

有些東西，你賠不起

寫作也是同樣的道理。你知道有些東西你賠不起，卻還是鼓起勇氣，願意以文字涉險。追求安穩的黃麗群與迴避談論自己的陳夏民，其實都是不太敢書寫私生活的人。但黃麗群說，在陳夏民傾向於第三人稱的筆觸裡，仍然帶著很私人的情緒，「我其實看得出來，那是一種假裝局外的狀態」。

身為寫作者，對於一篇文章裡藏了多少程度的

曾吉松／攝影

自我，兩人總能敏銳地讀出來。就像電影《駭客任務》裡的救世主尼歐，看穿了世界繁複的表象，不過是無數精心撰寫的程式碼。寫作者用文字編織的第二現實，縱然展現為三千大千世界，但種種遮掩、迴避與游移，無非是展現自我的種種姿勢。

陳夏民便觀察到：「以我的閱讀經驗來說，有些人寫作揭露的都是身邊的人，就是不願意揭露自己，但也有人透過揭露別人來講自己。還有人表面上寫的都是自己，但讀到更深的地方，卻發現裡面完全沒有他自己的存在，那才是最高超的。」

對他們而言，揭露自我或許就是最需要勇氣的事。尤其是散文，這個文類的本質不易界定，以無韻之文劃分文學的半壁江山失之浮泛，但捨棄此道，似乎又難以辨識其內核。最後人們只好另尋他路，把「掏心掏肺」視為散文的核心。但其實，寫字的人，沒有人逃得過自我揭露這一關。

「但是，在寫作裡面，我們到底要把『隱私』放到什麼地步？」黃麗群一個轉折，把話題帶到社群媒體時代的文字徵候。她提及這個時代寫作的物質門檻已大為鬆綁，部落客、自媒體、直播主這些曾經是「現象級」的新名詞，也已成為日常生活清單中的定番款。只要連上網路，人人都可以選擇一種姿勢展演自我。「我們也不必諱言，有些人是靠販賣私生活、曬伴侶曬小孩獲得利益的，這沒有什麼對或不對。」

但當寫作者遵循社群媒體的邏輯，早已習慣了揭露自我的遊戲規則，勇氣的定義反倒不再是勇於揭開自我，而是為自己的隱私畫出一條界線。「不要輕易的以隱私為代價，換取情緒的暴擊」，黃麗群說這種暴露情緒的「膝反射」過於強烈，不單單只是寫作技術的問題，更根本的是涉及人性尊嚴的問題，特別是哀悼、追憶的情緒：「哀悼的文字是一種葬禮的形式，那是人性莊嚴最後的位置，我們所謂的慎終追遠，就是提醒我們生命有起點與終點，讓我知道人不夠大，人不是無所不能。」

陳夏民聽了也認同界線的重要性，他認為人們將社群媒體的運作機制內化，使得展演情緒幾乎成為自動化的過程，「我們好像變成某種 Cyborg（機械化有機體），失去了人性的尊嚴，會失去某種人性的質地。」說到底，寫作的勇氣不在於展演了多少程度的自我，而是在寫作之中是否證成了自己的尊嚴——無論那要求你揭示自我，或者停下來，只是安靜地聆聽自己。

懂得節制，才有勇氣

陳夏民談到自己使用社群媒體的經驗，也曾經習慣在情緒上頭就拿起手機劈哩啪啦寫出來，「寫完以後，壓住螢幕，全選，刪除。」這讓黃麗群想起了自己的求學時代，那時人們還寫信，老師曾說前一晚寫的信，不要隔天一大早就寄出，「一定要再看一次，因為晚上人的情緒比較敏感，你的憤怒、悲傷或是指控都會特別激烈。」而現在的我們甚至失去了那道確認的關卡，打完字，一鍵送出，輕易完成情緒與讚數的對價交換。

勇氣是相對的，它常常跨在一條線的兩邊，刻意隱藏自我會失去人味，但把情緒像嘔吐般四處潑灑，又背離文學寫作的核心。寫作，真的不簡單，該怎麼掌握揭露的分寸？黃麗群反倒建議寫作者參考陳夏民習慣使用的編輯視角，「你要當自己的作者，也要當自己的編輯。」但凡揭露自我，都可以區分為「情緒事件」與「情緒感受」，「你遭遇的情緒事件跟你情緒感受的量級不一定成正比，你要知道自己寫的東西是不是在跟這個世界撒嬌、討愛。」

所以陳夏民說：「有時候真正的勇敢，其實是一種節制的狀態」，黃麗群則說：「你要勇敢地背對這個時代的共性，不去拿自己的某些東西去換取讚數，去獲得關愛。」或許得先辨識出隱私作為人性尊嚴的意義，手上才真正握有籌碼，足以參與寫作這場危險的賭局。那時，你知道擁有的那麼少，而想要的卻那麼多，所以你學會節制，學會用有限的字句，寫出情感裡深邃曲折的故事。

這場講座談的是寫作的勇氣，兩位講者卻從「揭露自我」這個寫作的核心命題娓娓道來，從面對這個世界，到向世界傳遞訊息，貫串其間的，則是「認識自己」這個歷久彌新的人性課題。如是，重讀「揭露」這個詞彙，便能發現它恰如其分地道出寫作者挖掘自我的工程：你謹慎地伸出雙手，深入生命織體的紋理，掀開摺疊的記憶，讓一點光流出來，文字便從遠方緩緩地，臨近於此時此地。

與未來通信

二〇一九第十六屆台積電青年學生文學獎徵文辦法

宗旨：提供青年學生專屬的文學創作舞臺，發掘文壇的明日之星，點燃臺灣文學代代薪傳之火。

主辦單位：台積電文教基金會、聯合報

獎項及獎額：

一、短篇小說獎（限五千字以內）

首獎一名，獎學金三十萬元

二獎一名，獎學金十五萬元

三獎一名，獎學金六萬元

優勝獎五名，獎學金各一萬元

二、散文獎（二千至三千字）

首獎一名，獎學金十五萬元

二獎一名，獎學金十萬元
三獎一名，獎學金五萬元
優勝獎五名，獎學金各八千元

三、新詩獎（限四十行、六百字以內）
首獎一名，獎學金十萬元
二獎一名，獎學金五萬元
三獎一名，獎學金二萬元
優勝獎五名，獎學金各六千元

以上得獎者除獎金外，另致贈獎座或獎牌。

四、附設「高中生最愛十大好書」票選及系列活動，由參賽者選出心目中最愛的臺灣出版文學類書籍。

應徵條件：

一、凡具備中華民國國籍，全國十六歲至二十歲之高中職（含五專前三年）學生均可參加，唯須以中文寫作。

二、應徵作品必須未在任何一地報刊、雜誌、網站發表，已輯印成書者亦不得再參賽。

注意事項：

一、每人每項以參賽一篇為限。但可同時應徵不同獎項。

二、作品須打字列印（A4大小），一式五份，文末請註明字數（新詩請另註明行數）；字數或行數不合規定者，不列入評選。

三、請另附一紙，每位參賽者須列出一至三本最喜愛的文學類書籍（不限作者國籍、語言，但須在臺灣出版），須標明書名、作者、出版社。

四、來稿請在信封上註明應徵獎項，以掛號郵寄（221）新北市汐止區大同路一段三六九號四樓聯合報副刊轉「台積電青年學生文學獎評委會」收；由私人轉交者不列入評選。

五、原稿上請勿填寫個人資料，稿末請以另紙（A4大小）打字書明投稿篇名、真實姓名（發表可用筆名）、出生年月日、就讀學校及年級、聯絡電話、e-mail 信箱、戶籍地址並附學生證影本，資料不全者不予受理。得獎者另須提供較詳細之個人資料、照片及得獎感言。

六、應徵作品、資料請自留底稿，一律不退。

評選規定：

一、初複選作業由聯合報聘請作家擔任；決選由聯合報聘請之決選委員組成評選會全權負責。

二、作品如未達水準，得由評選會決議某一獎項從缺，或變更獎項名稱及獎額。

三、所有入選作品，主辦單位擁有公開發表權以及不限方式、地區、時間之自由利用權。前三獎作品將在聯合報副刊（包括UDN聯合新聞網及聯合知識庫）及聯合報系北美世界日報副刊發表，優勝獎作品刊於台積電文教基金會網站及聯副部落格。日後集結成冊發行及其他利用均不另致酬。

四、徵文揭曉後如發現抄襲、代筆或應徵條件不符者，由參賽者負法律責任，並由主辦單位追回獎金及獎座。

五、徵文辦法若有修訂，得另行公告。

收件、截止、揭曉日期及贈獎：

收件：二〇一九年三月三十一日開始收件，至二〇一八年五月二十日止。（以郵戳為憑、逾期不受理）

揭曉：預計二〇一九年七月中旬得獎名單公布於聯合報副刊。

贈獎：俟各類得獎人名單公布後，另行通知贈獎日期及地點。

詳情請上：台積電文教基金會網站

http://www.tsmc-foundation.org

聯副文學遊藝場部落格

http://blog.udn.com/lianfuplay

台積電青年學生文學獎臉書粉絲團

www.facebook.com/teenagerwrite

或洽：chin.hu@udngroup.com

02-8692-5588 轉 2135（下午）

文學專刊：台積電文學之星

二〇一九台積電文學之星

林禹瑄 VS. 楚狂

詩的痛苦與至福

林禹瑄

曾經有一陣子，我十分熱中於述說關於人生裡第一本詩集的故事。那詩集甚至不能算是一本詩集，而是一本教科書式、大雜燴一樣的詩選，字典般厚，工整宋體印刷，一點也沒有詩該有的特立獨行的樣子。我之所以買下它，只因為那是當時我居住的小鎮上唯一一家賣文學書的書局裡的唯一一本詩集。我至今還記得那白色書皮擺在暗色書架上的樣子，像漫漫荒漠裡，一把兀自發光的鑰匙。

對於一個十四五歲、此前對新詩印象只有〈再別康橋〉的孩子來說，在同一本書裡一連讀到周夢蝶〈孤獨國〉、瘂弦〈深淵〉、楊牧〈十二星座練習曲〉、陳黎〈小丑畢費的戀歌〉、夏宇〈背著你跳舞〉、零雨〈特技家族〉……，彷彿一片荒地經歷宇宙大爆炸，瞬間長出了各式珍稀、繁複的物種。那樣的震撼讓我在多年以後，仍然自得其樂於這個故事裡荒涼與豐饒的強烈對比，而不覺厭倦地頻頻回望。

一個新世界在我眼前誕生，也許這就算是詩的啓蒙了吧？我其實也不那麼確定。我的困惑沒有減少，考試分數沒有增加，自己在書桌前塗塗寫寫的時候，感覺一樣渺小，並且孤獨。那時我周圍少有人讀詩，新發現的宇宙與其說是色彩斑斕的風景，更像是一個深不見底的樹洞，在我喊叫的時候，盡責地傳來幽微的回聲。

如此跌跌絆絆過了許多年，我搬到更大的城市，錯失許多願望，長成了一個自己都快認不得的人。生活沉重，讀詩的時間越來越少，許久沒讀完一本詩集的日子裡，有天一消息傳來：小鎮上那唯一賣文學書的書局關了。

宇宙的大爆炸只有一次，我是這樣終於明白了啓蒙的意義。你創作上所謂詩的啓蒙又是什麼樣子的呢？

楚狂

談「最早的詩」，我想我們都是從國文課本裡先開始的：徐志摩、余光中、鄭愁予、席慕蓉等人。但這就是啓蒙嗎？我沒那麼肯定。不過我當時仿寫過不少，身邊沒有其他人寫，也不知去哪裡交流、如何查找知識，覺得詩歌的樣貌就這幾種，沉默又茫然，中二地覺得自己好像「寫了首詩」，夜晚獨走巷弄間，看著飄忽的影子，誤以為自己是同路人。

首度接觸「課本以外的詩」，反而是在考卷上，猶記得考題是夏宇的詩——〈甜蜜的復仇〉，這首詩讓我看到原來在課本之外，世界還有不同型態啊！你說：「珍稀、繁複的物種讓你經歷宇宙大爆炸」，但當時那首詩，卻讓我深刻感受某些認知正被摧毀，世界觀混沌。

你有「發光的詩選」，我也有，不過我的來源除了考卷，還有貼在高中公布欄上文學獎歷屆的得主，反覆檢視後，我自以為發現了規律，嘗試仿冒，試圖「騙」些零用錢，那是我開始「有意識的寫」。然而寫了幾次後，這一篇篇的贗品讓我非常困惑：「這真的是我想寫的嗎？現在是我希望的樣子嗎？」

小時孤僻又任性，不願、不知求助的我某次終於抬頭張望家裡的書架，從《讓高牆倒下吧》、《文化苦旅》一行書列看過去，赫然見到民國五十四年出版的《還魂草》，當時我還不知周夢蝶是誰，不過扉頁：「千里之行，始於足下。」的題字微微呼響，告訴我：「多少個暗夜，當你荒野獨行／皎然而又寂然／天眼一般垂照在你肩上左右的／那雙燈。啊，你將永難再見／除非你能自你眼中／自愈陷愈深的昨日的你中／脫蛹而出。」（〈六月〉）

許多年後，我才知道詩人曾在武昌街擺書攤，惜我沒能趕上那段傳奇丰采。作為「後輩」，哲人日已遠，我對周夢蝶的形象始終來自轉述或照片，從各種宣傳的刻板印象中，他似乎是一位、也可能是唯一一位，內內外外始終保持「禪意」的詩人了。「誰是心裡藏著鏡子的人呢？／誰肯赤著腳踏過他底一生呢？／所有的眼都給眼矇住了／誰能於雪中取火，且鑄火為雪？」（〈菩提樹下〉）詩人在詩集中提出很多問題：反問、自問、他問……讀來常可發現我的問題也在其中，且多數不見答案。一如至今，我雖仍不知道詩該是什麼樣子，但值得欣慰的是，我似乎認識到，應該要生活著，如「詩」。

對你來說，詩人的樣貌又是怎麼樣的形象呢？

林禹瑄

忘了聽誰說過，詩人與其他文類作家最大的不同，在於小說家、散文家和劇作家都是一個職業，詩人卻是一個身分，一種為人的態度。這樣說來，詩人或許不應該理解成「寫詩的人」，而更像是你所說的，「如詩般生活的人」了。

剛開始寫詩的時候，「成為一名詩人」對我來說有莫大的吸引力。我後來經常懷疑，讓我堅持在寫作這條漫漫長路上走下去的，其實不是筆下可能煉出來的字，而是心目中詩人瀟灑自在的理想形象，否則不會在讀〈孤獨國〉的時候，逕自略去詩裡深刻的筆法與哲思，獨獨記下了「只有曼陀羅花、橄欖樹和玉蝴蝶」、「白晝幽闃窈窕如夜／夜比白晝更綺麗、豐實、光燦」的美好畫面。或許我並不孤獨。數十年來信奉詩的少男少女，誰不想一輩子只寫自己愛寫的字，只賣自己愛讀的書，只見自己心愛的人，任憑外界世事變遷，也總能安安靜靜地聽「時間嚼著時間」呢？

當然，人生再往前走一段，就隱約能明白，詩裡越是美麗的樓閣，地底埋藏的痛苦就越是深刻。更何況詩人煮的字不只往往療不了生理的飢，連精神上對自我的要求也很難滿足。許多年後我才意外又不意外地發現，在我眼裡如詩般生活的周夢蝶，對寫詩的感想竟是「如果想追求人間幸福，想快樂，不要幹這個事」。

我多麼希望這是個謊言。想起你幾年前出版的詩集就叫《靠！悲》，不知道你是不是早已認同了寫詩與痛苦的關聯？

楚狂

正能量的話語會教條似的說：「每個人都是世界上重要的小螺絲之一。」真是這樣嗎？我們每天趕公車擠捷運追火車，在車上推別人、被別人擠，嗅聞那些食物便當、汗味體味、腳臭偶爾還有人放屁等等百味雜陳……。某刻，我突然察覺我從來都不是關鍵，真實世界多我一個不多、少我一個沒差。

在整個社會化的過程，我們如此蒼白，彼此的顏色漸漸被刷淡，白日醒來，對著鏡子看見自己，可否想過會變成現在這副德性？一如詩：「而所有的夜都鹹／所有路邊的李都苦／不敢回顧：觸目是斑斑刺心的蒺藜。」（〈孤峰頂上〉）同等哀愁。甚至不知不覺，我已成為那個小時候發誓不要成為的那種大人了。

部落格的時代我曾經每天去看文章多了幾次瀏覽（儘管後來發現都是廣告用戶）、我也曾盯著臉書的讚數變化發呆，不知道是否只有我如此病態，寫詩的茫然無助和孤獨徬徨會令我驚醒痛哭，無數次質疑究竟是我刻畫了詩；還是詩雕刻了我？互相遍體鱗傷。

但漸漸地，意識到書寫其實是對於「自然」的敏感，當它發生、當我觸碰、或被觸碰，所産生的剎那時，我知道我再也無須為它擔心了，「當你淚已散盡；當每一粒飛沙／齊蟬化為白蓮。你將微笑著／看千百個你湧起來，冉冉地／自千花千葉，自滔滔的火海。」（〈尋〉）它長成什麼樣子都不重要，重要的是，它在這邊。

它就會在這邊。

生活還是繼續，上課點名、上下班打卡，我無法講出：「好險我們還有詩。」這種假掰到死的話術，僅希望多多少少留下一些自己，藉由什麼：一點點可能性，讓自己度過今天。寫詩是誠實面對自己失敗的一個個紀錄，靠在悲傷旁邊，我又衰又賤，既悲且喜。

有些人原地蹲下來，像小學的朝會、軍隊的集合場景，反覆翻轉觸手可及的短草和螞蟻，如同那些被操弄的文字，他們覺得這就是整個世界的樣貌。

另些極少數的人則已經走很遠了，走過去的地方漸漸長成一座隧道，那深邃、無法洞悉出口的黑洞向文字呼喊：「你來」、「你來」，也吸引著我。

林禹瑄

前段時間，我對於發表作品這件事忽然變得非常遲疑。大概就像你說的，在青春期自我膨脹的賀爾蒙消退，被社會生產線上的機器壓來輾去一陣之後，某天十分悵惘地意識到自己只是長長商品列上「多我一個不多、少我一個沒差」的其中一個複製品。更何況我所販賣的，盡是似實若虛、在資本市場上難以兌現的哀愁與哀愁的暗影。數位時代的寫作像在沙上刻字，搭載各式資訊的潮水不斷沖刷下，連痕跡都無處可尋。

很難說這是前中年的存在主義危機心理作祟，還是創作瓶頸（假如我也夠資格談論這個詞）必然經歷的一部分。寫作確實如走一個黑洞，其底端的風景（或者用世故一點的口吻說，所謂的寫作成就）與時間、精力、耐心，甚至天分之間，似乎都沒有必然的等式關係。一首詩可以以每小時二二五美元的速率生產（這確實是一則關於職業俳句詩人的報導標題），也可以像〈好雪，片片不落別處〉寫了四十年；二十本著作的藝術重量，可能遠遠比不上三本精緻的詩集；作為一個讀者，記憶最深刻的詩往往不是結構最精巧、意象最詭奇的，而是在人生的某個節點，情感的頻率電光石火般恰好對上的那段文字。

於是關於寫詩的痛苦、哀愁、孤獨、快樂、幸福等等，如果真要追究起來，恐怕都是沒有道理的。如同人生裡所有的選擇辯證到底，其實都是別無選擇。詩讓我在尚未明白過來以前，便踏入了一條漫無邊際的黑洞，有時迷失其間，有時卻也能因此拾起「小如鴿卵」的世界，放入懷裡，暫時安心地往前再走一段。

林禹瑄（第四屆新詩獎首獎得主）

一九八九年生，臺南人。曾獲台積電青年學生文學獎、時報文學獎等。有詩集《夜光拼圖》、

《那些我們名之為島的》。作品曾獲選入《華文新詩百年選》、《一〇五年散文選》、《七年級新詩金典》等合集。

楚狂

一九八七年紫微破軍，史學系畢。著有詩集《靠！悲》，現折腰出版業，粉專「告非非心」擺爛中。侍奉四位主子，一雪一滾一洽一淙，幫主子們經營粉專「爽爽滾」。每天早上都會祈禱，祈禱主子們對奴才好一點，拜託拜託。

二〇一九台積電文學之星

林餘佐 VS. 江采玲
採其爍光

江采玲

高三那年，我從臉書上發現「每天為你讀一首詩」和「晚安詩」的專頁，在升學壓力極度窒悶的時刻，我將專頁上的詩作排版列印，一首一首剪下，貼在倒數計日的筆記本內。我想是從那時開始，我對於詩有多一些觀察和想像。

我常想「詩是什麼？」國中作文本上的新詩仿作，眉批連綴之處，也算是詩嗎？曾經被詢問到「詩齡多長？」當時剛升上高三，我遲疑的說：「半年。」然而現在回想起來，或許是在更早之前，便覺得詩，這樣如暗語般的存在，可以將心裡無以名狀的不安或悲愁轉譯成另一個形式，作品與自己既遠又近，好像這樣就可以藉此理解自己，或者能夠被理解。

我好奇那些持續書寫的人，是為何而寫？又是如何進行創作的？我常常在課堂或通勤的時間，心神離席的去寫，自以為是種不得不的召喚，要從原本所在的時序、身分抽離出來，而即使寫作被目為不比溫習知識來得有建樹，那些去寫而所謂枉費的時間，對我卻有其價值與必要。顧城在〈門前〉一詩這樣寫道：

「草在結它的種子
風在搖它的葉子
我們站著，不說話
就十分美好」

我似乎時常幻想一般的期待，詩是這樣一個安穩又同時流動的空間，寫的時候，向世界借來一些時間，為那些輕輕走在心上的事，或者道別後仍想一再回望的人，想在詩裡與這些擱置不下的想念面對面，對自己也對他們說：「你的聲音我未曾遺忘，我正聆聽。」

林餘佐

很高興收到你的文字。你提到「持續書寫的人，是為何而寫？」這問題我也時常思考著。我們何以書寫？書寫像是以文字去餵養心中的病灶，每個寫作的人都有些過不去的坎，或許是愛情、或許是家庭，有時候或許只是為了一顆遺落在草叢的棒球。人生經常顧此失彼，我們這一輩的寫作者多半沒有經歷時代的傷痕（相對六〇年代的軍旅詩人：洛夫、商禽、瘂弦……等。），但成長是一望無際的麥田，在某處藏著一口暗井，有人從此不回來，有人開始哀悼，以各種技藝去喚回。

我喜歡你將詩形容為「暗語」，彷彿是某種神祕的組織，只要一個字彙便會打開隱藏的大門，通往世界的反面，那裡存在著時差，所有的事物温柔且緩慢。夏宇說：「只有祕密可以交換祕密／只有謎可以到達另一個謎」，暗語是謎、是祕密，是所有傷口的遮蔽物。

有些詩句真的是傷口的轉化，例如洛夫在死亡的陰影下，在金門的地下坑道中寫著：

「祇偶然昂首向鄰居的甬道，我便怔住
在清晨，那人以裸體去背叛死
任一條黑色支流咆哮橫過他的脈管
我便怔住，我以目光掃過那座石壁
上面即鑿成兩道血槽」

這幾行詩句，濃稠且狂亂，帶有奇異的魅惑力。初讀時常困惑其中的字句，後來被意象包圍、深陷其中，也與詩人同行在隱密的坑道；後來才曉得在生命遭受桎梏的時刻，詩就是唯一的出口——密室逃脫。

江采玲

讀完你的文字，有些奇異的同時感到哀傷和安慰。你寫到成長可能遇見暗井，生命有遭桎梏的時刻，而詩成為一種哀悼的技藝，它使傷痕在未減速的現實隱身，若無出路的甬道裡它領我們重見天日。這令我猜想，詩是否像黑暗岩穴裡，暗喻洞口來向的微弱氣流，或者像接近地表時，混合苔蘚、泥土的潮濕氣息？

或許詩有自困鎖而生的部分存在，或許詩也來自我們無法輕易跨越的情感或時間。洛夫寫道「當應該忘記的瑣事竟不能忘記而鬱鬱終日」，我想起記憶的咬齧，可能是愛的困惑和蝕痛，或是時間經過之後，我們並不確定留在自己身上的是什麼，而生出某種困窘或追悔……

種種情感狀態，像是經過壓縮而潛伏在詩人的意識之中。洛夫的詩句，龐然又繁複奇異的畫面，令我想像詩潛藏、細密嵌合在生命裡的場景。

「我想我應是一座森林，病了的纖維在其間
一棵孤松在其間，它的臂腕上
寄生著整個宇宙的茫然
而鎖在我體內的那個主題

閃爍其間，猶之河馬皮膚的光輝」

整個宇宙的茫然寄生在林木之上，該是如何經過聚攏與壓縮？這是如此凝練的意象，彷彿一朵水分子緊密排列的積雨雲，而內中有什麼在閃爍——那是已逝卻不能遺忘的時刻，是無以編列安放的愛與哀愁，又或者，是更難以言說的什麼嗎？「河馬皮膚的光輝」，這曾被〈約伯記〉與希臘羅馬神話寫入的異獸，牠在朦朧氤氳的湖中，身體映著水光，兀自開啓了一個魔幻時刻。我以為這時刻住在詩人的身體裡，在看似孤絕邈遠的地方，雷電般自黑雲竄出，一道奇異、閃爍的光亮。

林餘佐

我們都提起洛夫，就這幾年我在大學教授現代詩的經驗，現在讀洛夫的人似乎少一點。我很喜歡洛夫在地下坑道寫詩這件事，這舉動就像是隱喻。寫詩就是在暗穴行走，彷彿是採礦一般，我們憑藉頭上小小的燈，不斷地往自己的內心去探索，鬱鬱的心事像是巨石橫在道路間，我們點燃微量的炸藥，引信拉得好長好長——萬一突然坍方，後人也能按圖索驥，找到我們。或許可以說，詩句就是引信，延伸到坑道之外，詩人終其一生都在等待一次火花。胸口藏著美麗的煤。

書寫與疼痛相關，加上最近流行的厭世詩風，讓詩作成為病歷表的變形。我喜愛的作家瑞蒙·

卡佛（Raymond Carver）在他的詩集中寫著：「我們所有人，所有人，所有人／都想拯救／我們不朽的靈魂，有些方式／顯然比別的／更加迂迴，更加／神祕」。於是，我更寧願相信，詩是迂迴的岔路，每當生命走不下去時，便會悄然開啟的一扇門。有如希臘戲劇裡，憑空出現的「機械之神」（Deus ex machina），將所有困頓、難解的情節一一收尾，或是戛然而止。

詩作與生命都會在某處停止，哀戚的休止符。近日經過幾次死別，更能體會生命的弔詭與脆弱，我想起郭品潔的詩句〈我相信許美靜〉和你分享：

「我相信馬拉末說的：要犯錯很容易。
我相信歸咎給別人同樣很容易。
半瓶伏特加和手風琴，
星期二，雨天，我不會再親你了。
詩像愛，這一次做得再好，不能免除下一次。
我相信軟管的盡頭，我們又靠近了一點。」
我相信所有的人都存在於軟管的盡頭，看不見的神，每天擠出一些，讓我們更靠近了。

江采玲

你寫到瑞蒙・卡佛的詩，我不禁想起日前讀到作家駱以軍談他的作品〈一件很小，很美的事〉，文中駱以軍寫道，這篇小說的結尾有一種温柔，是「將人世的恐怖哀傷托起的温柔，知道這個温柔是『彼此都是被生命重創的脆弱人們』」。這段文字在我腦中盤旋不去，想著詩也是如此的，是引信又是火光，那些重壓凝練、愛裡沉落的記憶被點燃，坑道裡的煤氣燈，地底的伏流。

書寫確實與疼痛相關，我有時想，會不會詩在寫作的人心中像魯益師（C.S. Lewis）筆下的「界中林」（註），一個可以通往不同世界的地方；一個病與缺憾存在，我們卻能與之坦然相視的地方？伊拉克女詩人 Dunya Mikhail 曾寫道，"I still feel that poetry is not medicine — it's an X-ray. It helps you see the wound and understand it." 我在許多詩人的作品裡讀到傷痕、暗處的意象，卻也有更多的凝視和等待。我以為這是詩的温柔，我們暫且背對世界與自身的瘡口，在書寫或者閱讀的時候，回到那片終將理解、承接我們的森林。我想起吳俞萱〈界外〉詩中的句子：

那樣的一個地方
葉子落下不覺得冷
地面濕了且乾
縫隙填滿時間，以及

時間的屍骸
所有生命靜靜轉動
把每一次失落
看成日夜相逢

詩名「界外」，感覺詩人寫的是某種意義上遼遠的空間，但這首詩又像詩自身的肖像畫，我感到這個界外之地不在遠方，它鑲嵌在生活的狹縫，如一段禱文，如你寫道的「悄然開啓的一扇門」。它貼近寫作的時刻，詩的眼睛在靜穆中有著濕潤的反光。我相信詩，或者說寫作，是一件關乎理解與誠實的事，選擇讓生命裡看似斷裂破損之處曝光，讓終止得突然，而想念或餘悸猶存之處顯影……是的，我相信詩使人靠近彼此，也靠近自己，這是詩托起我們的溫柔。

註：出自魯益師《魔法師的外甥》，意即「世界之間的森林」，一個如傳送門般的中介站。

林餘佐

你提到詩如同傳送門，並且是「世界之間的森林」，我很喜歡這樣的比喻。從森林回來的人，靈魂勢必會與其他人不同吧，畢竟那裡是世界缺口。我曾寫過一個句子：「想像自己在很遠的地方煮一壺水。水開了就回來」，我試圖將讀詩的感受描述下來，就像到森林的深處，坐在一截枯木上，煮著水；霧氣逐漸靠攏、意識緩緩明朗，此刻，即便是枯木也能萌出嫩芽。意識裡的嫩芽，或許就是詩對我們的回饋：一個具象、草本的舌尖，舔舐疲憊的肉身。

我常覺得閱讀詩的逃脫之感有如通靈一般，是迅速地召喚所有的感知、記憶，匯聚到意識的最柔暖的核心。詩可以鬆動世界的螺絲，讓機械化、異化的我們回到人的狀態，詩就是回到現代性除魅之前的狀態。提到機械化，讓我想起中國「打工詩人」鄭小瓊的句子：

我一直想讓自己的詩歌充滿著一種鐵的味道，它是尖銳的，堅硬的。兩年後，我從五金廠的機臺調到五金廠的倉庫，每天守著這些鐵塊，細圓鋼，鐵片，鐵屑，各種形狀的鐵的加工品，周身四方都擺著堆著鐵……我對鐵漸漸有了另一種意識，鐵也是柔軟的，脆弱的，可以在上面打孔，畫槽，刻字，彎曲，卷折——它像泥土一樣柔軟，它是孤獨的，沉默的。

世界是鐵的進化史，鄭小瓊從五金廠裡體會鐵的尖銳、堅硬——這是世界的本質，也是我們遍體鱗傷的由來，直到詩的介入，柔軟、脆弱的質地就像詩的變形，鄭小瓊說，可以打孔、捲曲、刻字……等。詩安撫所有尖銳的物件，直到我們都在泥土裡安穩地沉睡。

林餘佐

嘉義人。清華大學中文博士候選人。出版詩集《時序在遠方》、《棄之核》。

江采玲（第十二屆新詩組首獎得主）

一九九八年生，中文系在學中，偶爾寫字。喜歡在街巷裡穿梭，尋找面山一樣安靜的空間，相信那裡有光。曾獲第十二屆台積電青年學生文學獎新詩組首獎。

二〇一九台積電文學之星

陳柏言 VS. 鄭博元

與余光中同遊年少時代——談詩與文學啟蒙

國文課本與文學啟蒙

鄭博元

少時升學苦悶，只對國文考卷情有獨鍾，把詩句剪下來貼在本本裡，旋轉蠟筆把它們抹得黃黃綠綠，事後統計，收錄率最高者是鄭愁予，少年老成喜歡古意，在作文裡學起詩人，以「底」代「的」，我們底戀啊像雨絲，我們底車輿，自以為美，希望老師懂得，卻被圈起改掉哭哭，那是詩意的一次死亡。

國中課本中選錄的詩都太容易，身為少年文青，恥與為伍，於是到圖書館借鄭愁予、瘂弦、洛夫，在書桌上睡著。中二抄錄方文山，從〈千里之外〉、〈青花瓷〉到〈蘭亭序〉，後來林俊傑也玩起中國風，〈曹操〉、〈江南〉、〈醉赤壁〉，成為女同學的男神（彼時 CNBLUE、Super Junior 還沒強勢登島）。我趁放學在黑板抄起杰倫：「無關風月，我題序等妳回／懸筆一絕，那岸邊浪千疊」，隔日數學老師板擦襲來，告誡我們先好好念書別談戀愛。

讀現代詩，聽流行樂，想像少年中國的愛情、遙遠的符號，和不存在的鄰座之戀。

高中男校的國文課，少男情懷總是詩，等你，在雨中，一干宅男等到睡著，你到底走來沒？古典的愛情必須押韻，看不懂疊沓，無聊，文青不可能喜歡余光中，但我們畢竟讀了一拖拉庫。少年們頭一次看懂詩，趁四下無人從書架抽出一本詩集，後來讀到洛夫〈愛的辯證〉，少年個個成了〈嘴上〉現代尾生，有人開始偷偷摸摸寫詩，在還沒有成為大人之前，曾有段旖旎詩情。

陳柏言

從小亂讀書，簡直到了「看見什麼吃什麼」的地步。我期待開學日，因為將有新課本發放。我很少喜歡國文老師，卻輕易迷戀國文課本（甚至《論孟選讀》）。旁人大概很難理解，我嗜讀國文參考書，因為課後的「閱讀測驗」就像小零嘴，輕鬆好吃零負擔。即便乾燥的科普文，我統統喜歡。由於題目有限，還得規定自己「省著用」，以免太認真，一天內全部寫完。國文老師總不愛上白話文，或者說，培訓體系沒教他們怎麼上。於是，老師總會團購大補帖，「國文閱讀教材」，要學生帶回家自己念。我簡直要樂壞，滿滿的白話文章，這麼快樂是可以的嗎。教材另有一半是散文，但我印象最深刻依然是詩。例如白萩的〈雁〉，向陽的〈立場〉，例如夐紅的〈我已經走向你了〉，或者周夢蝶「我帶我的生生世世來為你遮雨！」我將詩句抄在書包，像收藏，也像紋身。還有一次超中二，寫卡片給要好的國小老師，抄了席慕蓉〈一棵開花的樹〉，還用彩筆畫圖。那分明是首告白失敗之詩，果然往後我們再沒見面。啊，還有渡也的〈手套與愛〉：「桌上靜靜躺著一個黑體英文字／glove／／我用它來抵抗生的寒冷／她放在桌上的那雙黑皮手套／遮住了第一個字母／正好讓愛完全流露出來／love」。我喜歡這首詩，以遮蓋，以錯置，以岔題，顯現意念的核心，那儼然是另一則文學隱喻了。

記憶裡的余光中

鄭博元

「酒入豪腸，七分釀成了月光／餘下的三分嘯成劍氣／繡口一吐就半個盛唐」老師不厭其煩地教我們圈出關鍵字：「謫仙」、「青蓮」、「酒」，轉化修辭形象化表現在「釀」、「嘯」、「吐」字上，接著是后羿、夸父、嫦娥、荊軻、昭君、杜甫，滿腔熱血卻孤單的花樣少男少女，他們遙遠地彷彿神話，然後〈車過枋寮〉，等到〈母難日〉，屏東的甜西瓜、疼痛的母子回憶都變成考題，選出正確的修辭、重組排序、歌詠人物，與余光中詩初相見在無止境的評量考卷習題裡，相看兩厭。

那是年幼的我們對詩的貧乏想像，文學宇宙的初始，還未有運行，一片混沌的狀態。

後來稍知余光中的愁，反覆游覽，上窮碧落尋覓舊時詩人刺客，不只是種 cosplay 的變裝癖好，身處現代即是國殤。他用詩句試探文字的質地與形狀，抗拒時間逆流而上，敲敲打打，筆下的戰爭沒有血泊卻滿是死亡。更後來方曉，詩人的叛逆形象或因政治正確而被核可，曾棄書不觀，詩人逝後更感嘆於詩作被各方收編、操作，簡化成正面、單一航道的舟子，如同模擬考的詳解從來不詳：選項（A）與題幹所述最符合，故選之。此方是孤舟真正的悲哀。

陳柏言

若要票選「最愛課文榜」，鄭愁予在新詩組應當名列前茅。廣大少男少女，脫去制服多年，仍會不小心記起〈錯誤〉、〈賦別〉或〈小小的島〉，那個韻，那個tempo，簡單情歌容易走心。相較之下，余光中似乎就不那麼討喜。他太硬，鋼鐵直男，憂國憂民。國文課本裡的余光中，不是〈民歌〉就是〈鄉愁〉，〈白玉苦瓜〉或者〈在冷戰的年代〉。那太遙遠，太輝煌。少年不識愁滋味，即便認識，也該是鄭愁予的愁。問世間情是何物的愁。愁的只是我的愁。

從國文課本的編選與閱讀開始，我們製作余光中。

課本外的余光中，有趣也放鬆得多。他譯過王爾德、濟慈和《梵谷傳》，都屬怪才。余光中最後一部散文集《粉絲與知音》，老先生念茲在茲介紹畢卡索，還要為屈原和梵谷招魂。他在多首詩中，不吝對大師的讚頌，譬如拜倫和濟慈，譬如惠特曼。中國詩人裡，余光中的最愛大概還是李白。他不只〈戲李白〉、〈尋李白〉、〈念李白〉，還要〈與李白同遊高速公路〉。余光中關心李白的肝指數，也在意其酒駕安危，亦莊亦諧，頗為壯快。只是李白、濟慈和梵谷早已作古，老詩人殷殷招魂，千言萬語豈不化作《文心雕龍》一句「知音其難哉」？作為粉絲與知音，老詩人會不會唱李榮浩那首：「要是能重來，我要選李白」？

詩與小說

鄭博元

余光中也許是現代詩人中最熱中於觀落陰的，沒有之一。

光是祭屈原的詩作便已不可勝數，如〈漂給屈原〉、〈汨羅江神〉、〈頌屈原〉、〈招魂〉、〈秭歸祭屈原〉等，〈湘逝——杜甫歿前舟中獨白〉中追憶子美亡魂時也不忘先歇蘭槳，急忙打撈屈子。詩人執意使出觀靈之術，時而遁入地府追索湘水魂魄，時而飛天觀覽眾（詩）仙，晚年更是流連忘返，竟然一鼓作氣神遊唐國，重寫了二十三首耳熟能詳的唐詩，運氣發功尋訪崔顥、王維、李杜、張繼、柳宗元、賈島、柳宗元、李商隱等詩人（族繁不及備載），老先生遊得快活，抬槓、旁觀或角色扮演，夢遊千年前的帝國，不擔心回不來廿一世紀。

李豐楙先生談「憂」與「遊」，原來憂遊的祖師爺是屈原，因感「士不遇」之悲行吟澤畔，而後才開出道教式離憂長生的成仙之徑。那麼余老的遊仙、觀陰之癖則是種虛構時空的能力，年近九旬仍執意在〈唐詩神遊〉二十餘首詩組中建立起地下／仙境王國，正是小說家博物幻設之念力。具現化逝去的時空與人物，夢中虛實難辨。

余光中善泳，漫長時光裡，游於湘水、長江、汨羅、愛河裡，循環往復愁困於海峽之隔，但已算同輩詩人中最「遇」者，終究渡不過心裡的界線，於是全面啓動，造山造江安放古老詩人與神話，而今已是AI盛世，記憶體復刻化成人形，萬千研究生興奮訪問剛復生的屈原杜甫。茲事體大，魂還是回到夢好，老詩人在詩中透露招魂的祕密：全宇宙的河流都相連著。漫遊太虛，重建一段盛衰陰陽，則是余光中留給我們的任務了。

陳柏言

最近讀段義孚（Yi-Fu Tuan）《浪漫主義地理學》，總讓我想起余光中。

余光中不只是詩人，亦同時擁有地理學家的眼睛。他彷彿總在移動，總在途中。老詩人每到一地就要寫字，話景物，敘風俗，存異物，最重要的是：銘刻記憶。當代地理學講究實證與科學方法，段義孚偏要反其道而行，召喚那追求極致的浪漫主義。余光中也愛徐霞客，必能體察壯遊與冒險的步伐，浪蕩與抒情的時刻。老詩人第十五本詩集，是他從香港回返高雄的第一部詩集；《夢與地理》的命名，不就是一種浪漫主義的地理學？例如他寫〈停電夜〉：「何況你回去了北方／只留下我在南部／獨聽著壽山的夜雨／落在山上和山下／落了滿滿一海峽」；或者〈蜀人贈扇記〉：「對著貨櫃船遠去的臺海／深深念一個山國，沒有海岸」——在余光中筆下，地理不只關乎空間，更關乎時間；不只是數據的繪測，更是心靈的成像。

再回到〈與李白同遊高速公路〉吧。

我很在意詩的最後一句，何以余光中要帶著李白王維「回屏東去」？會不會路過佛光山（因為詩佛）？或者直達潮州（以為會找到韓愈）？是否也將〈車過枋寮〉？這大概是小說家的心眼了。我們總不識相，總不停追問著：然後呢？我們不斷地勾連，不斷地打開，要讓一首閨怨短詩，變成一整部《金瓶梅》。

老詩人的〈車過枋寮〉，將我的故鄉寫成一處甜甜的鄉野：香蕉是甜的，甘蔗是甜的，雨也是甜的。但我要問：然後呢？那些香蕉、那些雨以外的世界，會是什麼？如此種種，我寫小說，那是我的夢與地理，我的造鎮計畫。

陳柏言（第五屆新詩獎優勝得主）

一九九一年生，高雄人，臺大中文所博士班在讀。曾獲二〇一三年第三十五屆聯合報文學獎短篇小說組大獎，並獲收錄《九歌年度小說選》。近期以《溫州街的故事》獲臺北文學獎年金專案補助。已出版小說集《夕瀑雨》、《球形祖母》。

鄭博元（第十屆短篇小說獎優勝得主）

一九九六年冬天生，摩羯座AB型，臺大中文系畢，曾獲文化部青年創作補助、教育部文藝創作獎、臺中文學獎、中興湖文學獎、臺大文學獎等。

二〇一九台積電文學之星

詹佳鑫 VS. 張敦智

穿越恆河沙世界的飛船

致敬：周夢蝶與我

詹佳鑫（I）

望著木架上由小而大、並肩微笑的俄羅斯娃娃，感覺自己身處其中，往前、再往前，就快成熟茁壯，寫完論文了——這是碩論口考後的某一七月下午，和指導教授最後一次的愉快meeting，明星咖啡屋。「你看，有鑫又有星，拍一張吧！」我咚咚咚跳上樓梯，眼角對到那傳說中的寬柱，閃光一亮。

師生倆在武昌街旁凝望，彷彿夢蝶書攤浮現輪廓，恍惚成型……一九五九年，周夢蝶在此擺攤販售詩集與文學雜誌，蹲守二十一年，儼然臺北文學地標。

敦智，你是如何遇見周夢蝶的呢？二〇一一年，我高三，跟著凌性傑老師和一群詩社建青學長學弟，直奔國賓長春影城看《他們在島嶼寫作：化城再來人》。闃黑影廳內，緩緩沉沉，周公洗澡、吃麵、搭車；認真而慎重地，沉思、寫字、讀信……我出神望著銀幕上的佝僂嶙峋，為那執著而美的精神震懾。那是青春期一次「詩感」的强烈衝擊。

大二下曾到臺大文學院旁聽「觀照與低迴：周夢蝶國際學術研討

會」，首次嗅聞學術的嚴謹與豐實。多年後研究現代詩，讀到陳育虹〈印象〉：「他已經瘦成／線香／煙／雨絲／柳條／蘆葦桿／瘦成冬日／／一隻甲蟲堅持的／觸角」。他堅持，他觸探，他形瘦而心韌，出入佛道又不離紅塵。

他寫「是水負載著船和我行走？／抑是我行走，負載著船和水？」也說「行到水窮處／不見窮，不見水——」他進入〈濠上〉：「他們和我，同在一胞黑色的／從未開鑿過的春天裡合唱著冥默／不知快樂，比快樂還快樂……」也徘徊〈菩提樹下〉：「雪是雪、雪既非雪、雪還是雪」。禪意辯證是周公詩風，但我更愛他詩中的天真與深情。如〈菱角〉的童心想像：「有人正在蒸煮、販賣蝙蝠的屍體！」以及〈囚〉對於世間聚散的迷惘與懸念：「梅雪都回到冬天去了／千山外，一輪斜月孤明／誰是相識而猶未誕生的那再來的人呢？」

敦智，聽說周夢蝶也吃素！如果我們三人一起去料理王吃素，應該很好玩吧！我想調皮跟他說，在下少作《無聲的催眠》詩集封面，有你的名字；我也想問問他，寫作與修行，是否曾遇過衝突？就像我近日揣摩的美麗詩句：「迢遙的地平線沉睡著／這條路是一串永遠數不完的又甜又澀的念珠……」

張敦智（I）

原來當年國賓長春影城有播《他們在島嶼寫作：化城再來人》！那裡後來也變成我的基地。

當時在臺中要看幾乎只能透過DVD，不知道怎樣可以讓學校購置，零用錢也捨不得花。可以集體感受與沉浸真幸福。

我與周夢蝶的邂逅也發生在高中，比你更混亂、幽微。學校圖書館藏書在地下室，利用短短十分鐘往下跑，心理與生理加乘，便是一趟趟充滿想念的墜落。我是在那不甚光明的地底——彷彿卡夫卡《地洞》場景——經由同學口耳推薦，讀到周夢蝶。因此隱隱發現，怎麼將心中的搔癢、不安與刺痛，展開成一片土壤，甚至一個世界。比如〈孤獨國〉：「這裡沒有嬲騷的市聲／只有時間嚼著時間的反芻的微響／這裡沒有眼鏡蛇、貓頭鷹與人面獸／只有曼陀羅花、橄欖樹和玉蝴蝶」，對當時的我而言，讀周夢蝶既感到進入，又像回來。那些我無法言語的事物，都透過他嶙峋的手指為我點出，且一一命名了。

我感覺自己被他的鏗鏘擊中，亦被他的安靜圍攏。修道的哲思，似乎為他筆下帶來更大的世界。倘若他能同意我的說法，我想這就是哲學之於文學的意義。因為我們心中開始有價值、有疑惑、有判準；面對滾滾紅塵，找到方法可以下手丈量。而丈量之後，重新給定刻度的結果，就是一首詩的誕生。你也有這樣的一把尺嗎？你心中的「詩」是如何誕生的呢？

因為你的可愛與調皮，我們三個一起吃料理王一定能有說有笑。如果可以，我想與他暢談佛學，但若我不小心讓氣氛太嚴肅，你要幫我重新炒熱。那場景會像我們仨坐一扁舟，川流於《地藏菩薩本願經》描述的時間裡：「一恆河沙，一沙一界，一界之內，一塵一劫，一劫之內，所積塵數，盡充為劫。」有當下，有四方。

回返：詩的時光機

詹佳鑫（II）

是啊，佛法通天徹地，在宇宙四方，也在眼前筷上，一截軟茄內部纖細排列的肌理。我總以為，詩理與佛理有相通的特質，不說破，專注，引人聯想深思。詩看似言說，實是重建沉默。

只是青春喧譁，言語浮誇，十七歲的南海路，精神與肉體光電奔馳，衝在情敵的前面，落在一首詩恍惚的後面。兩階一跳上天橋，滑過南海郵局的黑玻璃倒影，憋氣，快步過牛肉麵攤，接著警察局，星巴克，彩券行，燒餅油條和南門市場，一路上都是多情的隱喻，那是青春之詩怦然的節奏。

二〇〇八年我進建中，買了制服，也買了特價的《九十年詩選》。淡紫書脊，褐黃色煙霧封面，那是對詩陌生與好奇的衝動（雖然至今仍未讀完）。從小詩人必備楊牧《一首詩的完成》到白靈《一首詩的誕生》，詩是莫比烏斯環，走呀晃呀沒有終點，完成又再生。

得到全國學生文學獎、台積電青年學生文學獎的初夏午後，濕熱凌亂的教室裡，我仍記得那全身發燙的鬆軟感覺。蟬聲唧唧，我是一塊初熟的檸檬糖霜小戚風。

張敦智（II）

我對詩的啓蒙其實是繪本。小時候媽媽買一整套，因為我不愛上幼稚園，學齡前、休學後，整天趴在家裡翻看；裡頭的鬼怪故事幫我在眼前一次次立體地繪製了現實。小學一年級，國小辦的新詩比賽——我實在沒有清晰印象，都是靠事後大人轉述——我寫：「媽媽像一隻老虎／她的眼睛像一對監視器／她的腳像輪胎」。如果真正的因果關係實不可循，但仍要脈絡式地猜想，那應該就是繪本世界透給我的靈光。

國中讀余光中〈翠玉白菜〉，有陣子瘋狂地到書店搜刮他的詩集。包括《白玉苦瓜》、《蓮的聯想》、《藕神》、《與永恆拔河》。今年的二二八剛過，對我而言，這些如今都是無可苛責的過去。我是到此刻才第一次辨清，我當時著迷的其實並不是其中詩藝，只是對詩這個文體，試圖展開當時所能觸及最大的行動網羅。當時也買了洛夫《因為風的緣故》、鄭愁予《雪的可能》；感覺迷津中有趣味，但無人指點，後來也漸漸少看了。

盧卡奇（Georg Lukács）在《小說理論》裡，對詩有這樣的描述：任何芝麻蒜皮的小事都逃不過詩的重力……因為一切事物中根本沒有不重要的，如果詩人有此念頭，那麼他語言的重量與內容就會先背叛他。如今你也是高中老師，除了寫詩，也常有機會教。因為我總有這樣的困擾，所以想拿來請問老師：綜合這些方面，你如何理解詩與這個世界的關係呢？

眺望：詩與遠方

詹佳鑫（III）

詩對我而言，像一艘問號形狀的飛船，在夢的邊緣飄浮徘徊。寤寐虛實，遼闊深遠而永不句點。我高中時不愛讀小說，曾問吳岱穎老師：「可以用一句話解釋小說嗎？」多年後，竟換學生問我：「可以用一句話解釋詩嗎？」

這幾年，有幸在島嶼各國高中演講評審，分享創作與教學心得，有心寫詩的孩子拿作品來，我總是鼓勵肯定，再誠懇而謙虛地問：「為什麼是這個詞？這句有其他意思嗎？哪裡可再刪減？形式鋪排的意義？標點的語氣與字的聲音……」誠然，文學批評與審美標準並非絕對，只是在教學上，學院派的細緻鑑賞仍有助於學生累積創作基本功。一位優秀的作者，也必須是一位優秀的讀者。那包含對文本知性的批判反思，以及情意的接收、詮釋與抒發。

我喜歡在「詩意挖挖哇」的文學提問基礎上，設計各種親民新穎的教學活動。學生總說詩讀不懂，我說詩最初是種「fu」。教學者意會此「fu」更要言傳，從小詩開始，先問感覺，再問細節；從兩手一攤的「不知道」到主動積極的「為什麼」，進而讓孩子意象聯想、感官重組、字詞錯接、形式分析，思考深層詩意與文學技巧的聯繫呼應，拼湊出獨特而有邏輯的詩的雛型。

關於寫與教學，還有好多好多。未來有機會，我想用一本書來說。或許多年後，孩子們不再翻開詩集；但那些曾因一首詩而驚訝發亮的眼睛，已經為自己見證了青春珍貴的，與文學相遇的美麗時刻。

張敦智（III）

我想一位創作者的成熟，都奠基於對自己充足的提問之中。你的教學正好示範了這點：透過細細的提問，讓創作離原初直覺再遠一點。那樣的提問，對初學創作者而言近乎內傷，對初始的感情，拿砂紙輕輕擦拭；而對自己問得越多，最終成品就被打磨得越有光澤。

沒有老師教過我讀詩，能在青少年時期有人陪同探索，一起質疑過文字，因此學會珍惜文字，是彌足珍貴的。就算往後再也不讀詩，這份細膩也會保存在生命中。

我想你在詩的細膩裡，已經自行、以及為學生都做了充分演示。我想打開另一種對詩的想像，是關於詩的地圖。我在想，社會學有巨觀與微觀之分，相對地，詩有沒有可能建立起宏觀的視野？從臺灣詩的脈絡，到中國詩、日本、韓國、東南亞、甚至歐美，不同的感性書寫，格式與技巧或許大相徑庭，卻一體以蔽之。如此想像，詩自有其萬象與版圖。二〇一八第二十屆臺北電影節做過東南亞專題，去年遠流出版《緬甸詩人的故事書》，我也眼睛為之一亮。如果這一門技術關乎自我梳理，那麼長久以來，勢必也關乎理解他人。有沒有可能透過詩串連起對不同地理空間的認識呢？或許我不會成為一名詩專家，但我喜歡想像跟好奇那樣的世界。若有問題，我要去翻你的書，看能不能從其中找到關於詩藝的解答。

反正我對詩的學習還沒開始，屆時以你的書為起點，應該是很好的選擇。

詹佳鑫（第八屆新詩獎三獎得主）

臺大中文系、臺大臺文所畢業。曾獲臺北文學獎、全國學生文學獎、台積電青年學生文學獎、新北市文學獎、宗教文學獎、臺大文學獎、教育部文藝創作獎等。作品收入《創世紀詩刊》、《生活的證據：國民新詩讀本》、《二〇一四臺灣詩選》、《當代臺灣文學英譯》等。二〇一七年以詩集《無聲的催眠》獲第一屆「周夢蝶詩獎」。二〇一九年〈秘密廁所〉一詩選入奇異果高中國文課本。

張敦智（第九屆短篇小說獎二獎得主）

國立臺北藝術大學劇場藝術創作研究所「劇本創作」組。曾獲台積電青年學生文學獎、臺大文學獎。詩、小說、散文、評論作品散見《聯副》、《週刊編集》、《PAR 表演藝術》、《表演藝術評論臺》。現任國藝會表演藝術專案評論人。

二〇一九台積電文學之星

廖啟余 VS. 莊子軒

錢幣與海與其他

莊子軒

從小，我和母親共用書房，書架上有一層排滿了文藝書籍，《圍城》與《殺夫》之間，夾著一冊《蓮的聯想》，單薄得像烘衣機的使用手冊，書本塞得密密實實，必須花點力氣將它慢慢從縫隙摳出來。這本小書給了我在教科書之外閱讀余光中的機會。

國中時期，課本選錄的〈車過枋寮〉，被頑皮的同學譏諷是為果農而寫的業配文，到了高中，余光中的詩作更是常見的考題，我記得當時〈尋李白〉一詩還收在國文補充教材裡，酒入豪腸，吐出半個盛唐，用不完的文史典故可供出題者發揮，現在回想，這些知識倒也有趣，但是詩作內容一旦被種種題型拆解重設，以講義「詳解」的形式呈現，難免有一股懶人包的餿味，讓人壞了胃口。

因此，放學拋下課本後，站在矮矮的書架前翻書，我似乎有意地忽略《蓮的聯想》中的典故脈絡，專心玩味其中的句型構成。詩集後記提及「文白相互浮雕」的企圖、為新詩創造不同於古典詩的音樂結構的嘗試，這些讓十七歲的我模糊體認到，詩可以成為自足的機體，諸如四字句的均衡對舉形成節拍，其後續以七字構成並以語尾助詞收束的長句，如此自然形成緩急有度的語氣，於聲響的官能層面直接產生傳播、感染他者的效能。

我當然不是博聞强識的學生，接收新知這件事使我深深焦慮，然而，透過讀詩與寫詩，我明白許多人文經驗只是構成與編織的過程，而非資訊的庫存與分類：人如此創造形式，形式也支援當下雙手的動作。至於情感或思想，有時候都是太沉重的東西了。

廖啟余

余光中，原來，是我國中同學的鄰居。她從中山大學的家裡出來，教授爸爸叮嚀，向對門不知是博物學還文法學家的這位老先生敬禮，聽他嘟囔獮猴太多，屋棚太髒，落葉太窸窸太吵。後來，余光中是我大學老師的舊識。大夥湊尉天驄老師的談興，總要他談鄉土文學論戰。尉老師一抹臉，「不罵，難道我們就這麼被槍斃？」查文獻尉老師有位黨國要人姑丈，何至於被槍斃的更後來，該就是碩士尾聲了吧？查文獻，戰後臺灣第一位大學講師能教五四新文學，竟就是余光中。每周四上午兩小時，如今叫四３４——是徐復觀先生邀去東海中文系的。兩人臉一翻竟二十年，也真真不好說。

比起子軒我只想說，我接觸余光中，毋寧來自更批判的取徑：未必基於為人，或許還有作詩。初次同行地檢視前輩，是十多年前挑戰自譯《奧菲斯的十四行詩》的暑假。查字典，算音步，擬韻腳乏了，聊讀《在冷戰的年代》。若說艱險的詩句，是見證里爾克如何竟目擊了輝煌的天使；

在理當極傷痛的詩作，卻歡快噴發著雙關，疊韻，排比，美則美矣，前輩的誠心很難不令我疑心。實在要到了這幾年，我才真真思考起余光中的思考。重讀〈再見虛無〉，除了孺慕中華，另有足堪借鏡：余光中指出新詩不只耽溺的心情組合乖張的修辭。重讀余光中詩作，或許傳統正是他反對這類「傷痛體」，的重要資源。當他準此而取材傳統，也正藉個人才具重估了這份傳統。果真如此，躋身正典的余光中也躋身我們該熟讀的對象，為了孺慕他以外的企圖。健康的文學史繼受本該如此，何須諱言？

莊子軒

夏志清說，余光中嚮往的中國不是共產黨統治下的中國，而是近體詩中洋溢「菊香與蘭香」的中國。現在想想，余老形容清瘦，倒跟我的祖父有幾分神似。我家戶口名簿上，籍貫寫著江蘇省吳縣，爺爺自小卻是在上海長大，印象中，他從未明說自己的家國認同，卻常提及幼年的水鄉記憶，諸如那個年代黃魚如何便宜肥美，不似現下金貴，讓人買不下手。

余光中自認江南人，不知祖父是否也這般認定自己呢？無論如何，這對「文化中國」的想像卻影響著少年時代的我，國二那年，參加一趟至大溪老街的戶外教學，由於當天陰雨潮濕，遊人無幾，返校後我在周記簿寫下：「老街冷清，像一符號化的江南！」這話現在讀來令人啞然失笑，困窘萬分，江南的地理界域、歷史文化不是我所熟悉的，僅僅憑著對一種情調的浮泛揣摩，居然也能裝腔作勢地抒發起來，恐怕這就是我片面的家族史留給我的遺產，接近某類造作而彆扭的遺民情懷，或許也近似一種田園詩式的「鄉愁」，只是依附於離散時代的歷史假面變成了小丑臉譜罷了！

關於寫作，相對於強說的鄉愁，我想直面自身的虛無與遲鈍是更健康的，針對余光中，我找不到對話的支點，但啓余不同，你曾寫過一首〈鄉仇〉，對余先生的〈鄉愁〉逐段戲擬，而原詩中那一灣「淺淺的海峽」也出現在〈鄉仇〉末段。余光中的詩強調海水之淺，反襯思鄉之情；而〈鄉仇〉沿用海峽一句，不僅指涉兩岸對立狀態，也諷刺了政客反覆投機的態度。

廖啟余

千年來同不勝異的鬆散帝國，怎被建構成同文同種的現代國家，當今的「中國」概念，或許是二十世紀最驚心動魄的發明。余光中躬逢其盛，北伐時出生，抗戰中長大，流亡裡成家，一次次訴諸外敵，揣摩鍾愛的「祖國」該何等形狀，其苦心孤詣，恐非方今的紅藍綠陣營所能料想。借用你的說法，余光中的「文化中國」或許是一種批判，乃針對著動盪的「政治中國」而有。親歷現代的烽煙，中期余光中戮力搭建一個寧靜，纖巧，諧美的古典世界，宣稱這就是實際存在過的中國。最令我感慨的並非其真偽，而是隨政治浪頭，余光中在古典工程之餘，反覆眺望起文化分明相同，「那邊」越漂卻越是遠離了「這邊」，這是他的鄉愁；這也使年輕的一代如我，見證文化遠漂到了盡頭，「那邊」竟滿載政治，踞視起「這邊」。——同根與異枝，鬼父與孽子，這是我們的鄉仇。

我們孽子到了極處不免健忘：半世紀前，余光中之對決中華文化，比我們還孽子。他追隨李敖上《文星雜誌》譏評衛道人士，重估古典文學，意態之凌厲，口舌之凶狠，何曾像日後每逢五四，總要學子讀讀文言文？余光中移動在今與昔，狂與狷的多重光譜，常令我懷疑文學曾否只依隨時代，來「反映現實」。如何反映？誰的現實？現實一被反映，果真文學就介入社會了？「鄉愁」絕不因坐落海峽另一側，正如任一處，便讓文學的想像力短缺了價值。

莊子軒

面對海峽，我的態度應該會逃避到世界主義者那一邊，波赫士有一首詩〈致一銅幣〉令人印象深刻，一次迂迴航程中，詩人登臨甲板，拋擲一枚硬幣，錢幣隱沒波光之中，似乎也開啓了另一條命運的歷程，詩人為此輾轉反側，這塊金屬薄片將去向何處？是隨洋流造訪某一無名小島？抑或捲入海溝深處？還是與維京人的寶藏共同沉淪？他冥冥中感到自己的聲息步調正與另一個無機物遙遙呼應，那並非另一具血肉之軀，硬幣沒有思想，無有情感，只是偶然性的具象化身，沒有跌宕悲歡的人生，沒有事件連綴的虛線正是它綿延無盡的旅程。

這樣的旅程是否就是時間最純粹的樣貌？波浪的韻律永不停歇地拍擊，抹去所有痕跡，一切對立似乎不存在了，一枚錢幣，正面是生，反面是死亡，隨波逐流地翻轉，它也不斷消解自己，在時間的迷宮裡。

相對於波赫士的玄想，余光中的〈一枚銅幣〉就顯得入世許多，在喧騰的市井中，握著一枚溫熱油膩的銅板，推想其來歷，彷彿和全人類都握了手，因而銅板除了銅臭還帶著世人勞動的氣息，非常「接地氣」，我想這枚銅幣余老師到晚年仍緊握手心，絕不忍故作瀟灑將之拋落那淺淺的海峽吧？

廖啟余

諸如〈匕首〉、〈豹〉，以常見的物類串連非凡的歷史，本即波赫士所獨步。若說這位老宅宅致力併置截然的時空，是憑藉哲思與玄想，晚期余光中彷彿想實驗更極端：剝除概念的深度，如何單憑聽覺的熟耳，就再現了滑稽的俗常？有趣的對比，因此是波赫士藉手心一枚銅幣入海，深刻反省起命運的偶然，而余光中的銅幣彷彿陳述了某種普世情懷，所謂「和全人類都握了手」者，卻因它缺少波赫士「這枚」銅幣的「質」，只基於但凡銅幣皆有的，交易金額的「量」。余光中的同輩楊喚寫過極激情的詩歌，宣稱拿仇恨鍛造金屬，自己是「森林的鍛鐵匠」。鐵礦，鐵汁，鐵器，這種「質」的轉化，憑我印象，是余光中作品不易讀到的。

無人能否認「世界主義」。但「世界主義」終需從地域性，特殊性，個體性提煉出來。有鑑於此，評價中國文學、臺灣文學毋寧是辯證，而非全有全無，余光中最好的作品所教會我，漸漸比鄉土文學家更多。

廖啟余

一九八三年生，臺灣打狗人。華盛頓大學聖路易分校比較文學博士生。著有詩集《解蔽》（二〇一二）、小品文集《別裁》（二〇一七），作品散見國內外副刊、雜誌與選集。二〇〇二年，畢業於高師大附中。

莊子軒（第三屆新詩獎首獎得主）

生於桃園濱海小鎮，語文創作學系碩士班畢業。獲第三屆「台積電青年學生文學獎」詩獎、「夢花文學獎」詩獎，作品散見聯合副刊、自由副刊。二〇一五年出版第一本詩集《霜禽》。

二〇一九台積電文學之星

鄭琬融 VS. 許玄妮

穿越晨霧抵達的遠方

許玄妮

清晨五點，我又正在綿綿無盡的鐵路上，從臺東要往臺北，天色沒有漸光的跡象，幾顆星子尚未熄滅，此時此刻我比誰都還要清醒，閉上眼卻像處在深深的夢底。火車駛出黑暗，抵達花蓮，月臺上的人們都有自己的影子，不管經過幾次遷移，他們不曾忘記自己是誰。火車緩緩駛離月臺，一些影子被帶上車廂，一些還在原地等候，深深的夢裡我頓時間沒了重量，輕易地飄浮起來。

往返之間，五年這麼過去了。第一個獨自收好行李的夏天，也在同樣的月臺，把心剖開，把她不要的東西裝進去，思考能用什麼方式讓它們重生。像是夕陽把樹的影子拖得很長那樣，她離開的那個夏日被延長得或許有一輩子那麼久，她不要我，之後的日子也不敢繼續算下去。或許一切的起點不是詩歌，是每個夜晚努力拓展的夢境，以為越過窗戶越過街道，就能與她的領土有一點交集。夏季尾端，仍舊搞不明白是先學會了愛所以寫詩，還是先寫了詩才定義了什麼是愛？顧城說：「一切都明明白白／但我們仍匆匆錯過」，窗外景色從高山，到海洋，最終穿進大霧裡，我緊抓著票根，再次閉上眼睛。

而我又正在北上的路途。從豔陽到細雨，身體被挖空的地方，剛好可以裝進很多雨水，再等待下一次的太陽把我晾乾。那你呢？正在前往、又或者是渴望抵達何方？

鄭琬融

那正是我一直在問自己的問題。

那年我十八歲，懷疑生活被困在了原地，這樣的懷疑一直到了二十二。雖然一樣常常通勤，在兩地之間流轉，無論是從桃園到臺北，或者花蓮到臺北，但裡頭的什麼我知道已經固定下來了，生活開始有了慣性，擁有形狀及與他人無異的一種如出一轍。我告訴愛人我要擺脱那些。也許是害怕被定型，我為我自己開了一種處方，把自己放逐到沒有人愛的遠方，就我一個人。

我從沒離開過島上，不知為何，我卻覺得陌生總不會把我撕裂，反倒是在這個世界裡包容我，成為我生命裡複雜養分的來源。我想對自己實驗看看，那個對世界保持好奇心的自己是不是真的還沒死。你說，月臺上的人們不曾忘記自己的樣子，有時，我卻要花費極大的力氣去想起自己以前是誰，現在又是誰。我不斷地在尋找自己的形狀，試圖了解自己到底是什麼。對我來言，創作本身從不是為了誰，更像是自己對自己的一種挖掘與殘忍，沒能做到就是輸了。解體重構再重構，我是如此期望自己能組出一些閃亮亮的東西，卻也在尋找的過程中越漸失語。愛人說，那是我不夠强大的證明之一。

我在威尼斯的公園裡聽著他跟我說這件事，氣得都要哭了出來。太陽越來越像血，如我站在受傷的邊界，我把自己攤得很開，想像自己是顆果子，陽光弄得我表皮很燙很燙，我知道自己正在熟透，也許那樣就夠了。有天，我也希望能如洛夫那樣說過的，宣稱自己是團火。

許玄妮

人體的細胞每三個月就會替換一次，生物學家說，每隔七年，身體的細胞就會完全被替換掉了，所以有什麼能永恆不變，我想不出來。顧城說一切都在走，等待就等於倒行，我卻又是如此慣於等待，在夏季等待嚴冬，冬日盼著第一聲蟬鳴到來。為什麼等待總是漫長令人失去耐心？她問而我說，因為等待看不見終點在哪裡。所以寫了，就坐在這裡等，等得久了，雨水積成一個一個的小窪，低頭看見自己的倒影面目模糊，急於奔走欲尋找失去的輪廓……寫作於我是把罪行攤在眼前，期許能有一個人走過來，說沒事，都過去了。但這麼多年，最純真無知的少年也該知道，終點那端不會有其他人了。我始終沒有長成寬恕自己的大人，卻也不像從前，如此年輕地等待時間赦免我的罪。把二十歲以前的詩作集結成冊，其實是想要把它們丟棄，用另一種形式把它們留在原地，就不要帶走了。等待就等於倒行，我想看它們離我越來越遠，像是在小車站的月臺上，看不停靠的火車，漸遠漸模糊的車燈。

開始工作以後，整個人像是故障的機器一樣，用勞動迫使生鏽的齒輪轉動。每日我接觸並照顧這些病，各種的病，卻感知不到自己的痛。意識到過去的詩是徒勞的眼淚、破碎的心，告訴自己，不要留著它們。與其說生命是一場大風把我颳散，不如說是隨處藏著的小刀片，把我越削越細，剩下一個內核——它曾經有思想、有感情，現在則是空心的。詩是什麼創作又是什麼，離開她、離開東海岸、離開自己的「那本書」以後，像是被按下記憶消除鍵一樣，什麼都不記得，因為不再留戀任何事物而什麼都無法擁有了。

我是如此羨慕你的遠方。我這邊天又黑了，光線慢慢收束，照在房間裡，留下影子，又全數消失了。「當光和影都成為果子時／你便怦然憶起昨日了」而我對於昨日的記憶卻也遠得記不清了。

鄭琬融

「我們不能免除於世界的傷害，於是我們就要長期生長著靈魂的病」邱妙津在《蒙馬特遺書》的第一頁這樣寫著，而我現在住在這裡，愛與傷與令人無法自拔的蒙馬特。

你說要丟棄過去，我想起我的小詩冊也曾經試圖做過同樣的事（笑）。但你知道嗎？我總又相信死去的事物都以某種形式存活了下來，殘留在我們體內。一分都不能少的，我們才終於成為了我們。

為什麼我們總是記著傷？

「我的面容如一株樹，樹在火中生長／一切靜止，唯眸子在眼瞼畫後面移動／移向許多人都怕談及的方向／而我確是那株被鋸斷的苦梨／在年輪上，你仍可聽清楚風聲，蟬聲」（洛夫〈石室之死亡〉第二節節錄）。一如邱妙津說的，世界充滿了傷。洛夫將自己形容成一顆苦梨，我想我們又何嘗不是？我記得出國前在餐廳裡端小火鍋的那些藍色火焰，第二天就因為忙碌而大腦當機燙傷我。漫無目的的反覆也使人失語，在那些累積起來的，疲倦的生活之上，我們要如何去聽清楚那些風聲、蟬聲？

我想等待仍然使人疲倦。在嚴冬裡等待酷暑，在暴雨中等待天晴，那不難道也是種循環嗎？就像紅燈早晚要綠。我厭倦了被關在斑馬線旁，但我早晚卻也要被關回去，只願我能在過程中尋找到聽風的方法。巴黎這幾日風大，我的手不自覺地也逐漸乾裂成枯萎的手掌了，就像詩裡說的那樣，握不住一點暖意。

許玄妮

曾經有一段時間，我相信「我們」都各自是一幅巨大的拼圖，因為某些意外，這幅巨大的拼圖散開了，碎片流落各處。為了找回這些碎片，每個人都走上不同的道路，或漸行漸遠，或在某個交岔路口相會。柏拉圖說，人類以前是球狀的，有兩副四肢，因為僭越了上帝，劈了一道雷，把人類分成兩半，終其一生，人們倉皇奔走，只為尋找自己的另外一半。我在很久以前聽過這個故事，心裡覺得害怕，因為講得如此真切而感到焦躁不安。出了書以後，辦過幾場發表會，越講，越覺得心虛。寫字是把靈魂給封存起來，但每一次的演講又不得不將這些東西都給打開，就像你說，在太陽下，把自己攤得很開。

去年六月我去了高雄，客運一路南下，塞了車，我靠著窗戶睡著了，高速公路筆直沒有盡頭，對向道路通暢，連綿不斷的小客車不斷經過、錯過我，我喜歡錯過這個字，因為每日我都正單獨前往某處，迎面而來的人，我溫和而禮貌地向他們微笑，這是關於錯過的定義。六月悶熱多雨，剛踏上南國的土地，打起傘，濕了半邊肩膀。開口說話是消耗，那時候，我知道自己是快空了的水瓶，說出來的話盡是心虛。面對群眾總是讓我害怕，十七歲那年，得了文學獎，被通知要去參加一個與評審面對面談話的會議，席間，我只記得我縮著肩膀，舉手投足都是不自在。長期以來，獨自面對自己的寫作，突然有人圍觀，把身上所有透氣的孔堵起來，不要被你們發現。

我是這麼古怪而敏感的人。病房與病房間，工作車來來去去，替各種人、每個傷口敷上藥物。我那被上帝劈成兩半的，滲血的切口，沒有一種敷料能使它癒合，與它共存卻已不再等待，另一半倉皇奔走的身體，想像它也在南國，被雨打濕半邊的肩膀。被切開、或是散落開來，是這麼容易的事，在過於年少的作品扉頁，簽上自己的名字，再闔起，我愛的人，這裡寫的每個字都是你們美好的瞬間；愛我的人，你們讀它，詩又重新活過一遍。

但是，當我已經長得夠大，寫作於我是握著僅存的一塊小拼圖，拜託你們不要搶走它。

鄭琬融

挖掘新的事物去掩蓋那些傷吧，當作新的敷料。就像有些歌一聽就傷心那樣，既然你的寫作內核是那首歌，不再想挖開來，何不告訴讀者其他的事情？到了某個年紀，我再也不隨口和陌生人輕易說出自己的過去。迴避、偽裝。詩於我而言是偽裝，將真實刻成一種幻覺，而我能選擇要以什麼來當作其中的材料。若你相信沒有什麼事物是永恆不變的，那就拿那些新降落的，去餵養觀眾的好奇心又何嘗不可？

傷之於你恍若一種藝術品，因為流著閃亮的血而使人深陷，拚命用筆封存後，就永遠留在那裡了，一種暫停疼痛的波光粼粼。我想著你是顆石化的珊瑚，擁有著非常多的凹槽與細紋，或卡或藏著一些曲折離奇的什麼，在日常裡倍感神祕。

在這樣的質地和信仰底下，我希望有天你也能從這些凹槽或閃亮裡，發覺自己的完整。一如我所說的抵達，目的地從不是一個依據，真正的抵達，是覺得真心想停留下來時會出現的咒語。而真正的完整從不是到底獲取了誰的身體，是相信這樣的缺損（每個人都擁有的缺損）就是自己。有些空洞又怎樣呢，在裡頭實驗替換塞滿不一樣的東西，不再只是雨水，也許能使你的生活更加明媚。春天也近了，冬天即將遠去，往裡頭放點枯枝與嫩芽看看吧，珊瑚雖然擁有許多凹槽，但好歹也是某類生物的骸骨，十分堅硬呢。

許玄妮（第十屆新詩獎三獎得主）

一九九六年，臺東女中、長庚大學畢業。曾獲台積電青年學生文學獎、教育部文藝創作獎、X19華文詩獎等。出版詩集《多風地帶》。

鄭琬融（第十一屆新詩獎首獎得主）

像風一樣的活著，四季就是血肉。

東華華文文學系畢業，剛結束半年的歐洲流浪旅程。曾獲南華文學獎首獎、台積電青年學生文學獎首獎、王禎和文學獎、X19、Youth Show143站、聯合文學第三七三期新人上場刊登等。出版詩冊《一些流浪的魚》。

二〇一九台積電文學之星

宋尚緯 VS. 李璐

穩定的燃燒

李璐

我已經不太寫詩了，說不上什麼原因，半開玩笑說是話癆，詩太短，我想承載的東西裝不下。但想了一想，你是寫長詩的人，你也寫過小說，是什麼讓你一直堅持詩的創作呢？（你又是為什麼不繼續寫小說呢？討論這個交叉點應該會很有意思）

我自己的話，應該是小說和劇本採用了詩的結構，那些文體對我來說已經都是詩的變形了，反而我就不習慣詩的方式了，那使我困惑。雖然我也不確定自己的困惑所為何來。

可能是一種人生上的迷惑吧，現在叫我寫詩不是不可能，只是沒有一種透明發亮的結晶了。那好像是人十七八歲才有的東西，但詩人們不管活得多艱辛，好像都還保有這個部分，你也是。（雖然聽到這話你可能會一臉茫然地看著我）

宋尚緯

近年來我花在寫作上的時間越來越少，主要是工作將我的時間瓜分了，另外一點則是與你不同，我想說的話變得越來越少了。詩對我來說是一個很方便又很狡猾的載體，詩可以在語言中挖出許多的壕溝與通道，我可以在裡面躲藏，也可以假裝無意地提起某件事，但事實上我想談的是某個從未被我提到的存在。

說起來寫作這件事，對我來說就是一個强硬撐開的防空洞，在我最痛苦也最脆弱的時候，我必須透過寫作來整理、歸納我混亂的思緒。對我來說，不管哪個時代的寫作者都是某種程度上與現實不合的逃難者，因為我們對所處的環境、時代有不滿的地方、反省的地方，我們才會產出文字對這個世界提出異議。

我們這個世代的人們被稱為只會寫小情小愛的世代，許多人都說我們沒有前輩詩人的豪情、前輩寫作者的眼界，但每個時代有每個時代自己要處理的課題，你真要說我們的寫作母題比前輩們限縮，我也無話可說，但與其說是限縮，我更偏向不如說是生活環境與難題的面向都不同。

寫作者在某些時候都會湧起「啊這我非寫不可」，或者是「就是這種時刻，我才更該將這些寫下來」，對我來說寫詩許多時候與其說是理性的結晶，不如說是感受性將那些理性堆疊的事物引爆，最後成為我們看見的詩。我想到洛夫的〈石室之死亡〉，那是在金門炮戰時於坑道內寫出來的作品，有人問洛夫：你不怕嗎？洛夫的回答是：「人在真正面對死亡時，感受會非常强烈，我想把握在此刻將詩寫出來。」我並不覺得你所說的那些「透明發亮的結晶」是人在十七八歲時才會有的東西，而是我們還有沒有保留那些感受性的事物來引爆我們的理性，讓理性的素材變成更直覺的、更抽象，更貼近內心的事物。

李璐

洛夫寫過一首不是最好的詩〈形而上的遊戲〉，寫的是賭博（當然必定是隱喻著人生的），不知道那骰子上的紅點是胎記還是前世傷痕，但落手就是「眾神手底下一個驚怖的漩渦」，這是一九八六年的年度詩選選入的作品，我很小的時候看到，至今還是會回想起初讀這首詩的驚豔感，知道自己只是宇宙微塵，星雲捲布中一粒小小的骰子，這讓我彷彿捲了一條起毛球的毯子，感覺安心許多。

寫作對我來說有點像生涯上的賭博，最初只決定要寫，但沒有想過能走多遠，寫多久，越來越感覺到寫作上的危機——我的寫作時間也沒有變多，相對過去，隨著我的空閒時間變多，還越來越少。這不對勁，但我還在找原因。甚至可以說我這幾年的寫作狀況是很差的，還沒有什麼大躍進，就感覺到奇怪的枯竭感。我的生活起了很大的變化，但我還無從適應這些新的改變。想說的話、想寫的東西好像沒有以前多了，大部分時間都只想懶懶散散地發呆，可能是感覺沒有什麼非我不能的事情吧。這結論有點奇怪，被說過無病呻吟、情感蒼白，是無聊的年輕人，那時我還會生氣，現在只是聳聳肩，好像也不是我很厭世，或單純覺得煩，只是生氣的能量沒有了，好像體育課偶爾會拿到的那種軟軟的排球，用力拍下去也不會彈起來。我整個人軟爛成一坨，只差沒癱在地板上。

原先靠直覺寫作，現在那種天分之類的東西被我磨光了，必須要靠智識寫作——但這個過程很漫長無聊，必須有强烈的進取心、耐心和毅力，但我什麼也沒有。就是這樣百無聊賴、燃燒殆盡的狀態，用很大的意志力才可以逼著自己每天多寫一點字。幸運的話大概每天會增加三十字左右。

宋尚緯

我們這一代頻繁地被人說是無病呻吟與情感蒼白，我剛開始接觸寫作時也常常被這樣說，後來我意識到，並不是我們和前輩們相比特別無病呻吟或者是情感蒼白，而是我們面對的世界已經不同了。我們不再像是前輩詩人們那一代一樣，我們不是大敘事裡面的一員，我們並沒有經歷戰亂，也沒有那些流離失所的經驗，我們能做的其實是更私人化的經驗描繪，文學寫作的主要陣地也從大的整體轉移到小的個體事件上，你會發現越來越多人從「我」的角度下手，逐漸勾勒出整個時空背景的氣氛與構成。這種轉變一方面是因為政治環境不一樣了，另一方面則是我們所面對的難題也不一樣了。

我們這一代是無力的一代，許多事情已經不是靠努力就能夠達成的了，我們工作、生活，我們努力，但許多時候生活會給你一巴掌，告訴你一切努力都是白費的，但你卻不能停止努力，因為你一停止努力就會被淹沒，一切都會歸零。這是很荒謬的一件事，卻又是這個時代最咄咄逼人的事實。

我現在已不那麼執著寫不寫得出來這件事了，以前我會有莫名的焦慮，彷彿不將那些思緒寫出來我就要被什麼壓垮了一般，現在每天處理工作，好好生活，偶爾有些想寫的東西寫下來，沒有的話就放著，認真地過日子。你說原有的天分之類的東西已經被磨光了，但我並不覺得是磨光了，我更傾向於年輕時任何的感受對我們來說都是一次爆炸，我們在寫作的時候其實是一樣的，透過感受去引爆那些儲存在我們腦中的知識，區別只在於我們的感受一次能夠引燃的智識多寡而已。年輕的時候隨便被撩一下我們就恨不得將所有的自己都掏出來，但事實上是我們沒有什麼好掏，而在我們已經將如槁木一般的現在，每一次的寫作都更依靠我們累積的知識，如果要我形容的話大概就是焚香那樣，感受的火藥少了，但可以燃燒的事物多了。當然，最理想的狀況是我們有充足的感受性，也有足夠的節制能夠克制好自己的感性不要暴衝，穩定地燃燒。

李璐

如你所說，大敘事的時代過去了，新世代的寫作者必須打開私我，從「我」的角度去展演或創造，我想到小說家的「內向世代」一說，指的是五年級小說家裡頭，幾個往心靈深處挖掘、作品以呈現自己內心風景為主的作家，如袁哲生、黃國峻、邱妙津等人，這是過去的評論者無法想像的一個世代，但對於我們來說，也許全員都屬「內向世代」的時代來臨了。這可能是一個很特別的世代，專職寫作者沒有幾人，因為環境已經不足以支撐專職寫作的人，如你一樣致力於好好生活，餘暇寫作的人可能才是多數。

寫不出來對我來說還是大問題，不知道是為了自我證明還是什麼原因，無力感越來越增加，小說太占用時間了，必須每天寫作，才得以在時限內交出作品。我依然對自己的龜速感到焦慮，但正是因為我對寫作的卻步及猶豫，才讓我更感焦慮。

你會有這樣的時刻嗎？兩點到四點，人類心理最晦暗的時刻，彷彿太陽永遠不會升起，被困在永劫的黑暗中，心靈冷縮，手腳也被凍得發青……我會裹一張毯子，走到陽臺，盯著天空發呆，有時就不小心睡著了。直到天光大亮，陽光穿透翻湧的黑雲，才疲倦地回房。

我醒來的時候，天已經黑了，摸索著打開電燈，四周很安靜，甚至可以聽到日光燈管發出的嗡嗡聲。就像在宇宙中一樣孤獨。這句話忽然浮現在我腦海中，我最討厭這樣的時刻，彷彿有人未經你同意，就帶走一件珍貴的物事，且永遠不會回來。

我聽過這樣一個故事：生物老師在求學時，同住的室友因為臺北老是沒有太陽而憂鬱得不得了，老師偶然聽人說，把照明換成瓦數高的黃色燈泡，能治憂鬱。最終，室友好了，老師的結論是，生物對光照很敏感。我常常在這種時候想像老師從舍監那兒借來梯子，搬上五樓寢室，再氣喘吁吁地爬上去換燈泡的樣子，那時老師比現在年輕，也相信終有什麼可以治癒。想像這個樣子讓我感覺溫暖，也為老師的室友覺得幸運，因為總有人在照看自己，如同溫暖的燈光，好像一切就是這麼簡單，按下開關就會發亮，就有一個自己的太陽。

我想，所謂「內向世代」，或者是我們這個世代，也許都是這樣的，往內看自己形成的小宇宙，試圖在裡面找到一顆恆定發亮的星球，作為我們搏動的心臟。

宋尚緯（第四屆新詩獎優勝得主）

一九八九年生。偶爾寫詩，更常耍廢。

李璐（第五屆新詩獎三獎得主）

一九九〇年生，臺北人。入圍二〇一七臺灣文學劇本金典獎，曾獲臺北文學獎、新北文學獎、林榮三文學獎等。喜歡大苑子的酪梨牛奶。

特別收錄：文學遊藝場 部落格徵文

文學遊藝場·第 29 彈

童話詩

請以二十行以內（含標點符號）的篇幅書寫「童話詩」，請在徵稿辦法之下，以「回應」（留言）的方式貼文投稿，貼文主旨即為標題（標題自訂），文末務必附上 e-mail 信箱。每人不限投稿篇數。徵稿期間：即日起至 2019 年 4 月 19 日 24:00 止，此後貼出的稿件不列入評選。預計 5 月下旬公布優勝名單，作品將刊於聯副。

投稿作品切勿抄襲，優勝名單揭曉前不得於其他媒體（含聯副部落格以外之網路平臺）發表。聯副部落格有權刪除回應文章。作品一旦貼出，不得要求主辦單位撤除貼文。投稿者請留意信箱，主辦單位將電郵發出優勝通知，如通知不到作者，仍將公布金榜。本辦法如有未竟事宜得隨時修訂公布。

台積電文教基金會、聯合副刊／主辦

駐站作家：凌性傑、孫梓評

聯副文學遊藝場：http://blog.udn.com/lianfuplay/article

文學遊藝場示範作

〈紀念品〉

◎夏夏

一顆
生作烏鴉時
為了喝瓶中水而尋來的石子
另一顆
化身男孩時
為了記住回家的路而沿路丟擲

光滑
只因日積月累滾動
凹損
由於日以繼夜侵蝕
在掌中兀自散發

海的折射與想念
黑夜不能叫它們止息

想把它們填進空白的眼眶
不惜刮損眼角
好從此仰望
一心所嚮往比海遼闊的
宇宙才懂得的幽微

〈司法院釋字第 748 號解釋施行法〉

◎孫梓評

白雪公主在被迫躺入的玻璃棺中
等了那麼久——

不顧魔鏡反對
不顧毒蘋果反對
在鄰國王子見證下
已成年的雪，決定自己的
配偶。

雪的愛情，從此有了身分證
獲得全力和異物
雪的碎片需要縫補
配偶可簽署同意書
當雪死去

配偶順利繼承所有寒冷

不顧皇后反對
不顧騎士反對
七個小矮人大聲宣布：
從今以後
雪，和另一片雪
一起墜落，幸福快樂

〈牡蠣般溫熱柔軟〉

◎崔舜華

我顧望你的燈塔，我泅向
以豐滿的尾鰭，泅向
岸邊沙礫漫衍，乾燥而蒼白
在牡蠣般溫熱柔軟的夜晚
懷抱一粒貝母般的念頭

泅向你，你和你的沙灘，襯衫，燈光
黑暗中盛大的宴會正開展
我聽見音樂，從遙遙的海的彼端傳來
如透過一塊巨大的青色的玻璃
輕輕擊打我荒涼而美好的聽器

顧望你的燈塔，我褪去鰓葉
褪去水晶鱗片與胸膛的瘦肋

我走向你，懷持我失去的聲音
我讀取你，以海藻纏繞的長髮
在水底寫信——陌生人
我終向你而來

〈更遠的地方〉

◎凌性傑

整個春天，百花集體枯萎
謊言敲碎了糖果屋
那些相愛的人們
被自以為更平等的人們驅趕
在最熟悉的土地上流亡

在我們的城堡
在我們熱愛的國家
沒有什麼比絕望
更加教人心痛
我說要帶你去
去一個更遠的地方

你曾經問我愛是什麼

我說像是一隻雪狐迷了路
穿越重重陷阱
終於找到那個不被打擾的家

趁著最黑暗的時刻還沒到來
跟我去吧，去更遠的地方
用愛說話的眼睛
把星星全都點亮

〈巨人與豌豆〉

◎王姿雯

睡眠不足而一事無成的
父親母親們，在絕望的邊緣
創造了森林
潮濕的鄉土裡
有一顆豌豆被埋下

我們告別父親母親
那時他們在桌上點滿蠟燭
又一一弄熄
王國被逐一消滅時，城堡們
確立了各自的孤寂

金樹枝、銀樹枝、鑽石樹枝
摘下就不折返

我們是孩子，不過問
家的成因
抱住彼此，等待發芽
能夠被重新出生的
都是巨人

〈填充題〉

◎蕭詒徽

長頭髮的□住在□□裡
討厭□□裡强壯的□□
笑起來像□□
忘記的時候像□□的□□

有一天□被□□了
□們不知道明天會有什麼□□
□在□□裡等待著□□出現
途中□□死了□次

幸好還有□□
□帶著□□和□□
用時間和□□
尋回了□□□□的□□

那天以後
一切都□□□□
可是永遠有人記得那個□月
非常非常地冷

將以下詞語填入空格
完成上面的詩並為它命名：
我／他／風／七／三／還／花
語言／九月／子彈／遺忘／時間／冬天／音樂／顏色／弄丟／獵槍／消息／原諒／天空／名字／鋼琴／森林
消失不見／幸福快樂

〈幸福快樂的生活〉

◎王天寬

1

晚禱到了早上
變得涼涼的
從前從前
現在現在

火柴到微波爐
溫情的故事
變得燙手

2

說幾個謊

做一份愛

開房間

睡美人

3

「你愛上我嗎？」

我愛

上你

4

長髮長髮

都更都更

魔鏡魔鏡

Siri Siri

5

一字之差

重複過著幸福快樂的生活

〈賣火柴的少女〉

◎曹馭博

奶奶，下雪了。
世界從來就沒有屋簷
所有顫抖的人
連口袋都無法藏匿他們的死
我像三隻腳的椅子
能夠佇立
但無法存活

奶奶，黑暗遞來了風
會是誰送給我的？
最後一絲火花濺在街道上
我必須抓住自己剩餘的一切
否則將永遠成為雪

在鐘聲的催眠下
妳在夜霧的缺口中看見了我
我與世界剩下來的十億人
都慢慢地走入自己

奶奶，請不要
悲傷地移開妳的視線
是不是我也進入了
春天的禁止線？

〈實情〉

◎陳繁齊

我愛上那個蘋果販子
但他把蘋果塗了藥
要我沉睡
等待下一個人

駐站觀察：童話詩的想像與實踐

◎孫梓評

童話詩不等於童詩

童話是說給孩子聽的故事，童話詩卻並非等於童詩。夏宇〈南瓜載我來的〉，藉「南瓜馬車」等意象，寫出當代男女的相遇與攻防，那個「童話史上／最勇於選擇、判斷的女子」，在辨清愛情真實的路上，「將要接受／與幸福等量的制裁」——看來，對抗童話代價不菲。羅智成《寶寶之書》以親密傾訴，完成對第二人稱的告白，無論是「我們必須在長大之前／展開我們的戀愛」之幼態持續，或是透過如「在全世界停電的晚上，寶寶／森林和海來到我們周圍舞蹈／一面下著雪、雨和樹葉／是天堂在打掃他們的閣樓嗎？」這樣帶有童話想像的口吻與關鍵意象群組，使敘述情境脫離現實氛圍，從而漾出天真而彷彿更顯真摯。「童話風」成為一種有效的、與現代詩傳統有別的書寫策略。陳黎當真寫了一本童詩集，就叫《童話風》，但在其他創作如《小宇宙》中，也確實有「童話」風格的展現：直接使用童年道具如「雲霧小孩的九九乘法表：／山乘山等於樹，山乘樹等於／我，山乘我等於虛無……」或者，帶有童趣的想像操作：「天空用海漱口，吐出白日的／雲朵；夜用星漱口，／吐出你家門前的螢火蟲。」

童話詩可以借用、顛覆「童話文本」

由此可知，童話詩可以借用、顛覆「童話文本」，因童話故事之普及，使讀者無須過高的門檻，即可進入與作者同謀的閱讀情境，在彼此預備的默契下共享深耕與反叛的樂趣，樂趣高低，端視作者能否從一固定文本，再掘出嶄新意思。只是，童話文本中具高知名度的童話或童話人物，往往等同於經典小說主角，用起來方便，但要使讀者驚喜的難度也愈高。再則，因童話即故事，部分童話詩的寫作不免帶有敘事性質，如何使詩不被敘事吞沒？這也使我忍不住玩味其與「微型小說詩」的異同。又或許，此二者都可併入「遊戲詩」範疇？在互文、後設的技術中，皆是為了擴大現代詩腹地的嘗試與實踐。

綜合以上所說，此次入選的十首，有些即脫胎自童話文本：〈可有可無的泡沫〉借用《美人魚》典故，小美人魚沒有得到愛情就會死去，化為泡沫，但如果得到愛呢？這首短詩，便移動假設，將鏡頭反轉，從被愛之人的眼光重看一次愛的發生與逝滅，「但確確實實已經沒有愛了」。愛過了的兩人，原來不只是美人魚將化為泡沫，若求相忘於江湖，必須「讓對方成為各自生命中／可有可無的泡沫」，這樣的感傷，或許更接近真實。〈金斧頭與銀斧頭〉出自《伊索寓言》，被作者挪寫為〈丟掉銀斧頭的人〉，此詩戳穿「政治正確」的表層，因為「早已有人把自己掉入許願池／選擇好斧頭的顏色」。讀來像呼應無差別殺人事件的作品，作者批判深沉「故事生病了」——也許因為被簡化，也許因為習以為常，也許因為對「共同的死神」視而未見——在善惡被輕易區別的列車上，「每次你宰殺我的時候／先磨亮一柄善良的刀」。

試圖將童話混音

也有作者試圖將童話混音。〈真相〉一詩，所有壞的都好了，所有矛盾的都和平了，一片光明的最末，「真相／藏在孩子心裡／不說出來」，餘韻深長。或如〈易爆物〉，交錯使用幾則童話，然則與童話人物擦身的是最迫近的現實：反核。於是那也曾著迷占卜、或穿上了「國王的新衣」的上帝，終究無能改變易爆物易爆的宿命，若悲劇重複發生，地球上真有「適合存放靈魂的地方」嗎？〈麥田哲學家〉，編織了《綠野仙蹤》與小說《麥田捕手》，前者是小女孩桃樂斯和獅子、錫人、稻草人的歷險記，奧茲國故事寓意繁複。後者為沙林傑一九五一年發表的長篇小說，捕捉一名青少年對抗成人世界的手勢。作者馭繁於簡將稻草人置於麥田，「若你的懸崖／高於一隻烏鴉俯瞰／我沿邊緣警醒」，愛是未知的冒險遊歷，總有足夠柔軟的一顆心，能擔當守護者／捕手，「重要的不是時間／而是翻鬆的土」，這是懂愛之人的言說。

並非取材童話、而來自臺灣民間故事的是〈和虎姑在夜裡一起舔手指〉，原典中與老虎精鬥智的小姊姊，該是用一鍋熱水燙死了虎姑婆。這首詩卻寫出隱藏在生活中小小的恨意，「舔手指」無非是恨意的具體化，「一起舔手指」則是向自己心中的恨意投降，這樣的改寫，不知道為什麼，竟在虛構中顯得寫實，彷彿成長途中某種不得不然的（佯裝）世故。

強烈翻轉效果的童話詩

〈被動〉只是這麼短的篇幅，卻準確發出大質問：童話中常見的公主被王子拯救橋段，在此有了反轉。種種「被展開」、「被討厭」、「被關」、「被拯救」說穿命運常是被動狀態，卻也無知無覺地泯滅了公主的主體性。因而，原可能的「被幸福」並沒有發生。同樣具强烈翻轉效果的還包括〈復活〉，死而復活是童話中使人驚奇（雖不寫實）的瞬間，作者由此意象出發，猜想緣由，從「成為鬼魂是一種能力」至最末，鍛鍊最强的鬼魂得到復活之吻，都可讀見其別開雙眼的詮解。

〈森林樂園〉讓我想起小川洋子《琥珀眨眼的瞬間》。後者以甜美包裝殘酷，此詩卻驅逐殘酷，以上了濾鏡的眼光，溫柔改造森林廢屋，交由小獸們占領，旋律輕快，好聽。〈雪夜〉好美：一尊旋轉的舞俑，一盞光線微微的燈泡，一首將滅未滅的歌，一個彷彿睡去也可能死去的人，幽燈下，舞俑旁，歌聲裡，思索著死亡。如此靜美彷彿動畫的一幕，勾勒出某種難以言傳卻寓意深遠的生命情境，而這情境，竟是有點童話的。

童話詩優勝作品

丟掉銀斧頭的人

◎無花

早已有人把自己掉入許願池
選擇好斧頭的顏色

故事生病了
找不到歸途的地鐵
車廂內持刀吶喊的人
矮人族拿起各自的手機，自我對話
看不見隱性的惡意藏下共同的死神

第一刀，他砍向自己
示範放血
車廂中無人啓動紅色警鈴
血腥的利器刮下一塊塊敗壞且行走的肉
發臭的人
就像每次你宰殺我的時候
先磨亮一柄善良的刀

把斧頭
再丟入許願池
有人把更鋒利的武器
讓給下一個更誠實的人

真相

◎翼天

牧羊人的羊和狼
愉快地相處
湖仙子送給樵夫
金、銀、鐵斧頭
小木偶矯正了
他的長鼻子

牧場沒有謊
森林沒有謊
皮諾丘沒有謊
幸福結局的真相
藏在孩子心裡
不說出來

和虎姑在夜裡一起舔手指

◎鄭琬融

一個悶濕的夜晚　她翹著尾巴
在晚風裡低吼　敲我的門
帶著一些手指來看我
太早學會塗指甲油的
把玩具拿去砸人的
虎姑說：「反正他們都有罪」
紫色的指節　氣味一如腐敗的河水
她邀請了我來吃我弄破瓷碗的妹妹

虎姑的身體很輕　像山裡的雲靄
她說她從隔壁山裡來　死了愛人又被燒了家
我想問她開始吃起人是什麼時候的事
但她的眼眸明亮　毒死人像月光

洗澡水還沒有生火
我騙了虎姑說　家裡沒有乾柴了
虎姑瞪了我一眼好像我也是即將裂開的東西
即將變得美味
我急忙改口說我找到了
在碎瓦礫　破紅磚的牆角那
和虎姑在夜裡一起舔手指

可有可無的泡沫

◎劉俊余

美人魚向我游了過來
我給了她想要的愛
於是她的尾鰭分裂成了雙腿
成了完完整整的女人
有一天彼此之間的愛消失了
她想回復美人魚的身分
「用尾鰭修復術嗎？」
但分開的雙腿已不可能再變成尾鰭了
但確確實實已經沒有愛了
我們給彼此一片大海
讓對方成為各自生命中
可有可無的泡沫

易爆物 ◎無花

「上帝是什麼星座？」

小王子在下一個福島反核
我在青田七六喝著阿薩姆茶
聽一場眾人合葬的喪禮追悼會
我確實知曉穿上新衣的國王
無法從睡美人的屍體上認識死亡
與逃避死亡

死掉的詩尋得回生命的氣息嗎？
詩從核爆中灰滅，巫婆嘴裡
復活。長出神話中的狗尾巴

你說，有些尚未邁向衰敗的事

早已注定發生
公投應該不會在小矮人手中
引爆核四

「上帝會愛上另一件新衣嗎？」

魔鏡啊魔鏡，請幫我在地球
找一個適合存放靈魂的地方

被動

◎林宇軒

「從前從前……」一個故事
就這麼被展開

被欺負的公主
在大街上被笑
被討厭，一個人
被發現躲在後花園
被祝福然後被關起
最後被拯救

從此，王子
和公主過著幸福快樂的日子

而公主並不

森林樂園

◎曾元耀

當森林中那棟小木屋被獵人廢棄時
鼬獾召集了松鼠，白鼻心通知了穿山甲
他們聚在一起開會，決定接管整座廢墟
他們允許落葉在窗臺休息
允許塵埃穿越晨光
來裝飾家具的老舊模樣

他們決定不修理那扇卡死的大門
進出一律改由破窗子，這樣
野狗就無法偷跑進來干擾生活的寧靜
這樣，他們就可以安心在屋裡嬉鬧
手扶梯當成溜滑梯，吊扇可以盪鞦韆
他們不允許陽光整天霸占屋頂

他們認為清晨的屋頂要留給濃霧
好讓霧氣可以在青苔上寫日記
夜晚的屋頂要留給星光
好讓星光可以在夢中給他們靈光

他們拜託屋外的鳥雀
在清晨要用悅耳的歌聲叫醒他們
好讓他們來得及躲進森林裡
大吃野果早午餐，並與地球聊聊天

麥田哲學家

◎覓

烏鴉落在肩上
抽出幾根稻草飛走
日子順遂
懶得計較身分與任務

獅子與機器人每天
專注修養自己
女孩偶爾田中探望
心事讓烏鴉叼走吧

若你的懸崖
高於一隻烏鴉俯瞰
我沿邊緣警醒
龍捲風不再行經你心

而我心起伏麥浪香氣
重要的不是時間
而是翻鬆的土

然而烏鴉來的日子
我才存在
像日子帶來親愛的你
使我靈魂新生

＊綠野仙蹤、麥田捕手

復活　◎索索

成為鬼魂是一種能力
死了，魂魄卻仍奮起
努力怨恨，不懈怠

猶疑在地獄之火
漫長的試煉

偏偏閻羅王
對所有亡靈，一視同仁
冤屈，總是冤屈
難分高下

於是
難分難捨的

冤魂們
不斷自我
鍛鍊
只有能力最强的
才能得到
一個吻

雪夜

◎王泓懿

他仍要趕路，在這個飄雪的夜晚以後
整座世界的溫度蜷縮在微亮的燈泡裡
什麼聲音在外頭？他側耳
生命此時該是那麼寧靜
是誰，是誰轉動了音樂盒的發條？
酒紅色河流在流動，洋娃娃舞踊旋轉
然她並不，並不歌唱——她依舊旋轉
而他卻彷彿聽到了什麼：
一顆微熱的音符，自洋娃娃的腳尖
以稀弱的火光無限逼近熄滅
所有的呼吸在呼吸裡睡去……
飄著雪的夜晚，有關死亡他思索
那或許僅是相較於永恆，近乎無
的一次吐納。有一瞬間他真以為

生命的祕密便在那歌聲裡了
此刻只剩下更隱微的——他闔上眼
細雪蟄睡在窗的邊緣，在一個飄著雪
的夜晚，僅僅關於死亡。他仍思索

聯副文叢67

書寫青春16：第十六屆台積電青年學生文學獎得獎作品合集

2019年10月初版　　定價：新臺幣350元

編者	聯經編輯部
叢書編輯	黃榮慶
校對	胡靖
封面題字	張斯翔
整體設計	苗銀川
編輯主任	陳逸華

出版者	聯經出版事業股份有限公司
地址	新北市汐止區大同路一段369號1樓
編輯部地址	新北市汐止區大同路一段369號1樓
叢書編輯電話	(02)86925588轉5307
台北聯經書房	台北市新生南路三段94號
電話	(02)23620308
台中分公司	台中市北區崇德路一段198號
暨門市電話	(04)22312023
台中電子信箱	e-mail：linking2@ms42.hinet.net
郵政劃撥帳戶第	0100559-3號
郵撥電話	(02)23620308
印刷者	世和印製企業有限公司
總經銷	聯合發行股份有限公司
發行所	新北市新店區寶橋路235巷6弄6號2樓
電話	(02)29178022

總編輯	胡金倫
總經理	陳芝宇
社長	羅國俊
發行人	林載爵

行政院新聞局出版事業登記證局版臺業字第0130號

本書如有缺頁，破損，倒裝請寄回台北聯經書房更換。　ISBN 978-957-08-5403-9 (平裝)
電子信箱：linking@udngroup.com

國家圖書館出版品預行編目資料

書寫青春16：第十六屆台積電青年學生文學獎得獎作品
合集/聯經編輯部編．初版．新北市．聯經．2019年10月．408面．
14.8×21公分（聯副文叢：67）

ISBN 978-957-08-5403-9（平裝）

863.3 108016355